La fabrication d'un prig

Evelyne Sharp

Writat

Cette édition parue en 2023

ISBN : 9789359255026

Publié par
Writat
email : info@writat.com

Contenu

CHAPITRE I

C'était l'heure du souper au presbytère et le recteur n'était pas entré. Il y avait deux éléments contradictoires au presbytère : le mépris du recteur pour les détails et le sens de leur importance par sa sœur. Il n'y avait cependant qu'un seul testament, celui de sa sœur. Ainsi les repas étaient toujours ponctuels, et le Recteur était toujours en retard ; un fait qui, par sa récurrence même, aurait depuis longtemps cessé d'être important, si Miss Esther n'avait pas aimé l'accentuer par une certaine formule de plainte qui variait aussi peu que l'offense elle-même. Ce soir, cependant, il était plus tard que d'habitude ; et Miss Esther ne cachait pas son impatience tandis qu'elle regardait la vieille horloge du coin jusqu'à la cheminée, où l'attendait un autre grief familier.

« Katharine, combien de fois t'ai-je dit de ne pas t'allonger sur le tapis comme un grand garçon ? dit- elle d'un ton maussade , du ton de quelqu'un qui n'a ni le courage ni le caractère pour se mettre vraiment en colère. Elle ajouta immédiatement : "Je veux que tu sonnes pour la soupe."

La jeune fille par terre se retourna paresseusement et ferma son livre avec fracas.

"Papa n'est pas encore entré", dit-elle en se redressant sur ses talons et en repoussant les cheveux de ses yeux. Un esprit de révolte latent était dans son ton, même si elle parlait à moitié distraitement, comme si ses pensées étaient toujours tournées vers son livre. Miss Esther tapait du pied sur le sol avec impatience.

"Il est huit heures moins deux exactement", dit-elle sèchement. "Je t'ai demandé de sonner, Katharine."

La jeune fille traversa tranquillement la pièce et fit ce qu'on lui disait avec la ferme intention de faire ce qu'elle souhaitait. Puis elle s'assit sur l'accoudoir de la chaise la plus proche, et l'air rebelle revint sur son visage.

"Comment sais-tu que c'est la faute de papa, tante Esther ? La route de Stoke est terriblement mauvaise et le vent souffle fort du nord-ouest. Il a peut-être été gardé, et la soupe froide est bestiale. Je pense que c'est dommage."

"J'aimerais vraiment," se plaignit Miss Esther, "que vous essayiez de contrôler vos expressions, Katharine . Tout cela vient de vos disputes avec le jeune Morton. Bien sûr, je ne suis qu'un simple chiffre dans ma propre maison; mais un jour votre " Mon père regrettera de ne pas m'avoir écouté à temps. Ne te souviens-tu jamais que tu n'es pas un garçon ? "

"Je ne suis pas susceptible d'oublier", marmonna Katharine. "Si c'était le cas, je ne devrais pas rester dans ce vieil endroit stupide. Je devrais travailler dur pour papa, afin qu'il puisse vivre avec ses livres et être heureux, au lieu de gâcher sa vie pour des gens qui veulent seulement obtenir tout ce qu'ils ont . à quoi ça sert d'être une fille ? Les choses sont si bêtement arrangées, il me semble !

"Ma chère", dit Miss Esther, qui venait seulement de comprendre la fin de son discours, "il est difficile de croire que votre père soit l'un des ministres choisis par Dieu."

"Mais ce n'est pas le cas", objecta Katharine. " C'est justement ça. Ils l'ont fait aller à l'église parce qu'il y avait une famille qui vivait ; alors comment diable aurait-il pu être choisi ? Eh bien, tu me l'as dit toi-même, tante Esther ! C'est de la foutaise d'être choisie, n'est-ce pas ? il?"

« Ne bavardez pas tant », dit Miss Esther, qui comptait ses points de suture ; et Katharine soupira irritable.

"Je ne peux pas imaginer", se dit-elle, "comment il a jamais été assez faible pour céder. Il a dû être distrait lorsqu'ils l'ont ordonné, et il ne s'en est rendu compte qu'après ! Ne le pensez-vous pas ? , Dorcas ?"

Mais Dorcas, qui venait à peine d'apporter la soupe, était à peine en mesure de répondre comme il fallait ; et Katharine dut se contenter de rire doucement de sa propre plaisanterie. Le repas se passa presque en silence, et ils avaient presque fini lorsqu'ils entendirent un bruit de roues sur le gravier mouillé à l'extérieur. Miss Esther leva les yeux et écouta avec son air chronique de désapprobation.

"Cher moi," soupira-t-elle, "ton père s'est encore rendu à l'écurie par erreur. Que fais-tu, Katharine ? J'allais juste dire grâce."

Mais Katharine s'était déjà dispensée de la cérémonie en disparaissant par la porte qui menait à la cuisine ; et Miss Esther s'y dépêcha seule, et parvint à s'asseoir sur sa chaise près de la lampe de lecture, droite et occupée, au moment où son frère entra dans la pièce. Il y avait quelque chose de pathétique dans la manière dont elle élaborait ses petites méthodes de reproche pour le bien de quelqu'un sur qui les petites choses de la vie ne faisaient aucune impression. Et quand le recteur entra, souriant joyeusement, avec Katharine accrochée à son bras et lui murmurant des questions passionnées à l'oreille, il était facile de voir que son esprit était occupé par quelque chose de bien plus captivant que le fait qu'il était en retard pour le dîner. Mais Miss Esther conserva son air offensé, et le recteur, qui faisait de vains efforts pour sortir un paquet de papier de la poche de son manteau, abandonna brusquement sa tentative en l'apercevant et commença à lisser son uniforme blanc et lisse. cheveux avec une main nerveuse.

"Oui, Esther", dit-il, même si elle n'avait pas prononcé un mot.

"Nous avons renvoyé la soupe, mais il y a de la viande froide à côté, je crois. Katharine, asseyez-vous au lieu de vous déchaîner dans la pièce comme ça ! Votre père peut s'occuper de lui-même", fut tout ce que dit Miss Esther.

"Oui, Esther", dit docilement le recteur; Il se servit une tarte aux pommes et resta assis, pensif, le couteau à la main, jusqu'à ce que Katharine vienne la remplacer par une fourchette. "C'est une nuit venteuse", a-t-il poursuivi, car personne ne semblait enclin à dire quoi que ce soit. Miss Esther attendait son opportunité , et Katharine avait attrapé l'infection de son humeur et était de nouveau absorbée par son livre sur le foyer.

"Tom Eldridge a parlé de sa femme mourante, et le bébé de Jones ne va pas mieux", dit à présent Miss Esther.

"Cher, cher ! comme c'est malheureux !" observa le recteur en souriant.

"J'ai dit que vous aviez dû être arrêté de manière inattendue", a poursuivi Miss Esther avec plus d'emphase. "Ils semblaient vraiment avoir besoin d'un petit conseil."

"Je suis certaine que non", dit Katharine d'une voix audible. "Eldridge voulait encore du porto, et Mme Jones est venue voir ce qu'elle pouvait obtenir. Et je ne pense pas qu'aucun des deux ne l'ait eu."

"Très malheureux !" dit encore le recteur. "J'étais certainement détenu, Esther, comme vous l'avez habilement deviné, – inévitablement détenu."

"Les gens", dit très distinctement Miss Esther, "qui ont des frères et sœurs spirituels qui dépendent d'eux, n'ont pas le droit d'être détenus."

"Je n'imagine jamais", dit Katharine, "qu'on ait le courage d'être ecclésiastique. Cela signifie simplement avoir des foules de relations, des relations ennuyeuses, sordides, cupides, qui viennent vous voler systématiquement au nom du Seigneur. ".

"Un homme spirituel", continua Miss Esther sans tenir compte de l'interruption, "n'est pas..."

"Oh, ma tante", implora Katharine, "laisse papa dîner en paix."

" Mon enfant, " interposa doucement le recteur, " j'ai fini mon souper. Eldridge s'attend-il à ce que je fasse quelque chose ce soir, Esther ? Ou Mme Jones ? "

"Mon cher Cyril," dit sévèrement Miss Esther, "si votre propre instinct ne vous pousse pas à faire quoi que ce soit, je dirais qu'ils feraient mieux de ne pas s'en occuper."

Le recteur soupira et joua avec son couteau. Il ressemblait à un écolier en disgrâce. Katharine eut un petit rire méprisant.

« À quoi *bon* faire tout ce bruit pour une bagatelle ? Tout comme si la toux du bébé de Jones était à moitié aussi importante que celle que le véritable papa à queue de rat a ramassé chez Walker !

Le meurtre était révélé et Miss Esther posa son tricot et se prépara à une explosion caractéristique. Mais le recteur avait déjà déballé son trésor et l'avait posé sur la table devant lui, et ses reproches les plus amers tombèrent sans réponse à ses oreilles.

"Authentique XVIe siècle", murmura-t-il en le caressant avec révérence de ses doigts longs et fins.

" Hier encore, dit la voix stridente de sa sœur, tu me disais que tu n'avais pas d'argent pour une soupe populaire. C'était une vie pauvre, disais-tu ; et maintenant... Comment peux-tu donner un tel exemple, toi avec une mission dans la vie ?"

"Je jure que je n'aurai jamais de mission dans la vie", a déclaré Katharine, "si cela signifie abandonner tout ce qui rend heureux. Pauvre papa !"

"Un des élus du Christ", continua Miss Esther, "qui sera rebuté pour un morceau d'étain sordide ! Car ce que vous pouvez voir dans une chose ternie et démodée comme celle-là, est plus que je ne peux comprendre."

Le recteur leva les yeux pour la première fois.

"En effet, Esther," dit-il d'un ton blessé, "c'est une belle pièce d'argent du XVIe siècle." Katharine jeta un regard courroucé à la silhouette sévère près de la lampe de lecture et s'approcha de son père. La note rebelle avait complètement disparu de sa voix alors qu'elle lui parlait.

"Laisse-moi regarder, papa, puis-je ?" elle a demandé. Cyril Austen la mit sur ses genoux et ils se penchèrent ensemble sur la vieille cuillère. Miss Esther tricotait en silence.

" Voyons voir, " dit aussitôt le curé en tournant un visage imperturbable vers sa sœur, " que disions-nous ? De quelques paroissiens, n'est-ce pas ? "

"Paroissiens ? Comment pouvez-vous parler de paroissiens, quand la première tentation insignifiante vous détourne du droit chemin et... et vous met en retard aux repas ? Ne suffit-il pas de négliger votre devoir sacré, sans déranger aussi la maison ? Vous entrez à ce moment-là, qu'est-ce qu'il se passe maintenant, Cyril ? »

Car un air inquiet était soudain apparu sur le visage du recteur. Il sortit sa montre et la consulta avec la hâte nerveuse d'un homme constamment hanté par l'oubli de quelque chose.

"Laissez-moi voir, comme je suis vraiment stupide", dit-il en riant légèrement. "Je crois qu'il y avait autre chose, maintenant ; qu'est-ce que ça aurait pu être, je me demande ? Ce n'est pas la cuillère, Esther, qui m'a mis en retard. Kitty, mon enfant, qu'est-ce que je t'ai dit en entrant, tout à l'heure. ?"

"Vous avez dit : 'J'ai ramassé une véritable queue de rat chez Walker' ;' et puis tu as donné ton chapeau à Jim et tu as accroché le fouet à la pince à chapeau ! »

"Mauvais enfant !" dit le recteur, regardant toujours autour de lui avec inquiétude. « Je me demande si Jim le saurait ?

Mais ici, une lumière fut jetée sur la question par l'entrée de Dorcas, qui apporta le message ambigu de Jim selon lequel le poney était prêt à recommencer, si le recteur « faisait quelque chose pour la pauvre créature au fond de la craie » . "

"Bénis mon âme!" s'exclama le recteur. " Bien sûr, c'était tout. Esther, du cognac et des couvertures, ma chérie, tout ce que vous avez ! Il faut le ramener immédiatement à la maison, bien sûr. Je savais qu'il y avait quelque chose. Esther, voulez-vous... ? Ah, elle comprend toujours.

Car, à son honneur, Miss Esther ne perdait jamais son temps en reproches quand il y avait vraiment quelque chose à faire ; et dans le tumulte qui suivit, tandis que la voiture à poneys se remplissait de tout ce qui pouvait être utile en cas d'accident, Katharine se retrouva abandonnée dans le hall, avec le sentiment intolérable d'être négligée et brûlante de curiosité pour ce qui se passait. cause de tout cela.

"Papa, papa, qu'est-ce qu'il y a ? Quelqu'un est- il blessé ? Je ne peux pas venir aussi ?" » plaida-t-elle tandis que le recteur sortait chercher son manteau.

"Eh, quoi ? Oh, un pauvre garçon s'est cassé la jambe dans la fosse à craie. Le médecin est avec lui maintenant. Comment est-il ? Une sorte de touriste, j'imagine ; il n'a visiblement pas trouvé son chemin dans le noir. Là, cours va te coucher, Kitty ; tu sauras tout cela demain matin.

"Mais je veux entendre *maintenant* ", dit l'enfant en frémissant d'impatience. "Quel genre d'homme est-il, papa ? Dois-je l'aimer, tu crois ? Oh, dis-le, papa !"

"Mon enfant, je l'ai à peine remarqué. Mon chapeau... ah, merci ! Il avait une barbe noire, j'imagine, assez jeune cependant, devrais-je dire, et une figure jaunâtre..."

"Comme cela semble malsain ; et je déteste les gens en mauvaise santé ! Je ne pense pas que je veux y aller maintenant", a déclaré Katharine d'un ton modifié.

Néanmoins, alors que le poney, malgré lui, était de nouveau poussé dans la tempête et l'obscurité, quelqu'un se glissa à travers le petit groupe présent sous le porche et sauta dans la voiture à côté du recteur. Et le recteur, qui était lui-même incapable d'une action décisive et ne la contestait jamais de la part des autres, lui jeta le tapis sur les genoux, et ils partirent ensemble vers le lieu de l'accident. C'était une nuit noire et sauvage ; et le Recteur frissonnait en baissant la tête sous les furieuses rafales du vent et en laissant le poney se débattre faiblement à son rythme. Mais Katharine était assise bien droite, la tête renversée, et aurait aimé rire à haute voix lorsque le vent attrapait ses longs cheveux détachés et les fouettait, mouillés par la pluie, sur son visage.

La craie était située à l'extrémité du village ; par beau temps, on aurait pu l'atteindre en dix minutes de route, mais ce soir, il a fallu près d'une demi-heure avant que le poney parvienne à immobiliser son chargement à côté du groupe d'hommes qui l'attendaient depuis le crépuscule. . Katharine reconnut tous les familiers du village qui s'avancèrent à leur approche : le médecin qui avait soigné ses maladies enfantines ; le maître d'école qui lui avait appris à lire ; le marguillier, qui aimait encore lui raconter des histoires qu'elle avait appris depuis longtemps à connaître par cœur. Mais elle n'avait d'yeux pour rien de tout cela ce soir ; elle regarda au-delà d'eux tous, alors qu'elle sautait légèrement hors de la voiture, vers l'homme qui gisait par terre, les yeux fermés. Une lanterne était suspendue à la branche au-dessus et se balançait au gré du vent, projetant des lueurs intermittentes sur son visage.

Il ouvrit les yeux avec lassitude lorsque le recteur s'avança, et ils se posèrent aussitôt sur Katharine, qui se tenait penchée sur lui avec la curiosité plutôt cruelle d'une très jeune fille.

« Kitty, écarte-toi, mon enfant », disait la voix du recteur.

"Je ne pense pas qu'il ait l'air en mauvaise santé du tout", dit Katharine d'un ton rêveur.

CHAPITRE II

Le soleil s'est levé le lendemain matin sur une scène de dévastation. L'orage de la nuit précédente était arrivé à la fin d'un mois de forte gelée, et tout était en état de dégel partiel. Des flaques d'eau scintillantes s'étendaient dans les champs, au sommet du sol encore gelé, ressemblant à des plaques de neige sous le pâle soleil ; et un phénomène curieux était discernable dans les ruisseaux et les fossés, où une couche d'eau calme recouvrait la glace qui limitait encore le ruisseau qui coulait en contrebas. La seule trace du vent de la nuit dernière était un gémissement lointain dans la cime des arbres ; tandis qu'au-dessus, le ciel était d'un bleu de plus en plus profond et la chaleur du soleil grandissait. Il y avait encore l'hiver sur terre et le début du printemps dans les airs.

Deux femmes s'étaient rencontrées sous les hêtres, au bord de la crayère. Aussi tôt qu'ils fussent, ils avaient déjà ramassé de gros fagots de bois ; car la beauté du matin n'était rien pour eux, et la tempête, pour eux , signifiait simplement l'acquisition de bois de chauffage. Ils avaient pourtant assez de sujet de conversation ; et c'est ce qui les faisait flâner si tôt le matin près du lieu de l'accident d'hier.

"Est-ce la pauvre chose qui est tombée là-bas, dont vous parlez , Mme Jones ? Parce que je vois Jim lui-même ce matin béni, je l'ai vu, et vous ne pouvez rien me dire que je ne sache déjà . , vous ne pouvez pas, Mme Jones, " dit la veuve Priest avec un beau mépris.

Il y avait une jalousie de longue date entre les deux voisins . Mme Jones était la robuste épouse du sacristain, et sa famille était à la fois nombreuse et croissante, fait qu'elle attribuait entièrement à la Providence ; cependant, lorsque trois d'entre eux succombèrent faute de nourriture et de soins, elle imputa leur perte à la même cause commode et tira autant de consolation qu'elle put de trois visites au cimetière. La veuve Priest, en revanche, n'avait enterré personne dans le petit cimetière de la colline. Car son mari s'était suicidé, et ils l'avaient mis dans un repos difficile sans le sédatif d'une cérémonie religieuse ; et sa veuve fut ainsi privée même du triomphe de faire allusion à ses funérailles. Son veuvage ne lui apporta donc pas ses compensations habituelles ; et elle se sentait amère envers la femme du sacristain, qui en avait enterré trois et en avait gardé cinq autres, et qui remplacerait probablement ceux perdus avec le temps.

"Je n'aime pas tellement les commérages ni ce que vous êtes, veuve prêtre", répondit Mme Jones d'une voix forte et chaleureuse. "Je n'ai pas le temps de parler avec des étrangers ici et des étrangers là-bas, avec mon homme et cinq petits enfants à faire. Et puis il y a toujours les trois tombes d'un samedi à nettoyer, ce que tu n'as pas à faire ." Je l'ai eu, la pauvre ; non, mais ce que je dis, c'est de ta faute, bien sûr, Veuve Prêtre.

La veuve Priest renifla avec mépris tandis qu'elle s'asseyait pour attacher ses fagots, et Mme Jones restait debout devant elle, un bras passé autour de son fagot de bâtons et l'autre placé sur les hanches, image efficace d'une femme triomphante.

"Toucher le pauvre qui lui a cassé le dos là-bas", a-t-elle poursuivi joyeusement: "Je mettais le bébé au lit à ce moment-là, je l'étais, et je vois tout cela se passer depuis ma fenêtre du haut, je l'ai fait. Il a sauté la clôture. , tout insouciant, comme s'il ne savait pas que la fosse était là avec certitude. Et aussitôt il a trébuché, il l'a fait, et il est tombé. Que Dieu l'aide, dis-je ! Et je pose le bébé , et " Je dis à notre Liz : " Tiens, mon enfant ", dis-je, " reste à côté de ton précieux frère pendant que je traverse vers la fosse ", dis-je. " En plaisantant pendant que je dis cela, le recteur arrive et " Le médecin avec lui, conduisant amicalement comme ils l'étaient ensemble. Alors je dis à notre Liz, " C'est la Providence ", dis-je, " ce qui a envoyé ces deux créatures bénies ici ce jour ", dis-je. Et " j'ai attrapé mon châle " C'est ce que j'ai fait, et j'ai crié après eux. " Qu'y a-t-il, Mme Jones ? " dit le recteur, c'est encore le bébé ? — « Bébé ? Je dis : "Non, monsieur ; non, mais ce que ça me tourmente d'entendre cet enfant tousser, c'est le cas. Il y a un homme là-bas", dis-je, "une plaisanterie lui a cassé le cou contre la craie." Seigneur ! C'était un spectacle de voir ces deux hommes faire tourner ce poney ! Et la pluie était si forte que ça m'a donné des lumbagos dans tout le dos, ça m'a fait. Non mais ce que je suis vite revenu au bébé, pauvre petit ange , avec une toux qui me fait mal au cœur, de l'entendre plaisanter comme les autres le faisaient avant de mourir. Mais vous ne l'avez pas vu tomber dedans, maintenant, n'est-ce pas, veuve prêtre ?

La veuve épaula sombrement ses fagots et s'éloigna dignement. Lorsqu'elle arriva au détour de la route, elle se retourna et cria un mot d'adieu sur un ton de mépris absolu.

"Ça ne lui fait pas mal au cou, *ni* au dos, Mme Jones. Ce sont ses deux jambes, et il est au presbytère maintenant, dans la meilleure chambre, il est; et là, il s'arrêtera probablement un mois ou deuxièmement, dit Jim, oui. Mais Jim ne vous a peut-être pas appelé, Mme Jones ?

" Soyez bénie, veuve prêtre, je ne vous ai pas dit la moitié de ce que je sais ", s'écria Mme Jones. " Vous êtes une pauvre chose, vous l'êtes, si vous ne supportez pas d'entendre l'histoire d'un corps ; et vous qui êtes si seul aussi, et qui n'avez personne à qui faire pour, comme moi. Seigneur, comme ces gens sont pressés . soyez dedans, c'est sûr ! Eh, mais c'est Miss Katharine là-bas, bienheureuse si ce n'est pas le cas ; une « Veuve Prêtre » soit hors de vue aussi ! Je pense que Miss Katharine en sait plus ni Jim, et j'y vais. —"

Mais un cri venant de la chaumière d'en face réveilla le sens du devoir de la mère, et elle traversa la route en toute hâte et oublia tout l'accident dans un besoin immédiat de châtiment.

Katharine franchit le sommet de la colline qui descendait vers la craie, escalada la clôture en bois au pied et longea le bord du petit gouffre jusqu'à arriver à la rangée de hêtres. Ici, elle s'arrêta un instant, creusa un trou dans le sol mou avec son talon et regarda pensivement dans la fosse. Puis elle se détourna brusquement et traversa les champs jusqu'à l'autre côté du village, où elle dévala un chemin herbeux en grande partie sous l'eau et s'arrêta enfin devant une brèche à peine grande dans la haie. assez pour être perceptible. Cependant, elle s'y faufila adroitement et aperçut une vilaine maison moderne située dans un jardin à l'aspect négligé, avec une cour de ferme en désordre et quelques bâtiments stables à l'arrière. Ici, elle avait soin de garder un bouquet de buis entre elle et la façade de la maison, jusqu'à ce qu'elle puisse sortir en toute sécurité à l'air libre et s'approcher de la clôture en fer qui séparait l'enclos de la pelouse. Elle le sauta facilement, le laissant tomber légèrement sur l'herbe au-delà, et réussit enfin à arriver inaperçue, sous un petit oriel au coin de la maison. Elle ramassa une poignée de petites pierres et les balança avec une visée sûre vers les petites vitres, et appela « Coo- ey », aussi fort qu'elle l'osait.

"Crapaud paresseux!" marmonna-t-elle avec impatience. "Un matin comme celui-là aussi ! Et juste au moment où j'avais une vraie aventure à lui raconter, dont il ne sait absolument rien, rien du tout !"

Elle ne jeta plus de pierres, mais monta sur la grille de fer et resta assise là, les pieds pendants et les yeux fixés sur l'oriel.

"C'est le plus gros score que j'ai jamais eu contre lui", rigola-t-elle. "Je pense que je vais bientôt *exploser* s'il ne se réveille pas. Moi aussi, j'ai terriblement faim ; il doit être huit heures."

Elle rappela aussitôt, sans changer de position ; et cette fois il y eut un signe de vie derrière l'oriel, et les rideaux furent tirés. Katharine oublia toute sa prudence précédente et poussa un grand « cri » de satisfaction. Le treillis s'ouvrit brusquement et quelqu'un aux cheveux ébouriffés et aux joues rouges regarda dehors et bâilla.

"Ne fais pas autant de bêtises, Kit, tu vas réveiller la mère", grommela-t-il. "Pourquoi diable es-tu venu si tôt ?"

"Parce que tante Esther dormait, bien sûr," répondit promptement Katharine. "Dépêche-toi, Ted, et prends ton bain, tu te sentiras mieux. Et tu devras m'apporter à manger, je pourrais manger mes bottes."

"Ne fais pas ça", dit Ted. "Le steak d'hier soir fera tout aussi bien l'affaire."

"Comment va-t- *elle* ?" » demanda Katharine en secouant la tête vers l'avant de la maison.

"Affreux. Son état empire. Elle interrompt le cours de pudding au dîner maintenant. Ne pars pas, Kitty, je descends directement."

Il ne fut pas long, mais elle était pleine de reproches impatients lorsqu'il la rejoignit à la clôture.

"Je crois que tu aimerais donner un coup de pouce au monde pour qu'il tourne plus vite," rétorqua-t-il en se balançant à côté d'elle.

"Eh bien, tu ne penses sûrement pas que ça bouge très vite maintenant, n'est-ce pas ?" dit-elle. "En tout cas, ce n'est pas le cas d'Ivingdon ", a-t-elle ajouté avec insistance.

"Eh bien, pourquoi es-tu venu, mon vieux ?" » demanda-t-il en lui frappant l'épaule avec une rude amitié. "Pour ne pas me plaindre de ce vieux trou lent, je parie ?"

"Donnez-moi quelque chose à manger et je vous le dirai."

"Oh, attends, Kitty ! Je ne peux pas. Cook va jurer, ou aller voir la mère, ou quelque chose du genre. Tu ne peux pas attendre de rentrer à la maison ?"

"Non, je ne peux pas. Et je ne t'ai pas dit d'aller cuisiner, ni chez *elle* , n'est-ce pas, idiot ? N'y a-t-il pas une fenêtre dans le garde-manger, et le garde-manger n'est-il pas à côté du garde-manger, et est-ce que les domestiques ne prennent-ils pas leur petit-déjeuner dans la cuisine, à l'écart ? Hein ?

"Eh bien, ça me dérange ! Mais de toute façon, je ne peux pas monter jusqu'à cette fenêtre."

" Il y a une brique détachée juste en dessous, et tu le *sais* , espèce de paresseux ! A quoi ça sert d'avoir exactement six pieds , si tu ne peux pas grimper par une fenêtre du rez-de-chaussée ? *Je* peux, et je ne mesure que cinq pieds. quatre. Oh, ce n'est pas la peine, si vous avez peur ! Je peux d'ailleurs garder mes nouvelles.

"Je ne crois pas qu'il y ait de nouvelles. Eh bien, je ne t'ai vu qu'hier après-midi. Et il ne se passe jamais rien à Ivingdon . Tu ne fais que pourrir, n'est-ce pas, Kit ?"

"Très bien, je ne veux pas vous le dire, j'en suis sûr. Au revoir", dit Katharine sans faire un pas.

Il s'est traité d'imbécile et lui a dit qu'elle était une nuisance bestiale et que, bien sûr, il n'y avait pas de nouvelles, et qu'il ne voulait pas l'entendre s'il y en avait. Et il se dirigea finalement vers la fenêtre du garde-manger, comme elle s'y attendait, et revint avec un mélange de provisions dans les mains. Ils rirent ensemble du choix étrange qu'il avait fait, de la tarte froide qu'il tenait en équilibre sur une tranche de pain, et de la tarte à la confiture qui couronnait le pot de lait ; et ils se disputaient tout comme deux jeunes animaux, buvaient dans la même cruche, renversaient la moitié de son contenu et finissaient par se pourchasser autour de l'enclos sans aucune raison.

"Rentre chez moi avec moi et je t'annoncerai la nouvelle. Allez, Ted !" elle a pleuré.

"Je suppose que je le ferai, et prends le risque. Si elle n'aime pas que je sois en retard au petit-déjeuner , elle devra faire autre chose. Fini avec toi, Kitty, et n'agrandis pas le trou ! Il y a toujours une chance. qu'elle pourrait le faire réparer, dans un spasme d'extravagance, et ce serait tellement gênant pour nous.

Elle lui raconta la nouvelle alors qu'ils se balançaient côte à côte à travers les champs humides, sautaient les flaques d'eau stagnante et échangeaient les brindilles mouillées l'une contre l'autre. Mais ils devinrent plus silencieux à mesure que l'intérêt du récit grandissait ; et au moment où Katharine arrivait à l'épisode de la fosse à craie, Ted marchait d'un air sombre, les mains dans les poches et les yeux baissés.

"Tu as toujours de la chance, Kitty," dit-il tristement. "Pourquoi n'étais-je pas là ? Pensez à l'utilité que j'aurais dû avoir en l'aidant à monter dans la voiture ; pensez-y seulement, Kitty !"

"Tu n'aurais pas été du tout bon", répondit-elle cruellement. "Tu es beaucoup trop maladroit. Ils n'ont même pas laissé Jim ou papa t'aider. *Je* lui ai tenu la tête, alors voilà !"

"Eh bien, je suppose que j'aurais pu tenir sa tête bestiale aussi, n'est-ce pas ?" rugit Ted.

"Ce n'était pas une tête bestiale ; elle était terriblement belle, des cheveux tout soyeux, pas des boucles de bébé comme les vôtres", dit Katharine avec mépris. "Et n'était-il pas courageux aussi ! Sa jambe devait lui faire terriblement mal, mais il ne disait tout simplement pas un mot ni n'émettait un son. Pendant tout le chemin vers la maison, chaque fois que la chose le secouait, il se contentait de pincer la bouche et de regarder. contre moi, et c'est tout. C'était la plus belle chose que j'ai jamais vue.

"Mais tu n'as pas vu grand-chose", dit Ted.

"Non, je ne l'ai pas fait. Mais je t'ai vu te tortiller quand tu avais mal aux dents. Et tu n'es pas apte à parler si tu as un mal de tête ordinaire", rit Katharine.

Ils firent le reste du chemin en silence.

"C'est là qu'il repose maintenant", dit Katharine avec un geste dramatique vers la fenêtre de la chambre d'amis. Ses joues étaient rouges d'excitation, et elle n'a jamais remarqué l'expression du visage de Ted alors qu'il haussait les épaules et faisait semblant de siffler négligemment.

"Quel genre de type est-il ? Un touriste , je suppose", a-t-il daigné dire.

" Ce n'est pas un borné. Il a des mains terriblement belles, blanches, fines et douces. Il est plutôt pâle, avec beaucoup de cheveux noirs et une barbe bouclée. "

"Quel type joué pour faire tant d'histoires !" dit Ted en se détournant avec mépris. "Ça ressemble plus à un singe qu'à autre chose. Au revoir. Je vous souhaite de la joie avec lui !"

"Je suppose que je te reverrai un jour ?" elle l'a appelé.

"Oh, oui, je suppose."

"Et c'était *une* nouvelle, n'est-ce pas, Ted ?"

"En tout cas, tu sembles le penser."

"Pauvre Ted !" Elle a ri et a couru à l'intérieur. Mais à peine avait-il traversé le premier champ qu'elle le rattrapait, essoufflée et repentante.

"Je ne le pensais pas, Ted ; je ne le pensais pas *vraiment* , mon vieux. Ce n'était pas une nouvelle, et c'est *un* singe, et je suis un horrible cochon. Viens après le déjeuner, n'est-ce pas, Ted ? Je promets de ne pas parler de lui une seule fois, et je veux te montrer quelque chose. Tu viendras, Ted, n'est-ce pas ?

Elle passa ses bras autour de lui de sa manière impulsive et lui fit un de ses câlins rudes et ludiques . Mais pour la première fois de sa vie, Ted la repoussa avec raideur et se hâta d'avancer.

"Quel est le problème?" » demanda Katharine, plus perplexe qu'ennuyée.

"Oh, d'accord, je viendrai. Ne sois pas idiote, Kitty !" il se jeta par-dessus son épaule ; et elle se détourna, à moitié satisfaite, et entra lentement dans la maison. C'était caractéristique chez elle que le moindre manque de réponse de la part de quelqu'un d' autre changeait immédiatement son humeur ; et quand elle entra dans la salle à manger quelques minutes plus tard, sa vivacité avait disparu, et les premiers mots qu'elle entendit de la conversation à table du déjeuner ne firent que l'irriter encore davantage.

"Oh, dérangez M. Wilton!" dit-elle avec colère. "La maison entière semble être devenue folle à cause de M. Wilton. J'en ai marre d'entendre son nom."

Le recteur semblait inconscient de sa remarque et se contenta de lui tirer doucement les cheveux alors qu'elle se glissait dans la chaise à côté de lui.

Mais Miss Esther s'arrêta brusquement au milieu d'une phrase et jeta un regard significatif vers Katharine que son père ne vit pas, même si elle le vit bien sûr.

"Ma chère," dit M. Austen en réponse à sa sœur, "je suis sûr que vous êtes tout à fait compétent pour le faire. Nancy a toujours dit que vous étiez une infirmière née ; et Nancy le savait, bénissez-la ! D'ailleurs, le pauvre jeune homme a été envoyé vers nous dans son affliction, et il n'y a rien d'autre à faire, n'est-ce pas ? Mon enfant, cela ne vous intéressera pas ; nous disions seulement que M. — Wilton, n'est-ce pas ? — aurait besoin de soins attentifs ; et votre tante-"

"Vraiment, Katharine, vous n'avez pas besoin d'intervenir. Vous en savez trop et cette question ne vous concerne pas du tout. Peut-être vous en tiendrez-vous à l'affaire jusqu'à ce qu'elle soit réglée, Cyril ! "

"Ma chérie, je pensais que c'était réglé", dit doucement le vieil homme. " Il faut soigner ce pauvre garçon, et vous êtes la meilleure personne pour le faire. Il n'y a donc rien d'autre, n'est-ce pas, Esther, qui doive me retenir ? Je suis plutôt inquiet, c'est-à-dire que je voudrais achever mon travail. " papier sur les antiquités du comté, et il est déjà dix minutes... "

"C'est une chose des plus extraordinaires", interrompit miss Esther avec irritation, "que vous n'accordiez jamais votre attention à ce qui compte vraiment. Vous ne comprenez absolument pas ce que je veux dire, Cyril. Comment puis-je, moi, votre sœur et femme célibataire, avec les convenances nécessaires, — Katharine, tu peux aller nourrir les poules.

Katharine ne bougea pas et le recteur se leva de sa chaise.

"Ma chère," lui remontra-t-il, "je pense que vous surestimez la difficulté. C'est le devoir de la femme de soigner celui qui souffre, n'est-ce pas ? Je pense vraiment qu'il n'y a plus rien à dire là-dessus. En attendant... "

"Je ne sais pas pourquoi tu es si pressé, Cyril ; c'est le jour où la bibliothèque doit être nettoyée, donc tu ne peux pas encore l'utiliser. Toute cette affaire est très inopportune ; pourquoi devrait-il se casser la jambe à Ivingdon , alors qu'il aurait pu le faire très commodément au chef-lieu et être emmené à l'infirmerie comme tout le monde ?

Le recteur se demandait vaguement pourquoi sa chambre était nettoyée plus d'une fois par semaine ; mais il se rassit et croisa les mains, et dit qu'il était du même avis qu'avant et qu'il ne voyait aucune raison pour que le malheureux jeune homme ne soit pas allaité par Miss Esther.

"Moi non plus", dit Katharine. "Quelle est la différence entre soigner Shepherd Horne pour une bronchite et soigner M. Wilton avec une jambe cassée, sauf que M. Wilton n'est probablement pas si mal lavé ? Je ne vois jamais pourquoi les pauvres gens devraient avoir le monopole de l'irrégularité, ainsi que de les Écritures. D'ailleurs, vous pouvez facilement le réduire au rang d'un villageois en lui lisant les Psaumes tous les jours. Cela vous ferait sentir tout à fait bien, n'est-ce pas, ma tante ? Et j'ose dire que cela ne le dérangerait pas. beaucoup, quand il s'y est habitué.

« Vos grossièretés, dit sévèrement sa tante, deviennent tout à fait scandaleuses. Si vous deviez parfois dire quelques mots de réprimande à votre propre fille, Cyril, au lieu de rêver votre vie, mais là, je dois aller m'occuper de vous. pauvre M. Wilton ! Je me demande s'il aime ses œufs bouillis ou brouillés ? » ajouta-t-elle dubitative. Car miss Esther était une de ces femmes qui réservent le meilleur de leur nature aux gens qui n'ont aucun droit réel sur elles ; et elle ne s'intéressait guère à quiconque n'était ni pauvre ni affligé. Le tempérament peu pratique du recteur l'étonnait et l'irritait à la fois, et elle n'avait qu'une endurance agitée pour sa pleine d'entrain, chez qui un besoin naturel d'action et un sens de l'humour démesuré produisaient rapidement un esprit de révolte et de cynisme. Mais une malade, ainsi jetée tout d'un coup en son pouvoir, fit un grand appel à la sœur du recteur ; et sa défiance avait entièrement disparu lorsqu'elle avait parcouru toutes les objections que les convenances la poussaient à soulever.

"Je suis très reconnaissante", dit-elle avec un sourire doux, "que le pauvre garçon soit tombé entre de si bonnes mains."

"Moi aussi", remarqua Katharine alors que la porte se fermait. " Ce n'en sera que meilleur pour votre journal sur les antiquités locales, n'est-ce pas, papa ? Papa *chéri* , pense juste à tout le temps que nous aurons pour nous seuls, maintenant qu'elle a M. Wilton entre ses mains ! Pauvre M. . Wilton ! Venons faire sortir Dorcas de la bibliothèque et regardons ce que tu as fait, d'accord ? Viens papa, *vite* !"

Le Recteur lui caressa les longs cheveux, avec un air dubitatif sur le visage.

"J'ai peur, Kitty, de ne pas prendre soin de toi comme je le devrais", dit-il. "Je suis un mauvais vieux pécheur, hein ?"

"C'est pour ça que je t'aime autant. Tu es une brique !" s'exclama Katharine.

Et elle l'entraîna impétueusement hors de la pièce.

CHAPITRE III

Pendant ce temps, Paul Wilton gisait, fatigué, dans la chambre d'amis à l'ancienne située au-dessus du porche. La douleur de son membre cassé l'avait empêché de dormir la majeure partie de la nuit ; et maintenant que la souffrance était moindre, l'inconfort persistait, et il ne se sentait plus enclin à dormir qu'auparavant. Avec une sorte d' intérêt machinal , il avait regardé la lumière pâle de son store rayé devenir profonde et rouge, puis de nouveau pâle et brillante, à mesure que le soleil se levait sur les collines. Son inquiétude augmentait à mesure que le temps passait ; la sensation d'être incapable de bouger commençait à lui irriter les nerfs, et il souhaitait avec impatience que quelque chose brise le silence de la maison et réveille les gens qui dormaient si déraisonnablement. Il se souleva sur son coude alors qu'un pas léger franchissait le couloir extérieur, et retomba avec un sentiment de déception lorsqu'il passa devant sa porte et descendit dans le jardin. En réalité, c'était bien plus tôt qu'il ne le pensait ; et il fallut encore quelque temps avant que les bruits habituels du petit matin ne témoignent de l'existence d'une servante. Il entendit les escaliers balayés et souffrit silencieusement lorsque le balai heurta maladroitement son mur en descendant. Ensuite, la porte d'entrée a été déverrouillée avec beaucoup de bruit, et quelques paillassons ont été collés ensemble en plein air, et quelque chose a été fait avec le grattoir de la porte. Une conversation, eue de l'autre côté de la pelouse avec Jim, eut l'effet d'une altercation, alors qu'il ne s'agissait en réalité que d'une enquête au sujet du lait, criée d'une voix stridente dans un large dialecte. Plus tard, vint le crépitement bienvenu d'un feu et le cliquetis des tasses de thé ; et une odeur de bacon chaud commença à envahir l'air.

— En tout cas, cela veut dire le petit-déjeuner, murmura Paul. « Il ne faut pas espérer que cela vaille la peine d'être mangé, mais au moins cela amènera un être humain dans la pièce. Je me demande pourquoi les gens ordinaires n'ont jamais d'idées pour le petit-déjeuner au-delà du bacon chaud ! " Et du sel, oh, très sel ! Je ne le sais pas ? Cela me rappelle mon enfance. Il y aura aussi des œufs, il y en avait toujours quand nous avions des visiteurs ; et du mauvais café préparé par des mains inhabituées, aussi parce que il y a un visiteur. Je connais aussi ce café. Dans l'ensemble, il est plus sage de s'en tenir au thé dans des endroits étranges de ce genre, même si l'on sait d'avance qu'il sera épais, noir et sans saveur . Je connais le thé, le meilleur de tout. Dans des maisons tout à fait décentes, on obtient ce thé.

Personne n'est venu vers lui, bien qu'il y ait maintenant d'autres voix autour de la maison ; et il passa de sa dissertation sur la nourriture à l'étude des images accrochées au mur. Ils appartenaient à la classe qu'il avait également connue dans son enfance ; et il sourit sardoniquement en jetant un coup d'œil aux deux textes cachés dans un labyrinthe d'enluminures, et à l'estampe allemande de Jean-Baptiste debout dans des couches d'eau solide, et à la photographie décolorée d'une petite fille aux boucles emmêlées et à la bouche impertinente. Quelque chose dans la forme de cette bouche lui rappelait les sombres événements de la nuit dernière, et lui apportait le vague souvenir d'un visage de jeune fille le regardant curieusement, et la sensation agréable d'être soutenu par deux mains fermes et douces. Il aimait plutôt s'attarder sur cette partie des aventures de la nuit dernière, jusqu'à ce qu'un véritable pincement à la jambe lui rappelle aussi les épisodes les moins agréables, et il frémit en se rappelant les horreurs de son passage de la craie au Presbytère.

"Je déteste avoir mal, c'est tellement vulgaire", marmonna-t-il avec dégoût ; et la crainte lui traversa l'esprit que ses souffrances ne deviennent plus grandes qu'il ne pourrait les supporter avec dignité.

On frappa timidement à la porte, et la servante entra pour fermer le store. Elle avait l'air maladroite et Paul soupira. Elle se glissa le long du mur jusqu'à la porte dès qu'elle le put et lui demanda timidement quand il prendrait son petit-déjeuner.

"Dès que tu voudras ; et... euh... Mary, aurais-tu la gentillesse de me donner ce manteau ? Quelle heure est-il ? Et est-ce qu'il fait beau ?" » demanda précipitamment Paul. Il était presque enfantin dans son désir de la garder dans la pièce encore un moment. Mais être appelée par le nom du cuisinier la troubla tellement qu'elle disparut précipitamment ; et Paul sourit, un peu plus cyniquement qu'auparavant, et revint à ses observations des images. A ce moment-là, il entendit la fin de la conversation entre le garçon et la fille, sous sa fenêtre, et s'amusa de sa propre part à leur querelle.

"De toute façon, si cette jeune femme doit être là, ce n'est peut-être pas si mal, après tout", pensa-t-il.

Mais il fut de nouveau réduit au découragement par l'arrivée du petit-déjeuner, qui répondit pleinement à ses attentes. Pour quelqu'un qui prétendait avoir une large compréhension de la vie, Paul Wilton était singulièrement affecté par les bagatelles. Son moral ne s'est pas amélioré lorsqu'il a découvert qui serait sa nourrice; et, aussi compétent que miss Esther se montra bientôt, il resta convaincu que l'enfant au rire joyeux qui faisait tant de gaieté dans la maison, lui aurait bien mieux convenu. Et encore une fois, il s'amusait de son intérêt pour quelqu'un qu'il avait à peine vu, et qui se révélerait probablement être une écolière sous-développée, quelqu'un qui foulerait aux pieds ses susceptibilités et ne comprendrait même pas ses sentiments sur les choses. Il lui semblait impossible de pouvoir supporter quelqu'un qui ne comprenne pas ses sentiments sur les choses. Elle pourrait aussi être simple ; les femmes aux voix fascinantes étaient souvent extrêmement simples. Et si elle n'était ni mature ni attirante, cela ne servirait à rien de lui accorder une autre pensée ; car la femme, pour Paul Wilton, n'était qu'une nécessité intéressante, — comme sa nourriture ; quelque chose pour combler les lacunes qui n'étaient pas occupées par le travail, ou l'art, ou aucune des choses réelles de la vie ; et quelque chose, par conséquent, à prendre de la manière la plus délicate possible. Il aimait causer avec de belles femmes dans un cadre pittoresque , jouer avec leurs émotions et jouer avec leur esprit ; mais les femmes devaient être belles et leur décor devait être approprié.

"S'il vous plaît, ne vous embêtez pas à attendre", dit-il à Miss Esther dans l'après-midi, lorsqu'il la trouva se préparant à s'asseoir avec lui. "Je serais très heureux si vous aviez la bonté de me donner le papier et l'étui à cigarettes. Merci."

Lorsqu'elle fut partie, n'ayant pas eu le courage de lui dire que la fumée du tabac n'avait jamais encore pollué la moisie sacrée de la meilleure chambre d'amis, Paul s'allongea avec un sentiment de soulagement et commença à examiner sa situation d'un air sombre.

"Comment ai-je pu me ridiculiser à ce point, je ne sais pas", murmura-t-il. " M'imposer à de parfaits inconnus pendant au moins six ou sept semaines ! Et de tels inconnus aussi ! Bon Dieu, comme la chère dame a eu l'air choquée lorsque j'ai dit que je n'avais plus aucun parent qui se souciait de savoir si j'étais vivant ou mort. Je dois lui dire, comme antidote, que mon père était pasteur ; j'ai su que cela faisait effet dans les cercles les plus impies. Peut-être, si je pouvais jurer , je me sentirais mieux. Mais je ne suis pas un homme qui jure ; d'ailleurs, si je le faisais, elle pourrait me confier à cette servante douloureusement ennuyeuse. Et ce serait dommage, ajouta-t-il pensivement ; "car, au moins, elle sait comment mettre un homme aussi à l'aise qu'une jambe fracturée le permet."

Une soudaine poussée de douleur lui fit tourner la tête d'un côté avec lassitude. Il avait dit au médecin, le matin même, que ce n'était rien et qu'il ne souffrait pas beaucoup ; puis avait été déraisonnablement déçu par le verdict professionnel selon lequel il s'agissait d'une simple fracture et ne présentait aucune complication. Il aurait au moins aimé que ce soit un cas intéressant.

"Je me demande si je pourrai apercevoir cette joyeuse petite fille", poursuivit-il en regardant distraitement la photo décolorée ci-contre. " C'est probablement celui qui m'a soutenu la tête dans le noir, hier soir ; celui qui rit aussi. Un endroit philistin comme celui-ci ne pourrait jamais en produire deux. Cependant, je ne le saurai jamais tant que je serai soigné par ce dragon. Et après tout, pourquoi s'en préoccuper ? Cela montre quel effet funeste l'oisiveté peut avoir sur un homme, quand la fille d'un curé simple et au rire joyeux le peut... bonjour !

Il entendit des voix sur le palier et écouta avec attention. Il y eut un bruit de bagarre et un rire étouffé, et quelqu'un secoua la porte en tombant maladroitement contre elle.

"Entrez, faites-le!" » cria désespérément Paul, et la porte s'ouvrit d'un coup.

"Je dis, est-ce qu'on t'a dérangé, ou quoi que ce soit ? Je suis terriblement désolé ; mais Kitty pourrirait tellement, et je ne pouvais pas m'en empêcher, vraiment. Et, dis-je, je suis terriblement désolé que tu sois si touché. ".

C'était Ted, désolé et gêné. Paul sourit d'un air encourageant ; c'était au moins quelqu'un à qui parler, même s'il s'agissait d'un garçon de moins de vingt ans, pour lequel il avait en général peu de sympathie. Il pouvait voir qu'il y avait quelqu'un d'autre aussi, sur le palier extérieur ; alors il sourit un peu plus. Il lui plaisait de voir sa curiosité satisfaite, même s'il n'aurait peut-être pas aimé qu'on l'appelle curiosité.

"Tu vois, Kitty va tellement mal jouer", poursuivit Ted en plongeant ses mains dans ses poches pour se donner plus de confiance. "Je n'aurais pas dû rêver de te déranger comme ça, sans Kitty."

"Je suis tout à fait content de croire que c'était la faute de Miss Kitty, dont je n'ai pas l' honneur de connaître", dit gravement Paul. "Mais ne voudriez-vous pas entrer un peu plus loin et expliquer les choses ?"

Ted s'avança bien plus loin, à ce moment-là, aidé par une poussée inattendue entre ses épaules.

"C'est si mauvais de la part de Kitty ; et ce n'est pas de ma faute, je jure que non !" dit Ted d'un ton blessé. "Tu vois, elle veut que je dise... Oh, attends, Kit, laisse un gars t'expliquer ! Eh bien, elle dit que... que... eh bien, elle veut entrer aussi, tu ne vois pas ? Elle ne voit pas pourquoi devrait-elle aller parler à d'horribles vieillards du village, alors qu'ils ne la laissent pas entrer et vous parler, du moins, c'est ce qu'elle dit. " Vous l'avez fait ! Mais Miss Esther sera sur le point de me tuer quand elle le découvrira. Kitty n'y pense jamais, elle est si pauvre. "

Paul sourit à nouveau, en partie contre lui-même parce qu'il était assez jeune pour apprécier le caractère enfantin de la situation.

"Où est Miss Esther ?" » demanda-t-il sagement, comme un homme.

"Oh, elle est assez sortie, mais quand même..."

"Oui", dit Paul d'un ton réfléchi, "je reconnais qu'il y a encore des difficultés sur le chemin. Mais ne pensez-vous pas que, comme je suis décidément aussi affligé que les autres horribles vieillards dont vous avez parlé, et comme Miss Esther est absente, que... nous pourrions tous être d'accord pour voter pour une fumisterie pourrie ? Juste pour quelques minutes, vous savez !

Et Katharine, qui avait écouté anxieusement chaque mot, se glissa dans la pièce à ce stade des négociations et ferma la porte ; Elle fit un signe de tête joyeux à Paul comme si elle l'avait connu toute sa vie et se laissa tomber de côté sur la chaise au pied de son lit.

"Je savais que ça ne te dérangerait pas", dit-elle. « Ted a déclaré que tu le ferais ; mais Ted est parfois terriblement stupide, n'est-ce pas ?

Paul était prêt à admettre que, cette fois-ci, Ted avait été remarquablement dense ; mais il se contentait de murmurer quelques banalités sur la justesse de son jugement et sur l' honneur qu'il ressentait de son discernement.

"Oh, je *savais* !" dit Katharine avec assurance. "Je ne me trompe jamais sur les gens. Ted l'a. Il fait des commentaires effrayants sur les gens; je dois toujours lui dire à qui on peut faire confiance et qui ne l'est pas."

« Je voudrais savoir, observa Paul, comment vous parvenez à en savoir autant sur des gens que vous n'avez jamais vus , moi par exemple !

"Mais je t'ai déjà vu ! Oh, j'oubliais ; bien sûr, tu ne le savais pas. J'étais avec papa hier soir quand il est venu te chercher. Tu ne te souviens pas ? Je suppose que tu étais trop mauvais pour remarquer grand-chose ".

"Cela devait être ça", acquiesça Paul. "Je me souviens juste que quelqu'un me soutenait la tête, ou c'était peut-être mes épaules—"

"C'était ta tête. C'était moi !" s'écria Katharine avec animation. "Ted n'était-il pas jaloux quand je lui ai dit, c'est tout !"

"Je ne l'étais pas", a déclaré Ted. "Mais c'était comme Kitty. Les filles ont toujours toute la chance."

"Je suis heureux", dit sèchement Paul, "qu'au moins l'un d'entre vous ait eu la chance de constater ma déconfiture."

Ted rit, mais Katharine devint soudain pensive.

"J'étais vraiment désolée pour toi, je l'étais vraiment", a-t-elle déclaré.

"Oh non, excusez- moi, je suis simplement intéressé", dit Paul.

Katharine réfléchit encore.

"Peut-être que je l'étais ; comme c'est un idiot de ma part !" » dit-elle en le regardant d'un air dubitatif. Paul haussa les sourcils ; être pris au sérieux par une femme, à un stade aussi précoce de sa connaissance, était pour lui une expérience nouvelle.

"Oh, s'il te plaît," s'exclama-t-il en riant, "ne dis pas la vérité quoi que tu sois ! C'est bien plus charmant de penser que tu *étais* désolé pour moi."

Katharine semblait toujours perplexe. Elle se tourna instinctivement vers Ted et il vint à son secours.

"Elle pensait que tu étais terriblement courageux et tout ça; elle me l'a dit. J'en avais plutôt marre, bien sûr; mais après tout, ça ne valait pas vraiment la peine parce que tu étais tellement touché, tu vois."

"Vous êtes un couple de jeunes gens singulièrement brutaux", observa Paul en se regardant tour à tour. « J'aimerais que vous sentiez ma jambe pendant une demi -heure. J'imagine que vous vous retrouveriez « frappés », comme vous aimez à l'appeler.

"Oh, mais nous ne sommes pas du tout brutaux", objecta Katharine. "Ted ne peut s'empêcher de dire ce qu'il pense en ce moment, c'est comme ça. C'est parce qu'il montre tous ses sentiments, tu ne vois pas ?"

"Tu ne dois pas penser que Kitty est insensible parce qu'elle ne dit rien", a poursuivi Ted. "Elle déteste usurper les gens et elle ne dit jamais des choses qu'elle ne pense pas. Elle ne les dit pas toujours quand elle les pense; c'est parfois plutôt dur pour un homme, je pense", a-t-il ajouté avec émotion.

La porte du jardin s'ouvrit et ils se levèrent simultanément.

« Allons-nous partir en trottinette ? » » demanda Ted, qui semblait le plus inquiet des deux.

"Je suppose que oui. Dégagez-vous !" dit Katharine avec regret. Ted était déjà parti, mais elle s'attardait toujours. La visite éclair à Paul, au lieu de satisfaire sa curiosité à son sujet, n'avait fait que l'exciter davantage ; et elle s'avançait vers lui d'un pas à demi distrait, sans la moindre feinte d'être pressée de partir.

"Au revoir", dit-elle en mettant sa main dans la sienne. C'était la première fois qu'elle montrait des signes de timidité et Paul commença à l'apprécier davantage.

"Pas au revoir," dit-il légèrement. " Vous reviendrez, n'est-ce pas ? Nous aurons beaucoup de choses à nous dire. "

"Allons-nous?"

"Eh bien, tu ne penses pas ?" Il lui lâcha la main et rit. Il semblait absurde que cet enfant, qui se comportait généralement comme un charmant garçon manqué, s'obstine à le prendre au sérieux alors qu'il voulait simplement frivoler.

"Je viendrai si ça ne t'ennuie pas", dit brièvement Katharine. Elle se demandait de quoi rire.

"Pouvez-vous écrire une écriture tolérable ?" Il a demandé.

"J'écris toutes les affaires de papa pour lui."

"Ensuite, nous verrons si quelque chose ne peut pas être arrangé", a-t-il commencé. Il se félicitait du tact dont il avait fait preuve pour contribuer à satisfaire son désir évident de le revoir ; mais elle le déconcerta une fois de plus en s'éclairant soudainement et en saisissant sa suggestion avant qu'il ne l'ait à moitié formée.

"Pourrais-je être votre secrétaire, voulez-vous dire ? Pourquoi, bien sûr que je pourrais. Quel plaisir ! Tante Esther ? Oh, ce n'est rien. *Je* m'occuperai de tante Esther. Au revoir."

Elle dirigea très efficacement tante Esther à l'heure du souper, en annonçant calmement son intention de devenir la secrétaire de M. Wilton. Et la sœur du recteur, qui était un curieux mélange de dogme conventionnel et d'ignorance du monde, et savait par-dessus le marché qu'il ne servait à rien de résister à sa nièce têtue, céda de mauvaise grâce à son nouveau caprice.

"Faites ce que vous voulez, je ne suis plus le chef de la maison, je suppose", observa-t-elle avec inquiétude.

"Oh, oui, tu l'es, tante Esther !" rétorqua Katharine avec une gaieté provoquante. " *Je* veux seulement être la secrétaire de M. Wilton."

Paul n'était pas aussi ravi qu'elle l'avait espéré le trouver, lorsqu'elle entra dans sa chambre à la suite de Miss Esther le lendemain et lui dit qu'elle avait compris et qu'elle était prête à devenir sa secrétaire. Étant elle-même une créature très réactive, elle s'attendait toujours à ce que tout le monde partage ses émotions.

"Tu n'es pas content ?" lui demanda-t-elle anxieusement.

Ne pouvant expliquer que ce qu'il désirait n'était pas tant une secrétaire qu'une jolie fille pour l'amuser, il dit avec son sourire habituel qu'il était ravi et se mit à dicter diverses lettres sans intérêt, à caractère commercial.

— Vous habitez donc au Temple, observa-t-elle en repliant une lettre destinée à sa gouvernante. "N'est-ce pas un endroit merveilleusement romantique où vivre ?"

"C'est pratique", dit brièvement Paul. Et c'est toute la conversation qu'ils ont eue ce jour-là.

Il ne voulait pas qu'on lui écrive de lettres le lendemain, et elle lui lisait le journal à la place. Mais Miss Esther restait tout le temps dans la chambre, avec son tricot, et il n'y avait pas non plus de conversation ce jour-là. Mais le troisième jour, sa tante fut recherchée à la paroisse ; et elle chargea le recteur de prendre sa place dans la chambre des malades. Elle aurait pu savoir qu'il oublierait tout cela dès qu'elle serait partie ; mais Miss Esther partait toujours de l'hypothèse que son frère possédait toutes les excellentes qualités qu'elle souhaitait qu'il ait, et il ne lui venait jamais à l'esprit qu'il passerait l'après-midi à terminer son article sur les antiquités du comté.

"Tante Esther est allée voir une femme pauvre qui a perdu son bébé. Je n'arrive jamais à imaginer pourquoi une femme qui a perdu son bébé devrait recevoir une visite simplement parce qu'elle est pauvre. Le pouvez-vous ?" » dit Katharine, alors qu'elle s'installait sur le siège de la fenêtre de la chambre d'amis avec son matériel d'écriture.

"Non", dit Paul, cachant sa satisfaction que Miss Esther ait une opinion différente. « Vous n'avez pas besoin de vous inquiéter d'écrire des lettres aujourd'hui, merci », continua-t-il négligemment ; "et je ne pense pas non plus vouloir entendre le journal."

"N'est-ce pas ? oh !" dit Katharine, l'air déçue. "Alors je ne peux rien faire pour toi ?"

"Oh, oui. Vous pouvez parler, si vous le voulez", dit Paul en souriant. "Viens t'asseoir sur la chaise au bout du lit, où tu étais assis le premier jour de ton arrivée. Je peux te voir alors."

« C'est tellement plus agréable de voir la personne à qui on parle, n'est-ce pas ? observa Katharine, alors qu'elle obéissait à sa suggestion.

"Bien plus agréable", acquiesça Paul, bien qu'il ne lui soit jamais venu à l'esprit de suggérer que Miss Esther devrait occuper cette chaise en particulier. "Maintenant, parle, s'il te plaît!"

Katharine fit un signe de consternation.

"Je ne peux pas", dit-elle. "Tu commence."

"Qui est ton poète préféré ?" » demanda solennellement Paul. Elle le déconcerta en prenant sa question au sérieux, et il dut écouter ses éloges enthousiastes de plusieurs poètes préférés , avant d'avoir l'occasion de s'expliquer.

Elle le surprit en train de réprimer un bâillement, et elle s'arrêta brusquement, au milieu d'une phrase.

"Je crois que je t'ennuie terriblement. Dois-je y aller ?" elle a demandé. Le rouge lui était venu aux joues et sa voix avait une note de détresse.

"Je veux que tu me dises quelque chose, d'abord," fut sa réponse inattendue. "Parlez-vous de poésie au jeune Morton ?"

"Ted ? Pourquoi, non, bien sûr que non. Quelle horrible réflexion ! Ted n'est pas du tout poétique, pas du tout ; et il se moquerait comme n'importe quoi. Je n'ai jamais parlé des choses que j'aime vraiment à qui que ce soit auparavant ; pas même à papa, beaucoup. »

C'était un peu dangereux, et la fille manquée du pasteur n'était pas le genre de personnalité susceptible de rendre le danger fascinant. Et la première impulsion de Paul fut de grimacer devant la franchise peu étudiée de sa remarque ; mais quatre jours de réclusion avaient été extrêmement pénibles, et la flatterie qui sous-tendait ses paroles ne lui déplaisait pas.

"Alors qu'est-ce qui t'a fait croire *que je* m'intéressais à la poésie, hein ?" » demanda-t-il délibérément.

"Pourquoi," dit Katharine en le regardant, "tu as commencé, tu ne te souviens pas ? Je pensais que tu voulais que je te dise ce que je pensais."

"Oui, oui, j'en suis conscient. Mais ne penses-tu pas que nous avons assez parlé de poésie pour une journée ?" dit Paul en fermant à moitié les yeux. Il regrettait déjà d'avoir été stupide d'attendre qu'elle le comprenne.

" Comme tu es terriblement drôle ! D'abord tu dis... "

"Oui", dit Paul aussi patiemment qu'il le pouvait, "je sais. N'en parlons pas davantage. Supposons que vous me parliez maintenant comme vous parleriez au jeune Morton, par exemple!"

Katharine secoua la tête, dubitative.

"Je ne pense pas que je pourrais le faire. Tu n'es pas comme Ted ; tu n'aimes pas le même genre de choses. Tu n'es pas comme moi non plus."

Paul sourit sinistrement.

"Nous sommes tous les deux pareils en réalité, Miss Kitty. Seulement, vous le concentrez d'un côté, et moi de l'autre. Je veux dire, vous êtes trop abominablement jeune et je suis trop abominablement vieux pour une conversation. Nous devrons le faire." restez-en aux poètes préférés , après tout.

Katharine s'était approchée du côté du lit et le regardait d'un œil critique, avec un air très sérieux sur le visage.

"Quel est le problème?" » demanda-t-elle brusquement. "Je déteste que les gens disent qu'ils sont vieux, alors qu'ils sont des gens gentils. Cela me fait un sentiment d'horreur ; je n'aime pas ça. Je ne laisse jamais papa parler de vieillir ; cela me donne une sorte de froideur, n'est-ce pas ? tu sais ? J'aimerais que tu ne le fasses pas. D'ailleurs, je ne suis pas jeune non plus ; j'ai presque dix-neuf ans. Je sais que j'ai l'air beaucoup plus jeune, parce que je ne relèverai pas mes cheveux ; mais mes jupes sont presque jusqu'au sol. Qu'est-ce qui te fait dire que je suis trop jeune pour qu'on me parle ? »

« J'ai dit que tu étais trop jeune pour discuter. Ce n'est pas tout à fait la même chose, n'est-ce pas ?

"N'est-ce pas ?" » dit Katharine, et elle détourna le regard par la fenêtre pendant une minute entière. Ce qu'elle a vu là-bas, elle n'aurait pas pu le raconter, mais c'était quelque chose qui n'avait jamais été là auparavant. Lorsqu'elle ramena ses yeux vers son visage, leur air sérieux avait disparu et ils scintillaient de plaisir. "Je sais!" elle a ri. "Parlons sans aucune conversation."

"C'est la même femme, après tout", fut la réflexion de Paul.

Ils ne parlèrent plus des poètes favoris ; mais ils n'eurent aucune difficulté pendant le reste de l'après-midi à trouver de quoi parler. Il se faisait tard lorsque la porte du jardin donna son avertissement habituel, et Katharine se leva en soupirant.

"Quand te reverrai-je ?" Il a demandé. Ils n'avaient pas accompli la formalité de se serrer la main, cette fois.

"Quand tante Esther n'est *pas* allée voir une pauvre femme qui a perdu son bébé", dit Katharine en riant.

"C'est absurde ! nous garderons les lettres et le journal pour ce genre de visite. Quelqu'un d' autre ne mourra-t-il pas, n'est-ce pas, pour que nous puissions avoir une autre conversation ?"

"Je vais voir", dit Katharine, ce qui ne pouvait pas être strictement considéré comme une réponse à sa question. Mais cela satisfaisait pleinement Paul.

CHAPITRE IV

Les semaines s'écoulaient ; et Paul Wilton, de simple objet d'intérêt et de pitié, devint peu à peu le plus grand mystère du quartier . Une telle réputation n'était absolument pas recherchée de sa part, bien que, s'il en avait eu connaissance, il est probable qu'elle ne lui aurait pas été totalement déplaisante. Car tout au long de sa vie, il avait eu pour mission de mystifier les gens, non pas en supposant délibérément qu'il était ce qu'il n'était pas, mais en évitant énergiquement toute apparence de ce qu'il était ; et son indifférence, que les gens remarquèrent pour la première fois chez lui, était entièrement feinte dans le but de cacher que sa véritable attitude envers la vie était critique. Il n'était pas déraisonnable qu'un homme de cette envergure , soudainement placé dans une paisible paroisse de campagne, finisse par y faire sensation. Miss Esther, depuis le début, avait beaucoup souffert, et en silence ; mais un homme qui avait un père à Crockford et une mère à Debrett devait se faire pardonner beaucoup, et elle se sentit obligée d'ignorer même la cendre de ses cigarettes et ses romans français, lorsqu'elle les trouva tous deux sur sa chaste couverture. du meilleur lit de chambre d'amis. Mais il y en avait d'autres à Ivingdon qui, n'ayant pas eux-mêmes un grand pedigree, étaient enclins à sous-estimer l'importance d'en avoir un ; et certains d'entre eux, le médecin, par exemple, et Peter Bunce, le marguillier, vinrent voir le recteur pour obtenir des éclaircissements.

"Eh, mais il ne se trahit pas beaucoup, n'est-ce pas, maintenant ?" dit le marguillier en désignant du pouce le boiteux qui venait de passer devant la fenêtre avec ses béquilles. "Il devrait être tout près, je pense, hein ?"

"C'est un jeune homme très intelligent", dit vaguement le recteur. "Il apprécie beaucoup la porcelaine orientale ."

C'était dimanche après-midi, et le recteur distribuait du whisky et des cigares à ses invités, avec une prodigalité qu'on aurait pu attribuer à l'absence de miss Esther à l'école du dimanche. Il y avait aussi dans leurs manières et dans leur conversation une aisance qui devait être attribuée à la même cause.

"Je suppose qu'il est terriblement intelligent, et tout ça, n'est- ce pas ?" » demanda Ted d'un ton maussade. Il était assis sur le rebord de la fenêtre, une position pratique qui lui permettait de crier occasionnellement des réponses aux questions venant de Katharine de l'autre côté de la pelouse. Mais à ce moment-là, Paul la rejoignit ; et Ted savait instinctivement qu'il n'aurait plus de questions à répondre après cela.

"Il est difficile de dire de quoi il s'agit", observa le médecin. "On n'arrive pas à le faire parler; du moins, pas beaucoup. Généralement, quand j'ai fait toutes les affaires professionnelles, il retombe dans un silence total, et je dois y aller;

mais parfois il a tendance à être bavard , et puis il fait un charmant compagnon. Mais ce qui est étrange, c'est que je n'en sais pas plus sur cet homme lui-même à la fin d'une conversation qu'au début. Avocat, avez-vous dit qu'il l'était ? manière, alors ; mais la question est : qu'y a-t-il derrière tout cela ? »

Personne ne semblait avoir de réponse prête à la question du médecin ; mais Peter Bunce but une longue gorgée de whisky, épousseta la cendre de cigare de son vaste gilet et attaqua le sujet avec une nouvelle vigueur .

"Il n'est pas possible de découvrir quoi que ce soit sur personne sans que vous vous en souciiez un peu", remarqua-t-il sagement. "Peut-être que M. Austen, là-bas, sait quelque chose de plus que nous, les gens. N'a-t-il jamais eu de père, maintenant ? Il y a beaucoup de choses merveilleuses à apprendre en connaissant le père d'un homme, il y a. C'est un de ces gens de Londres, qui n'ose pas parler à voix haute, de peur que cela ne soit publié dans les journaux. Les gens de Londres sont très bien surveillés, d'après ce que j'ai entendu ; il n'y a jamais un moment de paix ou de sécurité à Londres, disent certains. Peut-être que M. " Le père de Wilton est un gentleman londonien , maintenant ! "

"Son père?" dit le recteur avec un enthousiasme soudain. « Son père était loin d'être un génie, monsieur ! Il est la meilleure autorité que nous ayons en matière de numismatique dans son quartier . N'avez-vous jamais entendu parler des « jetons de cuivre » de Wilton ?

"Je suppose que nous l'avons fait, monsieur, assez souvent", rit Ted.

Le recteur eut un air pathétique et lui tendit un autre cigare, avec une appréhension qui naissait du bruit lointain de la grille du jardin.

"Ils se moquent tous de moi", dit-il d'un ton joyeux qui n'évoquait la pitié de personne. "Je suis un vieil imbécile ; oh, oui, nous savons tout à ce sujet. Mais si vous aviez lu "Copper Tokens" de Wilton, vous ne voudriez pas savoir qui était le père de cet homme. Laissez-moi voir, qu'est-ce que j'ai fait ? faire avec mon Crockford ?

"Je suppose que vous pensiez que c'était un livre de cantiques et que vous l'avez apporté à l'église ce matin", dit Ted d'un ton de gaieté forcée. Il avait toujours un œil sur la pelouse, et ce qu'il y voyait ne lui remontait pas le moral.

« Mort à l'âge de cinquante-huit ans, alors que son fils en avait dix-huit, me dit-il, continua le recteur. "C'est à la même date que la cinquième édition des 'Copper Tokens' a été publiée, il y a dix ou quinze ans maintenant. Dieu merci, comme le temps passe vite quand on ne rajeunit pas !"

Pendant un moment ou deux, toutes les personnes présentes étaient occupées à un calcul mental. Le marguillier fut le premier à renoncer à sa tentative et il revint obstinément au sujet initial.

"L'âge n'a rien à voir avec ça", commença-t-il, poussant un soupir de soulagement en remplaçant sa pipe par ce cigare inhabituel. " Parce que pourquoi ? Certaines personnes sont vieilles quand elles sont jeunes, et d'autres sont jeunes quand elles sont vieilles ; c'est là que ça se passe, vous voyez. "

Personne ne l'a vu ; mais Ted a lancé un commentaire vicieux.

"Le Seigneur seul sait quel âge il a, mais il est aussi exténué qu'on le prétend", a-t-il déclaré.

Le marguillier souriait, sans comprendre, et Cyril Austen était trop plongé dans son Crockford pour entendre ce qui se passait ; mais le docteur était lui-même jeune, il n'y a pas si longtemps, et il comprenait.

« Est-ce qu'il parle de partir ? » demanda-t-il d'un ton désinvolte, en s'adressant au garçon sur le rebord de la fenêtre. "Il n'y a rien qui le retient ici maintenant, d'après ce que je peux voir."

"Je ne sais rien de lui", dit Ted avec une indifférence étudiée. "J'aurais dû penser, à la manière dont Kitty parle de lui, que Londres ne pourrait plus se passer de lui un instant de plus. Ce qu'ils voient tous en lui, je ne le sais pas. Je suppose que c'est parce que je suis un connard pourri." , mais il me semble comme n'importe qui d'autre en ce qui concerne le cerveau. Et il ne peut pas parler pour des cinglés. Mais Miss Esther dit que sa famille est tout à fait saine ; et c'est suffisant pour les femmes, je suppose.

Le médecin hocha la tête avec sympathie et Ted rit comme s'il avait un peu honte de se prendre autant au sérieux.

"Il va se faire discret mercredi", a-t-il poursuivi, un peu plus cordialement. « Il a un de ses amis qui vient en voyage d'affaires demain, et ils partent ensemble. Il jure qu'il en sait beaucoup sur les pièces de monnaie, et bien sûr, cela attirera le recteur. Le fait est que cet endroit devient trop intelligent pour moi. Il y a Kitty, qui pourrit de poésie et tout ça jusqu'à vous rendre malade. Elle n'en avait jamais l'habitude ; et ça ne sert à rien qu'elle essaie de vous usurper en prétendant qu'elle n'est pas modifiée, parce qu'elle l' est, et tout cela pour le bien d'un type comme Wilton, qui n'ouvre presque jamais la bouche ! C'est si pauvre, n'est-ce pas ?

Mais ici, l'arrivée de Miss Esther a retardé toute discussion ultérieure sur l'invité du Presbytère. Le médecin se rappela soudain qu'il avait un patient à visiter et partit brusquement ; Le marguillier refusa une brève invitation à prendre le thé et se précipita après lui. Ted s'attarda un moment ou deux, sans se faire remarquer du tout ; et Miss Esther, ayant réussi à chasser les invités de son frère, alla dans le jardin pour troubler la conversation de l'autre côté de la pelouse.

Environ deux jours plus tard, Paul Wilton et son ami de Londres arpentaient l'étroite bande de chemin de gravier qui longeait la maison du côté sud. En l'absence de Katharine, qui l'avait poussé à prolonger la période d'impuissance, comme il aurait souhaité prolonger toute autre sensation agréable, Paul n'avait aucune raison de jouer au invalide ; et, à l'exception d'une claudication occasionnelle, rien dans sa démarche n'indiquait une boiterie. Il y avait cependant le sourire inexplicable habituel sur son visage alors qu'il écoutait la conversation plaisante de l'homme à ses côtés, et l'interrompait parfois avec une de ses remarques sèches et laconiques. Son compagnon était un petit homme âgé, aux traits menus et au teint frais, dont la gentillesse était le résultat du tempérament plutôt que du principe, et dont la conversation était agrémentée d'un refrain personnel qui la rendait naïvement amusante.

« C'est d'ailleurs une jolie enfant, disait-il d'un air de connaisseur. Katharine venait de les quitter et ils pouvaient l'entendre rire avec son père à l'intérieur. Paul murmura un assentiment et continua de fumer. Son compagnon lui jeta un regard de côté et lui sourit gentiment.

« Très joli, répéta-t-il, mais ridiculement jeune. Et qui est ce charmant garçon qui lui en veut tant ? Elle ne s'en rend pas du tout compte, et il n'a pas le courage de le lui dire . désolé pour ce garçon, j'ai été à sa place plusieurs fois et je sais ce que ça fait. Il a beaucoup à lui apprendre, c'est sûr, hein ? Ça ne t'intéresse pas, je suppose ! Si ça avait été moi, maintenant, enchaîné ici avec une jambe cassée et sans rien faire, avec une histoire d'amour idyllique qui se déroule sous mes yeux, ah, eh bien, tu n'es pas fait comme ça, et je suis trop vieux, je suppose. de son charme, elle n'est pas vraiment mon style."

"Non", dit Paul; "elle n'est pas ton style."

"Tout de même, elle est remarquablement jolie, et je ne suis pas trop vieux pour admirer une jolie femme", rigola son compagnon. " " Sur ma parole, je suis assez enclin à envier ce garçon. Imaginez une véritable femme, se croyant encore une enfant, avec un charmant garçon pour seul compagnon, et personne pour se mettre entre eux ! mondes pour une telle chance quand j'avais son âge.

"Mais, voyez-vous, vous n'avez pas son âge; donc cela ne sert à rien d'essayer de l'exclure. D'ailleurs, vous devriez le savoir mieux, Heaton, à l'époque de votre vie", dit Paul, d'une manière plaisante qui était un peu tendue. Heaton a pris sa remarque plutôt comme un compliment que comme un autre.

"Tu ne me changeras pas, mon garçon; tu me retrouveras pareil jusqu'à la fin du chapitre, alors décide-toi-en. Je n'en ai pas honte non plus, pas moi! Mais sérieusement, Je suis très intéressé par notre petite histoire d'amour là-bas. J'aimerais aider ce garçon.

"C'est peut-être pour cela qu'il ne le fait pas", observa Paul. "Mais je ne vois pas pourquoi nous devrions nous en préoccuper."

"C'est là que tu es si cynique", se plaignit Heaton. " Ces petites affaires m'intéressent toujours intensément ; elles me ramènent ma jeunesse et me rappellent mon bonheur perdu. Oh, la vie ! ce que tu m'avais autrefois ! Et maintenant tout est parti, enterré avec mes deux douces épouses, et je me retrouve seul, sans personne pour se soucier de ce que je deviens. »

Ses yeux étaient humides lorsqu'il finissait de parler, et Paul marchait à ses côtés sans lui apporter aucune consolation. Il aurait eu du mal à expliquer pourquoi il avait choisi Laurence Heaton pour amie. Il serait peut-être plus juste de dire que Heaton l'avait choisi et qu'il lui manquait l'énergie ou le pouvoir de s'en débarrasser. Il était généralement vrai que son égoïsme sentimental ennuyait excessivement Paul, et pourtant il trouvait quelque chose à aimer dans une nature si différente de la sienne ; et il était lui-même si secret que les confidences naïves de Heaton, même si elles étaient un peu ennuyeuses, le soulageaient du moins de la nécessité d'ajouter à la conversation. En outre, c'était un homme qui ne recherchait jamais volontairement l'amitié des autres, et la préférence évidente que le bon enfant oisif, qui était de tant d'années son aîné, lui avait témoignée lors de leur première rencontre lors d'un dîner public, avait secrètement cela ne le flattait pas peu, et leur connaissance s'était naturellement développée par la suite.

"Tout de même", reprit Heaton avec son ton habituel, "un étranger ne peut jamais faire grand-chose dans ces cas-là. Peut-être vaudrait-il mieux les laisser tranquilles ; et pourtant, si le garçon venait à moi pour le bénéfice de mon une expérience plus large—"

" Ne pensez-vous pas, interrompit Paul, que nous avons parlé de quelques enfants autant qu'il le fallait ? C'est bien beau pour un vieux réprouvé comme vous de passer son temps à raviver sa jeunesse perdue, mais je n'ai pas encore pensé à cela. " Je n'ai pas beaucoup de loisirs comme vous en avez, et je veux entendre parler des actions que vous avez mentionnées dans votre lettre de la semaine dernière.

Heaton rit avec bonne humeur .

" Vous ne réalisez pas , mon cher, à quel point cela m'intéresse toujours. Mais vous attendez que votre heure vienne ; à présent vous êtes trop cynique pour comprendre ce que je veux dire. "

"Ou trop romantique", suggéra Paul.

"Oh non!" dit Heaton. "La romance n'est qu'un équivalent pour l'inexpérience ; je pense que tu es un mendiant au cœur froid qui laisse passer les meilleures choses de la vie, mais je ne devrais pas te qualifier d'inexpérimenté. Tu as une voie finie avec les femmes qui plaît toujours pour eux ; les femmes aiment les petites bêtises, si elles sont bien faites. Je suis trop évident pour elles, trop simple d'esprit, et ça les effraie toujours.

"Est-ce que c'est vrai ?" Paul sourit.

"Maintenant, tu devrais te marier", continua vivement Heaton. "Je crois au mariage, pendu si je n'y crois pas ! et c'est cela qui m'a fait. Tout ce qu'il y a de bon en moi, je le dois à ma vie conjugale."

"Est-ce qu'il a vraiment fallu deux mariages ?" murmura Paul. Son compagnon sourit à la plaisanterie contre lui-même, et ils restèrent un moment silencieux, regardant la pelouse qui venait de reprendre sa nouvelle floraison verte. La voix de Katharine leur parvint de nouveau par la fenêtre ouverte, cette fois dans une dispute indignée avec sa tante.

« Elle est un curieux mélange de dureté et de sentiment, » dit involontairement Paul, « et son entourage a fait d'elle une idiote ; mais elle m'intéresse plutôt.

"Ah," dit Heaton, "je suis tout à fait d'accord avec vous. Il y a un côté un peu arrogant chez elle. Mais pouvez-vous vous le demander ? Elle est le seul élément de vie et de beauté de cet endroit, et elle ne rencontre jamais son égale. Ils Je pense beaucoup à elle aussi. Et la fille du pasteur a généralement une bonne opinion d'elle-même.

"Elle le fait avec beaucoup de charme", dit Paul d'un ton serein, "et elle est assez instruite et sait s'exprimer. Pour une femme, elle a un certain sens de la critique."

"C'est mauvais", dit Heaton d'un ton décidé, "très mauvais. Une femme ne devrait avoir aucun sens de la critique. C'est ce qui fait d'elle une idiote. En fait, comme je vous l'ai souvent dit auparavant, une idiote se fait de trois manières. Premièrement, elle est créée par son propre peuple, si elle se révèle intelligente ; deuxièmement, par le monde, si elle réussit ; et troisièmement, par son amant, si elle n'est pas amoureuse de lui. Mais bien sûr, si elle *est* amoureuse de lui, il peut être la cause de sa perte."

Quelqu'un en robe imprimée de couleur claire sauta par une fenêtre latérale et disparut en direction du pavillon d'été. Les deux hommes se levèrent et s'occupèrent d'elle sans se faire remarquer.

"Comme vous le dites", remarqua Heaton d'un ton doux, "elle le fait avec beaucoup de charme."

Paul se releva avec effort.

"Trois heures et demie", dit-il en regardant sa montre. "N'as-tu pas promis d'aller voir les pièces du Recteur cet après-midi ? "

Et cinq minutes plus tard, il avait rejoint Katharine dans la maison d'été.

CHAPITRE V

La maison d'été était située loin dans les arbustes et, bien que cachée de la maison par des lauriers et des buis, elle était ouverte à l'avant sur une étendue de parterres de fleurs aux couleurs vives et d'herbe bien coupée. C'était un jour glorieux du mois de mai, et le printemps dans toute sa plénitude était arrivé. Les fleurs blanches des fruits avaient cédé la place à des feuilles vertes froissées et les fleurs du début de l'été étaient en boutons. Paul Wilton était allongé sur une chaise basse en forme de panier, où il s'était jeté après avoir échappé à son bavard ami ; et à ses pieds, un livre ouvert sur les genoux, était assise Katharine. Évidemment, beaucoup de femmes pauvres avaient perdu beaucoup de bébés, depuis le jour où elle s'était assise sur la chaise au pied de son lit et parlait de ses poètes préférés, car le livre sur ses genoux n'était qu'un prétexte auquel ni l'un ni l'autre n'avaient pu le faire . ils y prêtaient le moins d'attention, et leur conversation était d'un caractère purement personnel, de cette sorte de conversation qui n'a ni sujet ni épigramme, et qui se déroule en phrases à moitié terminées.

"Je commence à comprendre pourquoi vous ne peignez pas, n'écrivez pas et ne faites pas de choses, même si vous en savez tellement sur ce sujet", observa Katharine, fermant à moitié les yeux et dessinant le carré de jardin ensoleillé tel qu'elle le voyait encadré. dans les boiseries de la porte du pavillon d'été.

Paul sourit. C'était très agréable de se faire dire par cet enfant de la nature qu'il en savait « tellement sur les choses ».

"Dites-moi pourquoi", fut tout ce qu'il dit cependant.

"Je pense que c'est parce que cela vous met dans une position de critique tout le monde . Cela vous rend tellement supérieur, d'une certaine manière. Oh frere! Je ne peux jamais expliquer les choses. Mais ne voyez-vous pas que si vous étiez vous-même peintre, vous ne pourriez pas dire qu'il n'y avait qu'un seul peintre vivant, comme c'est le cas aujourd'hui. Pourrais-tu?"

"Peut-être que je pourrais", dit Paul, et il rit doucement devant son air surpris.

" Bien sûr , je sais que tu te moques seulement de moi," dit-elle d'un ton blessé. "Tu ne penses jamais que je suis sérieux à propos de quoi que ce soit."

"Ma chère Miss Katharine," lui assura-t-il, "au contraire, je pense que vous êtes terriblement sérieuse à propos de tout. Je n'ai jamais eu de conversation aussi sérieuse depuis que j'avais dix-neuf ans moi-même. Vous devrez vieillir avant d' apprendre . être jeune et frivole.

"Mais *vous* n'êtes pas frivole", protesta-t-elle. "Tu sais que tu ne l'es pas. Tu dis ça seulement pour me taquiner."

« Je dis ça seulement pour te convaincre. Ce n'est pas ma faute si tu ne comprends pas, n'est-ce pas ?

"Je comprends, j'en suis certaine. Au moins" - elle s'arrêta soudainement et le regarda avec un de ses longs regards critiques. "Peut-être avez-vous raison, et je ne vous comprends pas du tout. Comme c'est bizarre ! Je ne pense pas que j'aime cette sensation." Elle termina par un petit geste de dégoût.

"Je ne devrais pas m'en soucier, si j'étais toi", dit calmement Paul. "Tu comprendras mieux quand tu seras plus vieux... et plus jeune. En attendant, c'est très agréable, tu ne trouves pas ?"

Elle était penchée en avant, les mains croisées sous le menton, et ne lui répondait pas.

"Qu'est-ce qui vous a poussé à choisir d'être avocat ?" » demanda-t-elle soudain.

Il haussa les épaules.

"Simplement parce qu'il offrait de plus grandes possibilités d'oisiveté que n'importe quelle autre profession, je suppose."

Katharine se retourna sur son tabouret bas et le regarda avec incrédulité.

"Mais tu ne veux jamais *faire* n'importe quoi, toi avec tout ton esprit et tes talents ? s'écria-t-elle avec impatience. Tu dois sûrement avoir de l'ambition ?

"Oh non," répondit Paul en arrangeant les coussins à l'arrière de sa tête et en s'y affalant à nouveau. " J'espère que je serai toujours à l'aise, c'est tout ; et j'ai assez d'argent pour cela, Dieu merci ! "

« Et si tu avais été pauvre ?

"Ne le supposez pas," répondit Paul; et ses traits perplexes se détendirent en un sourire.

"Je ne comprends pas pourquoi tu as un visage comme ça, alors," dit-elle pensivement.

"Qu'est-ce qu'il y a avec mon visage ? Est-ce qu'il suggère des possibilités ? Penser que j'aurais pu être un poète mineur pendant toutes ces années, sans le savoir !"

Katharine retourna à son examen des parterres de fleurs ; et Paul s'allongea et souffla des ronds de fumée dans l'air, et la regarda à travers eux avec un air amusé sur le visage. Il se souvenait de quelques paroles désinvoltes de Heaton qui l'avaient beaucoup ennuyé à l' époque : « Si je ne suis pas amoureux d'une femme, je ne veux pas lui accorder une autre pensée ; et il jeta un coup d'œil à sa taille fine alors qu'elle était assise là, et essaya paresseusement d' analyser ses propres sentiments à son égard.

"A quoi penses-tu?" » demanda-t-elle en se retournant à nouveau.

"A propos de toi", dit-il, et il posa légèrement ses pieds sur le sol, s'assit et s'étira.

"Et moi?" » demanda-t-elle curieusement.

"Je me demande si je te manquerai beaucoup quand je serai parti", dit-il, et il glissa lentement le long de la chaise jusqu'à ce qu'il s'assoie derrière elle, où il pouvait juste voir son profil arrondi alors qu'elle tournait son visage loin de lui.

"Oh, oui, terriblement ! J'aimerais, j'aimerais vraiment que tu n'y viennes pas !" Elle regardait maintenant très attentivement les parterres de fleurs.

" Moi aussi, Miss Katharine. Cela a été tout à fait délicieux ; je n'oublierai jamais vos doux soins pour moi. Mais vous allez bientôt tout oublier de moi. Et en plus, il y a Ted. "

"Qu'est-ce que ça a à voir avec ça ?" » demanda-t-elle rapidement.

"Oh, rien, sûrement ! C'était simplement une réflexion sans conséquence de ma part."

Il y eut une pause de quelques instants.

"Parle," dit-il soudainement, et il posa doucement sa main sur sa joue. Cela se réchauffa sous son contact, et il entendit le tremblement dans sa voix alors qu'elle parlait.

"Je—je ne peux pas parler. Oh, s'il te plaît, ne le fais pas !"

"Tu ne peux pas ? Essayez."

Elle posa sa main sur la sienne, et il attrapa ses doigts et déposa un léger baiser sur eux alors qu'ils gisaient froissés sur sa paume. Puis il les pressa légèrement, les laissa partir et s'éloigna vers la maison sans la regarder de nouveau. Son visage était aussi impassible que s'il venait de parler d'archéologie au recteur ; mais ses réflexions semblaient absorbantes, et il se leva à peine pour s'écarter lorsque Ted sortit de la maison en se prélassant et courut contre lui sous le porche.

"Tiens!" dit Ted. "Je suis terriblement désolé ; je ne t'ai pas vraiment vu."

"Oh, peu importe !" » dit Paul, qui, n'étant jamais lui-même coupable d'une action maladroite, pouvait se permettre de rester tranquille. "Mlle Katharine est dans la maison d'été", ajouta-t-il en réponse au regard inconsolable de Ted. "Nous avons lu Browning. Au moins, Miss Katharine, par bonté, a essayé de me convertir. J'ai bien peur d'avoir été une auditrice peu reconnaissante."

Ted lui lança un regard interrogateur. D'une manière ou d'une autre, il n'était pas si facile de désapprouver Paul en face que dans son dos.

"Comme c'est pauvre !" dit-il avec sympathie. "Kitty joue vraiment à bas prix, parfois, n'est-ce pas ? Browning suffit à vous donner la bosse, je devrais penser. Mais elle ne me fait jamais ça."

"Probablement", dit Paul en dégageant un papier à cigarette; " Elle ne ressentirait pas la même nécessité dans votre cas. Vous auriez plus de facilités pour converser, je veux dire. Ne prendriez-vous pas une cigarette ? "

Ted regarda vers les arbustes, mais s'attarda comme si l'invitation s'adressait à lui.

"Je pense que je vais prendre une pipe, si cela ne vous dérange pas. Puis-je essayer votre 'baccy ? Merci, terriblement !"

Ils s'assirent de part et d'autre du petit porche et soufflèrent en silence.

"Vous n'avez pas eu grand-chose ces derniers temps", observa Paul à présent.

Ted lui jeta un nouveau coup d'œil, mais fut désarmé par son ton amical.

"Non," dit-il. "Au moins, je suis venu une ou deux fois la semaine dernière, mais je n'ai jamais vu Kitty. Je veux dire," ajouta-t-il précipitamment, "elle était sortie, ou quelque chose comme ça."

"Ah!" dit Paul avec indifférence ; "c'était malheureux."

"C'était une véritable nuisance", dit Ted, son regard troublé revenant. "La vérité," poursuivit-il, ressentant le désir d'un confident plus fort que sa méfiance à l'égard de Paul, "il y a quelque chose que j'ai essayé de dire à Kit pendant une semaine entière, et pour ma vie, je peux" Je ne le sors pas."

"Il va se ridiculiser dès le début", pensa Paul.

"Vous voyez," continua Ted avec effort, " *elle* a joué tellement, ces derniers temps."

"Ta mère?" questionna Paul.

Ted hocha la tête.

" Et maintenant, elle m'a trouvé une putain de place dans quelque endroit de la ville, des bougies, ou une épicerie, ou quelque chose de bestial. C'est la chose la plus pauvre que j'aie jamais entendue. Et je dois commencer jeudi, donc je dois quitter la maison pour aller à la maison. " - demain. Et Kitty ne sait pas ; c'est le diable, tu vois.

"Je suis désolé", dit gravement Paul.

"Je l'ai eu par l'intermédiaire d'un cousin de mon père," continua Ted de sa voix désolée. "Personne, à part le cousin de mon père, n'entend parler de travaux aussi pourris. Il a dit que cela me ferait mourir, ou de la pourriture. J'ai déjà entendu cela; les hommes qui n'ont jamais fait un seul travail eux-mêmes parlent toujours de cette sorte . de bon marché. Il faut être là aussi à huit heures et demie du matin, foutez le camp !

"Je suis désolé", dit encore Paul. Il commença à ressentir un vague intérêt pour le garçon tandis qu'il s'asseyait en face et étendait ses longues jambes de toute leur longueur, et exprimait brusquement ses plaintes avec la ronce entre les dents.

" *Elle* trouve que cela est très bouleversant aussi ; simplement parce qu'elle n'aura plus à me garder plus longtemps. Elle n'aurait jamais dû avoir un fils comme moi ; je n'étais pas fait pour un travail aussi bestial. Pourquoi suis-je née ? Pourquoi étais-je?"

"Les parents de l'animal humain ne sont jamais sélectionnés", a déclaré Paul, pour dire quelque chose.

"Je sais que je suis un imbécile, *elle* me l'a dit assez souvent, alors je ne m'attends pas à obtenir quelque chose de terriblement décent. Mais pourquoi m'ont-ils éduqué comme un gentleman ? Ils auraient dû m'envoyer dans un pensionnat, et alors j'aurais dû être moi-même un limiteur, et rien n'aurait eu d'importance. A quoi ça sert d'être un gentleman et un imbécile ? C'est ce que je suis ; et Kit est la seule personne au monde qui ne me le fait pas ressentir, bénisse-la. !"

Paul jeta sa cigarette et prit soudain une résolution. Il s'amusait, malgré lui, du pessimisme très juvénile des remarques de Ted ; et pendant un moment il eut presque envie que le garçon ne gâche pas sa carrière par un faux départ. Il y avait aussi quelque chose de nouveau dans son rôle de conseiller, et Paul Wilton n'était jamais opposé à une sensation nouvelle. Alors il se pencha en avant et tapota le genou de son compagnon avec son long index pointu.

« Vous pouvez m'envoyer au diable, si vous le souhaitez, » dit-il avec son sourire placide, « mais je voudrais d'abord vous donner un conseil. Puis-je ?

Ted avait l'air plus déprimé qu'avant, mais il ne semblait pas surpris.

« Tire en avant ! » dit-il tristement. "Je supporte énormément de choses. Les gens m'ont toujours donné des conseils, depuis que je suis enfant ; c'est la seule chose qu'ils m'ont jamais donnée."

"Je ne pense pas que ce soit du tout mes affaires", a déclaré Paul, fabriquant une autre cigarette avec la précision élaborée qu'il dépensait toujours pour des bagatelles ; "Mais j'ai vu tellement de bons gars ruinés à cause d'une erreur dans leur jeunesse, et je sais une ou deux choses, et je suis plus âgé que toi aussi. Maintenant, comment veux-tu dire à cet enfant là-bas que tu tu pars ?"

commença Ted.

"Que veux-tu dire?" Il a demandé. Mais sa lèvre inférieure tremblait nerveusement et sa couleur s'était accentuée.

"Eh bien, c'est ce que je veux dire. Étant donné une créature émotive comme celle-là, qui n'a jamais vu d'autre homme que vous, et un jeune homme impétueux comme vous, qui va lui dire au revoir pour une durée indéterminée, eh bien , il est extrêmement probable que vous parveniez tous les deux à une seule conclusion ; et mon conseil est le suivant : ne le faites pas. »

Ted ne dit rien, mais continua de fixer le sol carrelé . L'homme plus âgé se leva et remit la boîte d'allumettes dans sa poche.

« J'ai failli le faire moi-même une fois », dit-il ; "mais je ne l'ai pas fait."

Ted le regarda pensivement de haut en bas.

"Je ne devrais pas penser que tu l'as fait", dit-il avec un sarcasme inconscient. Puis lui aussi se releva lentement et resta un instant sur le seuil, les mains dans les poches. "Je pense que vous êtes une foutue brute cynique," dit-il plutôt essoufflé, "mais je crois que vous avez raison, et je ne le ferai pas."

Et il traversa la pelouse jusqu'au bosquet, de l'air d'un homme dont dépend le sort des nations.

Paul fronça légèrement les sourcils, comme il le faisait toujours lorsqu'il réfléchissait profondément, puis il se débarrassa de sa préoccupation en riant. Même lorsqu'il était seul, il aimait conserver son attitude de nonchalance.

"Comment ai-je réussi à tomber parmi un groupe d'enfants aussi terriblement sérieux ?" il murmura. "Hé, c'est pour Londres et la vie !" Et il se tourna vers l'intérieur pour chercher un emploi du temps.

Ted entra directement dans la maison d'été, la tête en l'air et l'esprit rempli de hautes résolutions. Toute personne moins occupée de ses propres réflexions aurait vu que Katharine était assise avec un regard absent, tandis que le livre qu'elle tenait à la main était ouvert à la page d'index. Mais Ted ne voyait en elle que la femme qu'il venait de jurer de respecter ; Et il lui prit respectueusement le livre des mains et s'assit, également juste derrière elle, au bout de la chaise panier. C'était la même chaise panier.

"Kitty, dis-je," commença-t-il en s'éclaircissant la gorge, "Je suis venu te dire quelque chose."

Katharine jeta un coup d'œil à son visage solennel et détourna à nouveau le regard. Elle aurait souhaité qu'il ne soit pas assis là.

"Cela doit donc avoir quelque chose à voir avec des funérailles", dit-elle avec une désinvolture qui aurait éveillé les soupçons d'une personne plus observatrice. Mais Ted était toujours absorbé par ses résolutions pleines d'âme, et son abstraction ne parvenait pas à l'impressionner.

"Non, ce n'est pas le cas", répondit-il sombrement. " J'aurais aimé que ce soit le cas ! Cela ne me dérangerait pas d'être mort, pas moi ! Cela guérirait cette bosse de toute façon. Peut-être que quelqu'un le regretterait alors ; je ne sais pas qui le ferait, cependant ! *Elle* se plaindrait seulement du frais de m'enterrer.

"Pauvre vieil homme, qui t'intimide maintenant ?" demanda Katharine d'une voix rêveuse qu'elle s'efforçait d'intéresser. "Est-ce *qu'elle* a fait quelque chose de nouveau ?"

"Est-ce qu'elle, c'est tout ! Elle a fait quelque chose dans un but précis, cette fois. Elle m'a trouvé un travail horrible, dans une ville horrible ; une livre par semaine ; du savon, ou des vêtements en gros, ou quelque chose de pauvre. Elle dit que je devrais être reconnaissante d'avoir quoi que ce soit. Reconnaissante en effet ! *Elle* ne montre jamais la moindre étincelle de gratitude pour ses sept cents balles par an, je sais.

"Oh, Ted ! Tout le monde s'en va. Que dois-je faire ?" Les mots lui échappèrent involontairement. Mais il était encore trop absorbé par ses propres ennuis pour remarquer autre chose que le fait qu'elle semblait bouleversée ; et cela, bien entendu, était tout à fait naturel.

"Je savais que tu serais découpé", dit-il en donnant un coup de pied sauvage au pied de la chaise. "Tu es le seul à s'en soucier, et tu oublieras quand je serai parti depuis une semaine. Oh, oui, tu l'oublieras ! Je n'aurais jamais dû naître. Ils sont certainement aussi de véritables étrangers ; et je peux supporter n'importe quoi plus tôt que les limites. C'est trop bestial pour les mots, et j'aimerais le tuer pour ses conseils pourris. Que sait-il de quoi que ce soit, un type aussi joué ?

La conversation de Ted avait tendance à devenir compliquée lorsqu'il était agité ; mais cette fois Katharine ne fit aucune tentative pour le démêler.

"Pauvre Ted," murmura-t-elle d'une voix neutre, et elle continua à penser à autre chose.

« Je ne sais pas pourquoi tu es si bouleversé à ce sujet. Je suis un connard tellement pourri, et tu es si incroyablement intelligent ! Je n'ai pas le droit d'attendre que tu te soucies de moi ; je le ferai. Je ne te demanderai même pas de m'écrire quand je serai parti », s'écria Ted, faisant des efforts désespérés pour tenir ses hautes résolutions. "C'est un monde pourri et caddy, et je suis le plus pourri des imbéciles."

Il attendait la contradiction qui venait toujours de Katharine à ce stade de son abaissement ; mais comme elle ne disait rien et continuait seulement à regarder dans la direction opposée, il sentit qu'il y avait quelque chose d'inhabituel qui n'allait pas, et se tourna précipitamment vers le devant de sa chaise et répéta sa dernière remarque avec insistance.

" Vous pouvez dire ce que vous voulez, mais moi je le fais. Tout de même, je préférerais bousiller tout le spectacle plutôt que de vous rendre malheureux. Je serai pendu si je ne pars pas demain sans un seul... " Il s'arrêta. brusquement; car elle le regardait avec pitié, et ses hautes résolutions se fondirent soudain dans l'oubli. "Kitty, mon vieux, ne pleure pas ! Je n'en vaux pas la peine , - sur mon âme, je ne le vaux pas ; c'est époustouflant si je t'ai déjà vu pleurer auparavant ! Ce bon vieux Kit, dis-je, ne le fais pas. Oh. , le diable ! Cela vous dérange-t-il vraiment ?

"S'il te plaît, Ted, va-t'en ; tu ne comprends pas ; va-t'en ; ce n'est pas du tout ça ! Non, Ted, non ! Oh, chérie, qu'est-ce qui m'a fait pleurer ?" haleta Katharine. Mais Ted ne voulait pas le nier : les larmes d'une femme l'auraient désarmé, même s'il n'avait pas été amoureux d'elle ; et Katharine, la compagne de garçon manqué depuis des années, lui apparut sous un jour étrangement aimable alors qu'elle sanglotait dans ses mains et faisait les moindres efforts pour l'éloigner. Ses bras l'entourèrent en un instant, et sa tête reposa sur son épaule, et il lui déversa un mélange de phrases brisées dans son oreille.

"Comment pouvais-je savoir que tu te souciais de toi, mon vieux ? Bien sûr, je m'en suis toujours soucié ; mais je n'y ai jamais pensé jusqu'à ce que ce type londonien joué apparaisse et me le mette en tête. Chère vieille Kitty ! Pourquoi, tu sais , J'avais à moitié peur que tu l'aimes, une fois ; n'étais-je pas un connard pourri ? Mais, tu vois, tu es tellement intelligent, et tout ça ; et je supposais qu'il l'était aussi, et alors j'ai Je pensais, tu ne vois pas ? Et pendant tout ce temps, c'était moi ! Ressaisis-toi, Kit ! Je ne me séparerai pas que tu as pleuré, sur mon honneur , je ne le ferai pas. Oh, dis-je, je suis le plus un type incroyablement chanceux... Mais, oh, ce bureau infernal dans la ville !"

Katharine se dégagea enfin. Ses baisers semblaient lui brûler les joues. Elle repoussa la chaise panier dans le coin du pavillon et mit ses doigts sur ses yeux pour cacher les parterres de fleurs et la lumière du soleil.

" Arrête, Ted ! Je ne sais pas ce que tu veux dire. Tu ne dois pas penser ces choses à mon sujet ; elles ne sont tout simplement pas vraies. Je ne peux pas te laisser m'embrasser comme ça. Le monde est-il devenu soudainement fou, cet après- midi ? Je ne comprends pas ce qui est arrivé à tout le monde . Je ne comprends rien. Veux-tu y aller, s'il te plaît, Ted ? Si tu ne le fais pas, je... je dois.

Elle articula les phrases décousues sur un ton dur et sans passion. Ted resta absolument immobile là où elle l'avait laissé et la regarda franchir le seuil de la porte et disparaître parmi les buissons de lauriers et les vieux buis. Puis il ébouriffa ses épais cheveux avec ses deux mains et éclata de rire.

"Je n'aurais jamais dû naître", dit-il, et sa voix se brisa.

CHAPITRE VI

Par un matin brumeux du début du mois de janvier suivant, Ted Morton sortit de sa chambre peu avant huit heures et sonna pour le petit-déjeuner. Il bâillait comme s'il n'était qu'à moitié éveillé et jurait doucement contre le temps tout en attisant le feu pour allumer un incendie.

"Quelle journée infernale !" » marmonna-t-il, puis il baissa le store et alluma le gaz. La gouvernante apporta son petit déjeuner et ses lettres, et se retira sagement sans rien dire. Ted ôta le couvercle de la théière et examina tour à tour les trois enveloppes. Son visage s'éclaira un peu lorsqu'il arriva au troisième, et il beurra des toasts et les mangea debout.

"Eh bien, je suis pendu ! Pas un seul billet, et un de Kit, ce bon vieux Kit ! Ça va attendre, et ça. Eh bien, je supporte le sien ; c'est sûr que c'est drôle, en tout cas."

Il enfila une botte, puis se releva et lut sa lettre, une grande tasse de thé dans la main droite. Le sourire sur son visage s'effaça progressivement à mesure qu'il lisait, et il parut presque pensif lorsqu'il le replia et le plaça dans sa poche de poitrine. Il était fermement convaincu que Katharine ne pouvait rien faire de mal, mais sa dernière idée a largement ébranlé sa conviction.

"Vous voyez, c'est comme ça", disait sa lettre.

" Il y a vraiment beaucoup d'argent, mais il faut faire comme s'il n'y en avait pas ; donc l'effet est le même, me semble-t-il. Je n'y avais jamais pensé auparavant ; je ne l'ai découvert que par hasard, en entendant Tante Esther abuse de papa pour avoir acheté de vieux livres d'architecture. On dirait qu'il dépense vraiment beaucoup, sans le savoir ; mais alors, pourquoi ne devrait-il pas le faire ? Je ne laisserai pas papa intimider, pour que j'en ai assez du pain et du beurre à manger ; c'est sordide et horrible. Ils ne disent pas un mot sur le fait que je gagne ma vie, mais c'est ce qu'ils me poussent à faire ; cela semble ridicule que je puisse mettre les autres mal à l'aise en étant ici , alors qu'il y a beaucoup d'argent dans le monde qui attend d'être gagné par quelqu'un . Ne pensez-vous pas ? Mais quand j'ai dit que je viendrais à Londres et donnerais des leçons, tante Esther a fait preuve d'héroïsme et m'a dit que je devrais la tuer Elle n'a pas dit comment, et je suis sûr que je ne me suis pas senti particulièrement meurtrier, j'avais seulement envie de rire, tandis qu'elle était allongée sur le canapé et disait que j'étais indigne d'avoir essayé de sauver son anxiété ! Je ne comprends pas les parents. Ils vous cachent tout et se comportent comme s'ils étaient riches ; puis ils vous insultent parce que vous coûtez si cher à garder ; et puis, quand vous dites que vous vous garderez, on vous traite d'indigne. Il n'est pas douteux que si nous renvoyions un des domestiques, je pourrais rester à la maison ; mais tante Esther serait rentrée à cette idée. Il me semble que nous dépensons la moitié de nos revenus pour essayer de convaincre les gens de l'existence de l'autre moitié. Quoi qu'il en soit, je viens tout de suite chercher du travail. Je ne l'ai pas encore dit à papa et je ne sais pas comment je vais le faire ; il sera terriblement déchiré de me perdre. Mais je suis sûr qu'il comprendra ; c'est lui qui a toujours compris. Et ne sera-t-il pas glorieux quand j'aurai gagné assez d'argent pour lui donner tout ce qu'il veut ? Concernant les chambres : j'ai vu une annonce de certaines, à quelques portes de chez vous. Tu les connais? J'ai pensé que ce serait plutôt agréable d'être près de toi", etc., etc.

Ted a répondu à sa lettre le soir même. Écrire des lettres a toujours été un travail pour lui, mais il a travaillé plus que d'habitude sur celle-ci.

« Bien sûr , vous savez à quoi vous jouez », écrivait-il, « mais je crois qu'il est extrêmement difficile de trouver quoi que ce soit à faire. Londres regorge de gens qui essaient de trouver du travail ; et la plupart d'entre eux ne le trouvent pas. Pour ce qui est des chambres, ce serait terriblement joyeux de vous avoir si près, mais je ne vous conseille pas de venir ici ; cette rue est voisine de Regent Street, vous savez, et elle n'est pas censée être agréable pour une fille. Je vous expliquerai plus en détail quand je vous verrai. Faites-moi savoir si je peux faire quelque chose pour vous. Je suis un imbécile pour m'exprimer, comme vous le savez ; mais ce serait terriblement décent de vous avoir à charge. Seulement, je ne le fais pas. Je n'aime pas l'idée de te retrouver seul à travailler ; c'est déjà assez pourri pour un homme, mais c'est bien pire pour une femme. Écris encore bientôt. C'est *une* vie, n'est-ce pas ?

Il lui fallut près de quinze jours pour avoir de nouvelles nouvelles d'elle, et il se sentait coupable de ne pas l'avoir encouragée autant qu'elle l'espérait. Puis vint une autre lettre, de sa petite écriture ferme ; et il le déchira anxieusement.

"J'arrive mercredi à 16 h 55", a-t-elle écrit. " Veux-tu me rencontrer ? J'ai pensé que peut-être tu pourrais le faire, car il est un train en retard. Oh, Ted, je me sens si vieux et différent d'une manière ou d'une autre ; je ne crois pas que je pourrais grimper par la fenêtre de ce garde-manger maintenant ! Papa l'a pris *si* étrangement " Il n'a presque rien dit. Pensez-vous qu'il soit possible qu'il ne m'aime pas autant que je l'aime ? Et ça me dérange tellement de le quitter que ça fait très mal à chaque fois qu'il me demande de faire quelque chose pour lui. Pourquoi étais-je fait pour aimer les gens plus qu'ils ne m'aiment ? Pourquoi, je crois que papa était plutôt soulagé qu'autrement . Et je pensais qu'il ne pourrait jamais se passer de moi ! Suis-je très vaniteux, je me demande ? Mais en effet, je le fais Je crois que je lui manquerai terriblement quand je serai parti . Tante Esther ne me parle pas du tout, je me sens en disgrâce, sans avoir rien fait de mal. Les parents sont inexplicables, ils semblent se lasser de nous à mesure que nous grandissons, juste comme des oiseaux ! Et ils persistent à nous traiter comme des enfants, alors qu'ils nous obligent à nous comporter comme si nous étions des adultes ; je ne les comprends pas, ni rien. Les choses semblent aller de travers, partout. J'ai entendu parler d'une sorte de maison pour dames qui travaillent, près d'Edgware Road ; cela semble respectable, et c'est certainement bon marché. Ils m'ont laissé tout arranger, comme si j'allais faire quelque chose de mal. Et je pensais tout le temps que je faisais quelque chose de si splendide et si héroïque ! Vous me rencontrerez, n'est-ce pas ? Je me sens tellement désespéré et misérable. »

Ted a répondu immédiatement :—

"C'est un monde pourri et bestial. Aucun de nous n'aurait dû naître. Je vais supprimer le bureau et vous rencontrer. Rassurez-vous."

Et le mercredi suivant, il le vit sur le quai d'Euston, essayant de retrouver Katharine dans la foule de passagers qui sortaient en masse du train de 4 h 55. Il ne lui fallut pas longtemps avant de la découvrir, très différente de son environnement, et montrant ses bagages, à moitié en s'excusant, à un porteur qui semblait enclin à la prendre avec condescendance . Il y avait dans son maintien un air exagéré de maîtrise d'elle-même , qui ne cachait pas son air provincial et montrait plutôt qu'elle se sentait moins posée qu'elle ne voulait le paraître. Ted l'examina un instant, dubitatif, puis se dirigea vers elle. Il ne l'avait pas vue une seule fois depuis qu'il l'avait laissé au pavillon, il y a huit mois ; et il s'étonnait lui-même de ne pas se sentir plus perturbé de la revoir maintenant. Peut-être que ses vêtements d'hiver prosaïques ont contribué à priver l'occasion d'une romance ; car, dans son esprit, il s'était vaguement attendu à la trouver portant le chapeau de jardin et la robe imprimée dans lesquels il l'avait vue pour la dernière fois. Mais quand elle se retourna et l'aperçut, le plaisir franc sur son visage était le même qu'il avait toujours été, et l'épisode qui s'était passé dans la maison d'été semblait tout d'un coup effacé de leur passé.

"Toi, cher vieux garçon, je savais que tu viendrais ! Je me sens terriblement dérangé, dans ce bruit ! Fais comprendre à ce portier que je veux traverser Gower Street, d'accord ? Il semble confus. Je ne le fais pas. tu parles une autre langue, n'est-ce pas ? Regarde juste cette glorieuse paire de bai ; mais, oh, quelle honte de leur donner des rênes ! Eh bien, Ted, quel superbe tu es dans cette redingote ; tu ressembles exactement au vétérinaire à Stoke le dimanche ! Oh, je suis vraiment désolé ; j'ai oublié ! Je veux me rendre à Edgware Road, voyez-vous, et j'ai pensé... "

"Oh, nous allons le faire en taxi, alors ! C'est absurde ! ce n'est pas un peu moins cher, seulement plus méchant. Les filles ne comprennent jamais ces choses. Ne feriez-vous pas mieux de monter dedans, au lieu d'examiner les pointes du cheval ? Je ne peux pas rester plus silencieux que ça, si telle est votre idée.

Le porteur partit avec une belle gratification, et Katharine s'installa dans son coin du fiacre et commença à examiner son compagnon.

"Tu as un peu changé, Ted", observa-t-elle. "Tu n'as plus aussi peur des gens sans importance qu'avant. Je crois que tu irais au bureau de poste de Stoke pour chercher tes propres timbres, maintenant, au lieu de m'envoyer parce que la fille s'est moquée de toi. Tu te souviens ? Tu " C'est vraiment génial aussi ; comme vous devez vous en sortir à cet endroit !"

"Oh, je ne pense pas. Je ne veux pas en parler; aucun type honnête ne le ferait", a déclaré Ted, et Katharine a changé la conversation.

"Les rues semblent très pleines", dit-elle alors qu'ils arrivaient à un pâté de maisons dans la circulation.

"Jusqu'au bord", dit laconiquement Ted. "Je me demande toujours que les chevaux ne se marchent pas sur les pieds, n'est-ce pas ?"

Elle rit avec son ancienne manière joyeuse, et il se pencha en arrière avec contentement et la regarda.

— En tout cas, vous n'avez pas beaucoup changé, observa-t-il.

"J'ai grandi d'un centimètre et mes robes sont assez longues maintenant. En plus, j'ai relevé mes cheveux. Tu ne l'as pas remarqué ?"

"Je pensais qu'il y avait quelque chose. Tourne la tête. Il était temps que tu le fasses, n'est-ce pas ? Mais pourquoi ne le fais-tu pas ressortir davantage ? D'autres filles le font, n'est-ce pas ?"

Katharine n'avait vu aucune autre fille et le disait ; sur quoi Ted supposa que tout allait bien, si elle le pensait, et ajouta d'un ton conciliant que, de toute façon, son nouveau manteau était « tout là ». Ils bavardèrent de la même manière triviale pendant tout le reste du trajet ; c'était comme autrefois, où ils n'avaient jamais songé à régler formellement une querelle, mais reprenaient simplement les affaires là où elles avaient été interrompues.

"Vous sentez-vous mal?" » demanda-t-il, avec sa sympathie, lorsqu'ils se trouvèrent enfin devant la porte usée du numéro dix, Queen's Crescent, à Marylebone.

"Oh, je ne sais pas ! Je dois y aller maintenant, n'est-ce pas ? C'est comme toi et moi de ne pas avoir abordé quelque chose de vraiment important jusqu'au bout, n'est-ce pas ? Et je J'ai tellement de choses à vous dire, " dit Katharine d'un ton nerveux ; et elle eut un petit frisson lorsqu'un vent d'est soufflait dans la rue et soufflait des morceaux de papier sales contre les grilles de fer crasseuses, d'où ils flottaient dans le quartier.

"Peu importe, je te retrouverai bientôt un soir. Dis-moi si tu as envie de te remonter le moral ou quoi que ce soit. Au revoir, mon vieux."

Et elle se retrouva dans une salle mal éclairée et détrempée, face à face avec une femme de chambre à l'air aimable, qui la saluait avec l'air de l'accueil conventionnel qu'on lui avait dit d'adopter envers les étrangers. Il était censé soutenir l'annonce selon laquelle il s'agissait d'une maison.

" Miss Jennings ? Non, mademoiselle ; elle ne sera pas là, pas avant le dîner. Et la dame, ce qu'il y a dans votre cabine n'a pas encore été vidé, mademoiselle, donc je ne peux pas non plus prendre votre boîte. Voulez-vous venir ? " et prenez votre thé, mademoiselle ? Par ici, s'il vous plaît.

Katharine la suivit machinalement. Les idées héroïques qui l'avaient soutenue pendant des semaines disparaissaient devant cette femme de chambre au visage agréable et devant la salle morne et détrempée. Pour la première fois de sa vie, un sentiment de timidité l'envahit soudain, tandis que la servante tenait une porte ouverte, et qu'un bourdonnement de voix et un fracas d'assiettes sortaient du couloir. Pour le moment, elle ne savait guère où chercher ni quoi faire. La pièce dans laquelle elle avait été introduite était d'apparence nue, quoique assez propre et mieux éclairée que le couloir extérieur. De longues tables étaient placées en travers, et autour d'elles, sur des chaises en bois, étaient assises une vingtaine ou une trentaine de jeunes filles d'âges divers, dont les unes parlaient et les autres lisaient, tout en s'occupant de leur thé. Ils levèrent tous les yeux lorsque Katharine entra dans la pièce, mais le spectacle ne présentait pas assez de nouveauté pour les intéresser longtemps, et ils détournèrent bientôt le regard et reprirent leurs diverses occupations. " *Elle* ne sera pas là longtemps, ce n'est pas ce genre de chose ", entendit Katharine l'un d'eux dire à un autre, et cette remarque désinvolte lui fit rougir les joues et lui fit faire désespérément une démonstration de courage.

"Puis-je prendre cette chaise ?" » demanda-t-elle en se dirigeant vers une place vacante pendant qu'elle parlait.

"Ce n'est à personne ; aucun d'entre eux ne l'est à moins que l'assiette ne soit retournée", proposa la jeune fille assise sur la chaise voisine. Elle lisait le « Journal phonétique de Pitman » et mangeait du pain et de la mélasse.

"Vous devez prendre votre propre thé dans l'urne là-bas et récupérer votre nourriture sur toutes les autres tables", ajouta-t-elle de la même manière brusque, alors que Katharine s'asseyait et regardait autour d'elle, impuissante. Cependant, en suivant les instructions ainsi lancées, elle parvint, avec un peu de difficulté, à se procurer ce qu'elle désirait avec les vivres éparpillés par hasard dans la pièce, puis ramenée à sa place par la jeune fille qui mangeait du pain et du pain. mélasse.

"N'est-il pas un peu tard pour le thé ?" » a-t-elle demandé à son voisin , qui au moins semblait amical d'une manière crue.

"Ça continue toujours jusqu'à sept heures ; la plupart d'entre eux ne rentrent pas du bureau avant ça, tu vois."

"Quel bureau ?" demanda Katharine, qui ne voyait pas.

"N'importe quel bureau", répondit la jeune fille en la regardant fixement. "Un bureau de poste en général, ou un endroit en ville, ou quelque chose comme ça. Certains d'entre eux sont des sténographes, comme moi, les horaires sont plus courts et mieux payés en général; mais ça devient surpeuplé, comme tout le reste."

"Aimez-vous?" demanda Katharine. La fille le regarda à nouveau. La possibilité d'aimer son travail ne lui était jamais venue à l'esprit auparavant.

"Bien sûr que non, mais nous devons sourire et supporter cela, comme la nourriture ici et tout le reste. Je suis désolé pour vous si vous comptez vous arrêter ici longtemps; vous n'avez pas l'air de pouvoir le supporter. Je " J'ai déjà vu votre espèce, et ils ne s'arrêtent jamais longtemps.

"Oh, je veux arrêter," dit résolument Katharine. Mais son humeur héroïque avait été complètement dissipée par l'atmosphère plombée des lieux, et elle ne put réprimer un soupir.

"Le beurre est mauvais ?" » demanda gaiement sa voisine . "Essayez la mélasse, c'est plus sûr. Vous ne pouvez pas vous tromper beaucoup avec la mélasse. La confiture est toujours suspecte ; vous trouvez des noyaux de prune dans les fraises, etc."

Katharine fut obligée de rire, et le sténographe, qui n'avait pas voulu plaisanter, parut blessé.

"Je vous demande pardon", dit Katharine, "mais votre vision cynique de la nourriture est tellement drôle."

"Attendez d'être ici depuis trois ans, comme moi", dit la sténographe, et elle retourna à son journal.

Katharine essaya de contenir le naufrage de son cœur et fit un examen critique de la pièce. Ce qui l'a le plus impressionnée, c'est le tintement des voix des filles. Non pas qu'ils fussent bruyants, car ils semblaient dans l'ensemble un ensemble tranquille ; soit la routine quotidienne, soit la respectabilité avaient réussi à maîtriser leurs esprits ; mais ils n'avaient pas pour autant l'air malheureux, et Katharine supposait, comme sa voisine l'avait remarqué, qu'il était possible de s'y habituer après un certain temps.

« Et la chambre est certainement propre », pensa-t-elle en s'efforçant de voir le bon côté des choses ; "et les filles ne regardent pas, ne posent pas de questions, ne font rien de désagréable. Je *ne pourrais* rien leur dire sur moi si elles le faisaient. Et j'aimerais, même si je sais que c'est terriblement snob, que certaines d'entre elles soient des femmes. "

Sa voisine l'interrompit dans ses pensées, et Katharine reprit ses esprits en sursaut.

"À qui vas-tu avoir le bébé ?" demandait-elle.

"Je... je ne sais pas. Le domestique a dit qu'il n'était pas encore vide. J'aimerais plutôt déballer mes bagages."

"Je ne pense pas que vous en obtiendrez un permanent d'ici peu", dit la sténographe, avec la manière joyeuse avec laquelle elle communiquait toutes ses révélations désagréables; "Ils vous déplacent toujours pendant une semaine ou deux d'abord. J'imagine que vous venez dans notre chambre pour le moment; Miss King se rend en Écosse par la poste de nuit. Jenny vous le dira quand elle entrera. Le souper est à neuf heures. ", ajouta-t-elle en repoussant sa chaise et en pliant son journal, " et il y a deux salles de réception à l'étage, si vous voulez vous asseoir quelque part jusqu'à ce que votre bureau soit vide.

Katharine la remercia et se sentit plus désespérée que jamais après le départ du sténographe. Mais la servante vint à son secours quelques minutes plus tard et lui proposa de l'emmener dans sa chambre désormais vide.

"Est-ce que c'est celui de Miss King ?" » demanda Katharine, et elle se sentit un peu plus heureuse quand elle apprit que c'était le cas. Elle aurait de toute façon une connaissance dans la même pièce. Mais son cœur se serra de nouveau, lorsqu'elle se retrouva seule avec ses deux cartons dans un coin recouvert de rideaux d'une pièce sombre, le coin le plus éloigné de la fenêtre et le plus petit des quatre compartiments. Il y avait à peine de la place pour bouger ; et lorsqu'elle essaya de déballer ses cartons, elle constata que la plupart des tiroirs du petit coffre étaient déjà occupés et qu'il n'y avait pas de patères pour ses robes.

"Peut-il y avoir quelque chose de plus morne ?" dit-elle à voix haute. "Et les rideaux sont horriblement sales, et je n'ai pas l'impression de pouvoir *entrer* dans ce lit. Et quelle petite cruche et quelle bassine !"

"Bonjour, c'est toi ?" » dit la voix de la sténographe, qui était entrée dans sa partie de la pièce sans être remarquée. "Je pensais que vous vous sentiriez plutôt mal en voyant à quoi cela ressemblait. C'est le cas de tous. Mais autant augmenter le gaz et le rendre aussi joyeux que possible. C'est mieux. Eh bien, cela ne ressemble pas beaucoup au prospectus. , n'est-ce pas ? »

Katharine se souvint des déclarations plausibles du prospectus et éclata de rire. Il y avait dans sa situation un humour sombre qui l'attirait, même s'il semblait perdu pour son compagnon.

"Eh bien, je suis contente que tu puisses rire, même si je n'ai jamais trouvé ça drôle moi-même", a-t-elle appelé. "Mais ne reste pas à te morfondre ici ; viens au salon jusqu'à ce que la cloche sonne pour le dîner, n'est-ce pas ?"

Katharine suivit son conseil et se laissa conduire dans une autre pièce d'apparence nue, au-dessus de la salle à manger. Celui-ci était meublé d'un canapé en crin de cheval et de trois chaises en panier, qui étaient toutes occupées, de plusieurs chaises en rotin et de deux tables carrées sur lesquelles des jeunes filles étaient assises pour écrire. L'une d'elles leva les yeux lorsque la porte s'ouvrit et demanda au sténographe de venir l'aider dans ses calculs.

"Tu sais que je ne suis pas bon, Polly. Où est Miss Browne ?" » demanda le sténographe en poussant une chaise vers Katharine et en en prenant une elle-même.

"Elle est sortie, je pense que tu pourrais essayer", dit d'un ton maussade la jeune fille qui lui avait parlé. "Je dois finir ce devoir ce soir ; et je suis fatigué maintenant."

"Puis-je aider?" demanda Katharine. Les deux autres la regardèrent et semblèrent surpris.

"C'est quelqu'un de nouveau", expliqua sa première amie. « Laissez-moi vous présenter : Miss Polly Newland, Mademoiselle... Pourquoi, je ne connais même pas votre nom, n'est-ce pas ?

"Austen", a déclaré Katharine. "Tu ne veux pas me dire le tien ?"

La fille a dit qu'elle s'appelait Hyam , — Phyllis Hyam ; et ils revinrent au sujet de l'arithmétique.

"Regardons ça, Polly", dit Phyllis Hyam , et Miss Newland passa le papier sur la table. Les deux filles se penchèrent dessus et Phyllis secoua la tête.

"Je n'ai jamais compris les actions, c'est trop mal enseigné !" dit-elle en inclinant sa chaise et en se mettant à siffler.

"Dois-je essayer ?" dit Katharine en sortant un crayon. Elle calcula la somme à la satisfaction de Polly Newland, qui se détendit alors un peu et expliqua qu'elle se présenterait à l'examen de la fonction publique en mars.

"Je dis, tu es intelligent, n'est-ce pas ? Est-ce que tu enseignes ?" » a demandé Phyllis Hyam , ramenant les pieds avant de sa chaise vers le bas avec fracas.

"C'est ce que je veux faire; mais je ne l'ai jamais fait", répondit Katharine. Les deux autres la regardèrent avec pitié.

« Des amis à Londres ? » ils ont demandé.

"Seulement des relations ; et elles ne m'aideront pas."

"Bien sûr que non. Les relations ne fonctionnent jamais. J'espère que vous trouverez du travail", dit le sténographe d'un ton dubitatif. Katharine changea de conversation pour cacher sa propre appréhension grandissante.

« Où sont les journaux ? » demanda-t-elle en regardant autour d'elle.

"Dans le prospectus ; je ne les ai jamais vus ailleurs !" » dit Phyllis avec un petit rire.

« Vous attendiez-vous à en trouver ? » demanda Polly Newland. "Ils le font tous", ajouta-t-elle gravement. "C'est comme les bains, les bottes et tout le reste."

"Sûrement, la salle de bain n'est pas une erreur ?" s'exclama Katharine consternée.

" Oh, il y en a un au sous-sol ; mais il faut faire bouillir toute l'eau pour cela, donc seulement trois personnes peuvent prendre un bain chaque soir. Il faut inscrire son nom dans un livre ; et ton tour arrive vers une quinzaine de jours."

"Et les bottes ?" dit Katharine en réprimant un soupir.

"Il faut nettoyer soi-même, c'est tout. Ils sont censés fournir le noircissement et les pinceaux ; mais, mon oeil, quels pinceaux ! Bien sûr, on s'y habitue au bout d'un moment. Quand on arrive au pire, on va portez-les probablement sales. "

"Quand arrive-t-on au pire ?" demanda Katharine.

"Cela dépend", dit Polly Newland en suçant le bout de son crayon et en regardant Katharine avec curiosité. "Je devrais dire que tu y arriveras très bientôt, si tu t'arrêtes assez longtemps."

" Bien sûr que j'arrêterai !" s'écria Katharine avec un peu d'impatience. « Pourquoi dites-vous cela tous les deux ?

Les deux filles se regardèrent.

"Vous n'êtes pas du genre", dit brièvement Phyllis; et Polly retourna à son calcul.

Katharine retomba dans un rêve. Toutes ses aspirations, tous ses espoirs de faire de son père un homme riche, l'avaient amenée seulement au numéro dix, Queen's Crescent, Marylebone ! Elle regarda autour d'elle les occupants silencieux de la pièce, certains d'entre eux trop fatigués pour faire autre chose que flâner, certains lisant des romans, certains raccommodant des bas. Elle se demandait si son existence deviendrait simplement comme la leur, une routine quotidienne, avec juste assez d'argent pour subvenir à ses besoins, et pas assez pour acheter ses plaisirs ; assez d'énergie pour accomplir son labeur, et pas assez pour profiter de ses loisirs. Ivingdon , avec ses troubles récents, son bonheur plus lointain, semblait séparé de ce moment brutal de désillusion par de longues années. Un instinct passionné de rébellion contre les circonstances qui étaient responsables de sa situation présente lui faisait paraître son malheur encore plus pitoyable ; et une image tragique d'elle-même, martyrisée et oubliée, dix ans plus tard, lui fit monter des larmes de sympathie.

Un piano commençait un accompagnement joyeux dans la pièce voisine, et quelqu'un chantait une ballade par une soprano fraîche et inexpérimentée. Le piano était désaccordé et la chanson était de la nature la moins chère et la plus populaire ; mais cela interrompit le bruit de la circulation dehors sur les pavés, et Katharine jeta un coup d'œil autour de la pièce d'une manière caractéristique, à la recherche d'un sourire qui lui répondrait. Mais les autres filles étaient aussi insensibles à la musique qu'elles l'avaient été à la morosité qui la précédait ; et personne n'a levé les yeux sur ce qu'elle faisait. Un seul d'entre eux a fait un commentaire ; c'était Phyllis Hyam . "Comme cette fille cogne!" dit-elle.

Mais sur Katharine, l'effet avait été instantané. Elle n'était pas cultivée en musique : pour elle, c'était une émotion, pas un art ; et le petit tintement avait déjà transformé ses pensées en un canal plus joyeux. Son moral remonta insensiblement et le charme que l'environnement lugubre avait jeté sur elle fut rompu. Pourquoi devrait-elle croire ce que ces deux filles lui ont dit ? Sûrement, sa conviction qu'elle ferait quelque chose de sa vie n'allait pas s'épuiser dans une misérable lutte pour rester en vie ! Elle valait bien plus que cela : elle était intellectuelle au-delà de son âge ; tout le monde le lui avait dit, jusqu'à ce qu'elle en soit venue à croire que c'était vrai ; et son avenir était entre ses mains. Elle serait enseignante dans une nouvelle école ; elle se ferait un nom par ses conférences ; et puis, un jour, quand elle aurait acquis une fortune, et que tout le monde parlerait de son talent, de sa bonté et de sa beauté, — elle allait être très belle aussi dans son rêve, — ces filles rappelez-vous qu'ils avaient douté de sa capacité d'endurance. Elle répétait même ce qu'elle leur dirait à l'heure de son triomphe, lorsqu'un contact sur son épaule la ramena brusquement dans son environnement actuel, et elle leva les yeux pour voir à ses côtés, dans une casquette en dentelle et tablier en soie noire.

"Mlle Austen ? Venez avec moi et discutons un peu ensemble. J'étais désolé de ne pas être de retour à temps pour vous recevoir, ma chère."

Ce fut un réveil soudain ; mais elle était capable de sourire en suivant son guide en bas.

"Elle a l'air captivant d'un imposteur", réfléchit-elle. "Elle est comme Widow Priest ! Mais ça compte pour le prospectus."

CHAPITRE VII

Le lendemain, elle a commencé une vigoureuse recherche de travail. Elle a fait tout ce que font généralement les femmes qui viennent de la campagne et espèrent trouver un emploi qui les attend ; elle répondait aux annonces, elle rendait visite aux agents, elle parcourait Londres de long en large, elle ne négligeait aucune opportunité qui semblait offrir des possibilités. Mais elle s'est vite rendu compte qu'elle avait beaucoup à apprendre. Elle a découvert qu'elle n'était pas la seule fille à Londres à penser qu'il y avait un avenir devant elle parce qu'elle était plus intellectuelle que le reste de sa famille ; et elle constata que chaque bureau d'agent était rempli de femmes, plus expérimentées qu'elle, qui avaient également réussi l'examen local supérieur avec mention , et n'y prêtaient pas beaucoup d'attention. Et elle a dû apprendre qu'une attitude d'excuse n'est pas la meilleure à adopter envers les étrangers, et que les conducteurs d'omnibus ne veulent pas être condescendants lorsqu'ils disent « mademoiselle », et qu'un policier est toujours ouvert à la flatterie d' être traité comme ça. "Gendarme." Mais ce qu'elle n'a pas appris, c'est l'extravagance d'être économe ; et il lui fallut encore du temps avant de découvrir que marcher jusqu'à ce qu'elle soit trop fatiguée et jeûner jusqu'à ne plus pouvoir manger étaient les deux choses les plus coûteuses qu'elle aurait pu faire.

Mais elle n'a trouvé aucun travail. Soit il n'y en avait pas, soit elle était trop jeune ; ou, comme ils le sous-entendaient parfois, trop attrayant. Lorsque cette dernière objection lui fut adressée par le directeur âgé d'une école pour filles, Katharine la regarda avec un air complètement perplexe pendant un moment ou deux, puis éclata d'un rire incrédule.

"Mais, sûrement, mon apparence jeune et… et inexpérimentée n'affecterait pas mes capacités d'enseignement", a-t-elle remontré.

— Cela m'empêcherait de vous emmener, répondit froidement le proviseur. "Je dois avoir quelqu'un autour de moi en qui je peux avoir confiance et partir sain et sauf avec les enfants. D'ailleurs, que sais-je de vos capacités ? Vous dites que vous n'avez même jamais essayé d'enseigner ?"

"Mais je sais que je peux enseigner, j'en suis certain; je veux seulement une chance. Pourquoi dois-je attendre que je sois vieux et antipathique, et que je ne puisse plus me sentir en contact avec les enfants, avant que quelqu'un me confie un cours ? Ce n'est pas raisonnable.

Le directeur âgé est resté impassible.

"Le marché de l'enseignement est surpeuplé par des gens comme vous", a-t-elle déclaré. "Je devrais te conseiller d'essayer autre chose."

"Je n'ai été formée à rien d'autre", a déclaré Katharine. "C'est là que c'est si difficile. J'aurais peut-être obtenu un poste de secrétaire si j'avais connu la sténographie. Je n'ai jamais su que je devrais gagner ma propre vie, ou que je devrais être mieux qualifié pour le faire. Mais je sais que je peux enseigner , si j'en ai l'occasion."

"Etes-vous obligé de gagner votre vie ?" demanda le directeur, un peu moins indifféremment. "Pardonnez-moi, mais j'ai déjà entendu votre histoire si souvent de la part de filles qui, avec un peu de patience, auraient pu rester à la maison."

"Je suis obligée", répondit Katharine. "Au moins-"

Un sentiment de loyauté envers son père, son vieux père aimable et fautif, si inconscient de ses difficultés actuelles, la maintenait silencieuse et lui faisait paraître un air troublé. La directrice âgée n'était pas méchante, quand les circonstances ne l'obligeaient pas à être académique ; et Katharine, quand elle avait l'air troublée, était vraiment très attirante.

"Ma chérie," dit-elle avec une sévérité qu'elle prenait pour justifier sa faiblesse dans son propre esprit, "à quoi pensent vos amis ? Rentrez chez vous, c'est le bon endroit pour un enfant comme vous."

Katharine s'éloigna précipitamment pour cacher son envie de rire. Cependant, elle ne rentra pas chez elle ; elle se rendit chez une modiste bon marché d' Edgware Road et leur ordonna de lui confectionner un bonnet très simple. Et quand elle rentra à la maison le lendemain soir et qu'elle l'enfila, elle ne savait pas si elle devait rire ou pleurer en voyant son reflet dans le verre. "Qu'est-ce que papa dirait?" pensa-t-elle, et elle le remit précipitamment dans la boîte ; et si les autres occupants de sa chambre étaient entrés à ce moment-là, ils auraient certainement modifié leur opinion sur son orgueil et sa froideur. Mais après tout, elle n'était pas mieux lotie qu'avant ; car le contraste de jeunesse et d'âge que son nouveau bonnet faisait dans son apparence était plutôt frappant qu'autrement, et elle trouva que son vieux chapeau campagnard convenait bien mieux à son dessein.

Elle voyait très peu Ted à cette époque. Il lui a demandé de sortir avec lui, une ou deux fois, mais elle a toujours refusé. Elle avait peur qu'il pose des questions et elle hésitait à parler à qui que ce soit , même à Ted, de son échec à s'entendre. Les rares fois où elle descendait lui parler dans le hall, elle lui disait qu'elle s'entendait plutôt bien, qu'elle serait sûre d'avoir très bientôt des nouvelles de travaux et qu'elle préférerait ne pas sortir avec lui. parce que cela l'a déstabilisée. Et Ted, à sa manière humble d'esprit, pensait qu'elle s'était fait de nouveaux amis dans la maison et qu'elle ne se souciait pas de s'embêter avec lui ; et Katharine, qui le lisait comme un livre, savait qu'il le pensait et faisait de nouveaux efforts pour s'entendre afin de pouvoir passer tous ses loisirs avec lui. Elle écrivit à sa famille dans le même esprit et lui dit qu'elle était sûre d'arriver bientôt, qu'en attendant elle avait tout ce qu'elle voulait et que personne ne devait s'inquiéter pour elle. Et son père, avec sa nature étrange et peu mondaine, lui répondit qu'il était heureux d'apprendre qu'elle était heureuse, et qu'il n'avait aucun doute que les dix livres qu'il lui avait données dureraient jusqu'à ce qu'elle en gagne encore, et qu'il venait juste de déniché une bonne affaire dans une vieille librairie pour trente shillings.

"Cher papa", sourit Katharine, sans aucune trace d'amertume. « Quelqu'un pourrait- il être plus économe pour les autres et plus extravagant pour lui-même ? Je me demande si c'est ce qui me fait l'aimer autant ? Mais, oh, que donnerais-je pour ces trente shillings ! »

Elle compta son petit magasin pour la vingtième fois et resta assise à réfléchir. Sans doute avait-elle d'abord dépensé son argent de manière peu judicieuse ; mais il n'en restait pas moins que, si elle continuait à dépenser au rythme actuel, elle devrait rentrer chez elle dans quinze jours. Si elle ne prenait pas son repas de midi et économisait par tous les moyens possibles, elle parviendrait peut-être à rester encore un mois.

"C'est ce que je dois faire", dit-elle. " Cela m'amènera à la mi-mars, et je ne serai à Londres que neuf semaines. Et, après tout, la nourriture est si mauvaise que cela ne me dérangera pas beaucoup. En plus, c'est vraiment très romantique de mourir un peu de faim."

Cela devint moins romantique au fil des quinze jours. La nourriture n'avait jamais semblé aussi mauvaise qu'à présent ; et elle devait faire de longues promenades à l'heure du dîner pour échapper à l' odeur appétissante des plats chauds. Elle n'avait jamais réalisé auparavant quel appétit très sain elle possédait ; et elle se souvint avec un certain regret qu'elle avait été trop délicate, au début, pour toucher à la nourriture, et qu'elle avait vécu pendant des jours presque entièrement de pain et de beurre. Mais maintenant, elle en aurait mangé avec délectation, même un certain plat qu'on disait être du lapin en compote, mais qu'elle avait appelé par dérision « un chat dans un plat à tarte ».

Un jour, elle a lu une séduisante publicité d'une nouvelle agence. Elle avait perdu confiance dans les agences et elle n'avait plus d'argent pour payer ses honoraires ; mais au moins c'était un objet de promenade, et tout valait mieux que d'attendre à l'intérieur que quelque chose se passe. Rester inactif dans un endroit comme Queen's Crescent n'était pas une situation enviable. Et à cette époque , elle connaissait assez bien son Londres, et cela la fascinait et lui parlait de la vie, du travail et de l'avenir ; et une promenade dans n'importe quelle partie de celui-ci était toujours exaltante. Alors qu'elle se dirigeait vers le parc de Marble Arch, une calèche et un couple en sortirent avec deux femmes bien habillées à bord. Katharine s'arrêta et s'en occupa, avec un sourire amusé sur le visage.

"Ma tante et ma cousine", murmura-t-elle à voix haute. " Que diraient-ils s'ils savaient ? Et une fois qu'ils sont venus chez nous, ils ont inquiété papa sans fin et ont dit que je voulais en finir et que je devais aller à Paris ! Il me semble que la vie est toujours une comédie, mais parfois cela tourne à la farce rugissante ! »

Et satisfaite de la pertinence de sa propre remarque, elle poursuivit sa promenade avec une meilleure humeur que sa condition mondaine ne semblerait le justifier. Il s'est avéré que l' agence se trouvait au dernier étage d'un appartement proche de la rue Parliament ; et le portier la regardait avec curiosité en la montant dans l'ascenseur.

" Agence, mademoiselle ? C'est ce qu'ils disent, on me l'a dit. Moi-même, je ne crois pas beaucoup aux agences, je n'y crois pas ; ce genre d' endroits imposteurs bizarres , je les appelle . Ne vous laissez pas prendre , mademoiselle. !"

Katharine se souvenait de l'état de son sac à main et estimait que ce n'était pas probable. Sa destination était marquée par une grande quantité d'informations sur le mur, avec en tête l'inscription « Parker's Universal Scholastic and Commercial Agency ». Elle n'eut cependant pas beaucoup de temps pour l'étudier, car un employé de bureau s'empressa de répondre à sa porte, comme s'il désirait ardemment avoir l'occasion de le faire depuis un certain temps, et lui dit que M. Parker était libre, si elle le voulait bien. veuillez intervenir. Elle s'imagina qu'il la regardait également d'un œil critique, et elle commença à craindre que quelque chose n'allait pas avec son apparence personnelle. Naturellement, cela n'ajoutait rien à son sang-froid ; et lorsqu'elle se retrouva dans une petite pièce intérieure qui sentait le tabac rassis et le whisky, elle commença à souhaiter ne pas être venue du tout. Un homme blond, avec une moustache et une lunette, était assis, les pieds sur la tablette de la cheminée, lorsqu'elle entra dans la chambre ; mais il se leva avec beaucoup d'agitation, lui offrit une chaise et lui demanda ce qu'il pouvait faire pour elle. Katharine a abandonné sa demande habituelle de travail d'enseignante ; et le fait que M. Parker ajustait ses lunettes et la regardait tout le temps de la tête aux pieds, compléta sa déconfiture.

"Enseigner ? Bien sûr," dit-il avec un sourire hautain, et il se dirigea immédiatement vers la porte et dit au garçon d'apporter les livres.

"Il n'y a pas de livres, et vous le savez ", rétorqua le garçon, qui semblait disposé à être rebelle ; et M. Parker disparut précipitamment dans l'autre pièce. À son retour, son sourire était inchangé ; et il se rassit et fit tournoyer sa moustache tombante.

« Je viens de parcourir les livres, » dit-il, « et je n'y vois rien d'assez bon pour vous. Voudriez-vous prendre autre chose ?

"Je ne sais pas vraiment ce que je pourrais faire d'autre", dit Katharine dubitative. Elle voulait s'enfuir et ne savait pas exactement comment s'en sortir dignement.

" Comptabilité, par exemple, ou travail littéraire ? Avez-vous déjà essayé d'être secrétaire ? Ah, j'en suis sûr ! Vous n'êtes pas le genre de jeune femme à mener la vie d'une gouvernante banale, hein ? "

"J'étais la secrétaire de mon père", a déclaré Katharine. M. Parker était penché par-dessus la table et jouait avec les plumes dans l'encrier, de sorte que sa main touchait presque son coude.

" Bien sûr que tu l'étais. Donc j'avais raison à ton sujet, n'est-ce pas ? Tu ne penses pas que c'était très intelligent de ma part, maintenant ? "

Il se pencha un peu plus près d'elle et Katharine recula instinctivement et enleva son coude de la table. Il trouva le regard droit de ses yeux un peu déconcertant et cessa de jouer avec les porte-plume.

« Sérieusement, dit-il en prenant un air officiel avec empressement, voudriez-vous accepter un poste de secrétaire ?

Il avait laissé tomber ses lunettes et son air hautain, et Katharine reprit courage.

"Je devrais le faire, énormément. Mais ils sont si difficiles à obtenir."

" Bien sûr , ce n'est pas facile à comprendre, mais dans une agence comme la nôtre, nous entendons souvent parler de quelque chose de positif. Voyons, aimeriez-vous aller en Afrique du Sud ? C'est peu probable, je pense. "

Katharine a dit qu'elle n'aimerait pas aller en Afrique du Sud ; sur quoi M. Parker a proposé la Nouvelle-Zélande comme alternative.

"Votre connexion semble se situer principalement dans d'autres parties du globe", Katharine se sentit obligée de remarquer ; et dans un moment d'inattention, elle se mit à rire de l'absurdité de ses suggestions. M. Parker cessa aussitôt d'avoir l'air officiel, rit avec elle et recommença à jouer avec les plumes dans l'encrier.

"Ah, maintenant on se comprend mieux", dit-il en reprenant son ton familier. "Ce que tu veux, c'est une petite place confortable chez un patron littéraire, qui ne te donnera pas trop de travail, hein ? Un bon salaire et quelqu'un de charmant avec qui jouer, n'est-ce pas ?"

La simple vulgarité de cet homme lui révélait la véritable nature de la situation. Son premier réflexe fut de se précipiter hors de sa vue, à tout prix

; mais elle se retint avec effort et inspira profondément pour gagner le temps de rassembler ses ressources.

« Je crains, M. Parker, que nous ne nous comprenions pas du tout, » dit-elle très lentement, essayant de cacher le tremblement de sa voix ; "et comme je n'ai pas envie d'émigrer, je crois que je ferais mieux..."

"Maintenant, maintenant, comme tu es pressé, c'est sûr !" interrompit M. Parker en se levant et en se prélassant à son côté de la table. " Vous n'avez même pas entendu ce que j'allais dire. Cela fait quelque temps que je cherche moi-même un secrétaire, j'en ai fait le serment ; mais jamais, jusqu'à ce moment béni, je n'ai vu un secrétaire. jeune dame qui m'allait aussi bien qu'à vous. Maintenant, qu'en dites-vous, hein ?

Katharine s'était levée à son tour et se tournait imperceptiblement vers la porte. Elle jeta un regard méprisant autour de la pièce, qui était si entièrement dépourvue de l'appareil ordinaire des affaires, et elle se dirigea rapidement vers la porte et l'ouvrit, avant qu'il ait eu le temps de l'en empêcher.

"Vous êtes très gentil", dit-elle sarcastiquement, enhardie par la présence du garçon de bureau, "mais je sens que le travail serait beaucoup trop dur pour moi. Une grande entreprise comme la vôtre doit avoir tant besoin de soins ! Bonjour. ".

Dehors, tandis qu'elle attendait l'ascenseur, son sang-froid l'abandonna complètement, elle se retrouva tremblante de partout et dut s'appuyer contre les balustres pour se soutenir.

"Je savais que tu n'étais pas du genre à te mélanger à ce rein", observa la portière qui détecta les larmes dans ses yeux.

"Pourquoi ne m'as-tu pas dit que c'était un homme si horrible ?" demanda Katharine. Elle était complètement perturbée, et même la sympathie du portier valait mieux que rien du tout.

"Ce n'était pas mon affaire d' interférer ", dit le portier, qui était simplement curieux et pas du tout sympathique ; Katharine s'essuya les yeux à la hâte et essaya de rire.

" Bien sûr , cela ne regarde personne", dit-elle tristement, et elle lui donna deux pence pour l'avoir aidée à se rendre compte du fait. "Et je n'aurais pas dû pleurer du tout si j'avais déjeuné", ajouta-t-elle avec véhémence.

Quelqu'un attendait pour entrer dans l'ascenseur alors qu'elle en sortait. Elle leva les yeux par hasard et croisa son regard, et ils se prononcèrent le nom dans le même souffle.

Pendant un moment, ils restèrent silencieux, tandis qu'ils lâchaient à nouveau leurs mains. Katharine avait rougi, désespérément et irrémédiablement ; mais il se tenait un peu à l'écart d'elle, avec juste ce qu'il fallait d'intérêt dans son regard et ce qu'il fallait de plaisir dans son sourire. Paul était un homme qui se targuait de ne jamais mettre une situation à rude épreuve ; et aussitôt qu'il vit son agitation à l'idée de le rencontrer, il prit l'attitude conventionnelle, uniquement pour des raisons de commodité.

"C'est très charmant. Restez-vous en ville ?"

"Oui. Au moins—"

" Votre père va bien, j'espère ? Et Miss Esther ? Je suis charmé de l'entendre. Supposons que nous sortions du courant d'air ; oui, il fait froid, n'est-ce pas ? Merci, je ne monterai pas maintenant... " ceci au porteur, qui attendait toujours près de l'ascenseur. "Dans quel sens vas-tu ? Bien ! J'ai un appel à payer à Gloucester Place, et nous pourrions prendre le même taxi."

Il était agréable d'être ordonné, après avoir pris soin d'elle-même pendant sept semaines, et Katharine céda aussitôt au ton magistral, qui l'avait toujours forcée à se conformer dès le moment où elle l'avait entendu pour la première fois.

"Maintenant, s'il vous plaît, je veux tout savoir", commença-t-il vivement, alors qu'ils se dirigeaient vers l'ouest. Ses manières n'étaient plus conventionnelles et sa voix familière la ramenait au printemps, alors qu'elle était encore une enfant, au cours des mois fatigants de l'année dernière. D'une manière ou d'une autre, elle n'avait pas l'impression, comme avec Ted, qu'elle ne pouvait pas lui parler de ses échecs : il semblait que cet homme devait savoir tout ce qu'il y avait à savoir sur elle, qu'il soit agréable ou non de l'entendre ; cependant, alors qu'elle lui racontait son arrivée en ville et sa carrière ultérieure là-bas , elle rendit son histoire si divertissante que Paul fut plus que oisivement amusé, lorsqu'elle y mit finalement fin.

"Pensez-vous que je n'aurais pas dû le faire ?" lui demanda-t-elle avec inquiétude, car il ne parlait pas. Il la regarda avant de répondre.

"Je ne peux pas imaginer comment ils t'ont laissé faire ça !"

"Oh, ne le faites pas ! C'est ce qu'a dit cette horrible vieille directrice. Qu'est-ce qui pourrait bien m'arriver, j'aimerais savoir ?"

Il la regarda à nouveau, avec sa sérénité provoquante.

"Oh, rien, bien sûr ! Du moins, pas pour toi."

"Pourquoi pas avec moi, en particulier ?" » demanda-t-elle à moitié irritable. Elle ne savait pas si elle devait être contente ou ennuyée qu'il lui accorde la même qualité infaillible qu'à tout le monde.

"Parce que des choses de cette nature n'arrivent pas, je crois, aux filles de votre nature. Mais bien sûr , je peux me tromper ; je suis tout à fait ignorant en ces matières."

Elle sourit à sa démonstration d'humilité ; c'était si caractéristique chez lui d'affecter l'indifférence à l'égard de ses propres opinions. Mais elle avait déjà appris quelque chose ce jour-là, et elle se souvenait de M. Parker et pensait que Paul avait très probablement tort à cette occasion.

" Tout le monde me le dit. Je ne vois pas en quoi je suis différente ", dit-elle pensivement.

"Je ne devrais pas m'inquiéter à ce sujet, si j'étais toi. On ne pourrait pas s'attendre à ce que tu voies. Mais c'est juste cette petite différence qui t'a probablement permis de t'en sortir."

Katharine se souvint encore de M. Parker et éclata de rire.

"Je ne pense pas", a-t-elle déclaré. "Je pense que c'est probablement dû à mon sens de l'humour ."

"Tu riais comme ça quand je t'ai connu pour la première fois," dit-il involontairement. Elle savait qu'il avait parlé sans réfléchir, et elle rit de nouveau de plaisir. C'était toujours un triomphe de le surprendre dans la spontanéité.

"Comme c'était joyeux à cette époque ! Vous souvenez-vous de notre thé dans le verger, de la façon dont nous regardions tante Esther sortir par la porte d'entrée, puis de la façon dont nous sortions les choses par la porte de derrière ?"

"Oui ; et comment tu as renversé le lait, et le cuisinier ne t'en a pas permis d'en avoir plus, et notre deuxième tasse a été gâtée ?"

"Plutôt ! Et comment tu as choqué Dorcas—"

"Ah," soupira Paul; "Nous ne pourrons plus jamais refaire ces choses délicieuses. Nous nous connaissons trop bien, maintenant."

Ils se laissèrent presque déprimer , l'espace d'un instant, parce qu'ils se connaissaient si bien. "Tout de même", observa Katharine, "il nous reste encore une joie. Nous pouvons nous disputer."

Il redevint conventionnel en sonnant pour elle au numéro dix, Queen's Crescent, Marylebone. Il souleva son chapeau et lui serra doucement la main, pensant qu'il la reverrait bientôt. Et Katharine, qui espérait qu'il ne remarquerait pas la misère du quartier et qu'il n'entrerait pas dans la salle terne et détrempée, dit seulement qu'elle le supposait aussi ; » puis elle s'en voulut vivement, alors qu'il s'éloignait, de ne pas avoir répondu plus chaleureusement.

"Il pensera que je ne veux plus le revoir", pensa-t-elle avec lassitude, alors qu'elle se traînait dans les escaliers sans tapis et se dirigeait vers sa cabine sombre et crasseuse. Cela n'avait jamais paru aussi sombre ou aussi sombre auparavant ; et elle ajouta misérablement pour elle-même : « Je ferais peut-être mieux de ne plus le revoir. Cela ne fait qu'empirer les choses après.

Elle aurait été surprise si elle avait su ce que Paul pensait réellement d'elle.

"Elle est plus étudiée que jamais", dit-il au cheval de taxi. « Il y a encore tant de pose innocente à son sujet, avec juste cette indication de connaissances supplémentaires qui est si fascinante pour un homme. Elle fera l'affaire, maintenant qu'elle s'est éloignée de ses relations déprimantes ; et la touche d'étrangeté dans son expression est " Une amélioration. Je me demande si Heaton la traiterait d'écolière maintenant ? C'était tout à fait fini, la manière négligente avec laquelle elle lui a dit au revoir, comme si cela n'avait aucune importance pour elle. Oui ; elle est une étude. "

Environ une semaine plus tard, alors que Katharine descendait prendre le petit-déjeuner, Phyllis Hyam lui lança une lettre, à sa manière sans cérémonie.

"Regarde ici!" dit-elle. "Je t'ai gardé une chaise à côté de la mienne, et j'ai réussi à te procurer aussi une assiette propre ; alors ne t'en va pas à l'autre table, comme tu l'as fait hier. Polly est partie ; et je ne le ferai pas. parle à moins que tu le veuilles. Allez!"

Katharine s'assit distraitement sur la chaise en bois dur et commença à lire sa lettre. Elle ne voulait jamais parler à l'heure du petit-déjeuner, un fait que Phyllis reconnaissait avec bonhomie sans respecter. Aujourd'hui, elle était plus silencieuse que d'habitude.

"Non, je ne peux rien manger de tout ça", dit-elle au bacon offert. « Prends-moi du thé, veux-tu ? Je vais me préparer des toasts. »

Phyllis a plutôt trotté vers le feu et l'a fait elle-même ; et Katharine revint à sa lettre sans la remarquer davantage. À en juger par l'expression tendue de son visage, c'était d'un intérêt plus que ordinaire.

"Chère Miss Katharine", disait-il,

Une école dans laquelle j'ai un peu d'influence a besoin d'une jeune maîtresse. Je n'ai aucune idée du genre de travail que vous désirez, mais s'il est de cette nature et que vous voudriez y réfléchir plus à fond, venez me voir à ce sujet dans mon appartement. Je serai là à l'heure du thé, n'importe quel après-midi cette semaine. La meilleure façon d'arriver ici est de venir à la Station Temple. N'y pensez plus si vous avez déjà entendu parler d'autre chose.

Cordialem
ent,
PAUL
WILTON .

"Bien sûr", dit Katharine à voix haute, "j'y vais cet après-midi même." Puis elle s'arrêta et regarda en souriant le visage brûlant de Phyllis Hyam . "Non, je veux dire demain."

"Quoi?" » dit Phyllis, l'air perplexe. "Je pensais que tu le voulais maintenant, et je l'ai fait exprès."

"Chère chose ! bien sûr que je le veux maintenant. Tu es un ange de bonté et je suis un vieil ours contrarié", s'est exclamée Katharine avec un élan de cordialité inhabituelle ; et Phyllis était dévorée de curiosité quant à l'auteur de cette lettre.

Il n'était pas difficile de trouver les appartements de Paul Wilton parmi les vieux bâtiments pittoresques d'Essex Court ; et Katharine, tandis qu'elle montait péniblement le massif escalier en chêne, s'arrêtant à chaque palier pour lire les noms sur les portes, avait l'impression d'avoir atteint une délicieuse oasis d'apprentissage au milieu du Londres commercial.

« Comme c'est magnifique d'être un homme et d'avoir assez d'intelligence pour vivre dans un endroit comme celui-ci », pensa-t-elle avec enthousiasme ; puis, avec le cynisme qui accompagnait toujours son enthousiasme, elle ajouta : "Mais il ne lui faut probablement que suffisamment d'argent."

Paul Wilton lui a ouvert sa propre porte. Il avait l'air vraiment heureux de la voir, et Katharine rougit de plaisir lorsqu'il garda sa main et l'entraîna dans sa chambre.

« C'est très bon de votre part, » dit-il ; et, sous l'impulsion du moment, Katharine se laissa surprendre par une indiscrétion.

« J'étais si heureuse d'avoir votre lettre ; j'avais terriblement envie de vous revoir », dit-elle sans réfléchir. Elle pensait ce qu'elle disait, mais elle vit à son attitude qu'elle n'aurait pas dû le dire. Tout sentiment grossièrement exprimé lui répugnait toujours ; et il lui lâcha aussitôt la main et avança un fauteuil avec une grande démonstration de courtoisie.

"Est-ce que c'est confortable, ou préfères-tu une hauteur ? Je pensais que tu pourrais venir un jour ; mais je ne m'attendais pas à ce que tu sois si tôt. Il fait plutôt humide aussi, n'est-ce pas ?"

Quelque chose la poussait à répondre par le ridicule à son assurance irritante.

"Très mouillé", répondit-elle modestement. "En fait, maintenant que j'y pense, il y a beaucoup de raisons pour lesquelles je n'aurais pas dû venir. Mais celle qui m'a amené ici, malgré toutes, était une question d'affaires, si vous vous en souvenez."

S'il craignait qu'on se moque de lui, il ne le montra certainement pas, car son ton était beaucoup plus naturel lorsqu'il lui répondait.

" Oh oui, à propos de l'école ! Elle n'est pas loin de chez vous, près de Paddington, en fait. C'est un endroit plutôt fanfaron, je crois ; Mme Downing est la veuve d'un vieil ami à moi, qui a été tué en Afrique, et elle a commencé cette préoccupation après sa mort. Elle ne connaît rien à l'éducation, mais beaucoup à l'étiquette, et comme c'est aussi la position des mères de la plupart de ses élèves, elle n'a aucune difficulté à les convaincre de son capacités. Elle est tout à fait épanouie maintenant, je crois. Pouvez-vous enseigner l'arithmétique ?

Ils discutèrent solennellement du poste vacant, avec pour résultat que Katharine accepta de l'accepter si Mme Downing l'approuvait. Le salaire n'était pas élevé, mais elle avait appris à ne pas être trop exigeante, et cela lui offrait en tout cas une ouverture.

"Je suis sûr qu'elle vous appréciera très bien. Je lui ai parlé de votre peuple, etc., et un ecclésiastique est toujours une garantie dans de tels cas. Et maintenant, pour le thé."

Ils parlèrent des associations historiques du Temple pendant que la gouvernante apportait du thé ; et ils parlèrent très peu de quoi que ce soit après son départ. Paul était dans une de ses humeurs silencieuses inexplicables, et elles n'étaient jamais propices à la conversation. Il se réveilla un peu pour lui montrer quelques-uns de ses trésors : un vieux morceau de tapisserie, des estampes japonaises, un Bartolozzi ; mais l'après-midi ne fut pas un succès, et sa dépression se communiqua bientôt à Katharine.

"Je dois y aller", dit-elle enfin, après une pause gênante qu'il ne montrait aucun signe de rupture. Ils restèrent un moment au milieu de la pièce.

"C'était gentil de ta part de venir comme ça " , dit-il, avec l'air légèrement inquiet qu'il arborait toujours dans ses humeurs moroses. "J'avais peut-être peur de ne pas vous avoir demandé."

Son regard interrogateur l'invitait à continuer.

« Ne sachant pas exactement quel jour vous viendrez, je n'ai pas pu vous fournir un chaperon, vous ne voyez pas ? Mais, bien sûr, si cela ne vous dérange pas, cela n'a pas d'importance.

" Bien sûr que cela ne me dérange pas", dit-elle avec un sourire rassurant. "Pourquoi devrais-je le faire ? Je te connais si bien, n'est-ce pas ?"

Il poursuivit son explication, comme s'il avait décidé de la faire à l'avance, et ne voulait pas se laisser décourager par son refus de l'entendre.

« Dans ces circonstances, dit-il gravement, vous verrez qu'il serait plus sage que vous ne reveniez plus ici.

Katharine ne l'a pas vu et elle l'a montré sur son visage.

« Si j'étais marié, reprit-il d'un ton plus léger, ce serait différent ; mais il y a bien des raisons qui m'ont rendu impossible de me marier, et il y en a encore davantage maintenant qui m'en empêcheront jamais. ... Et comme je suis célibataire, il vaut évidemment mieux que tu restes à l'écart.

Malgré sa prétendue insouciance, Katharine sentit instinctivement que c'était pour entendre cela qu'il lui avait demandé de venir le voir aujourd'hui. Et, comme beaucoup d'autres femmes qui doivent faire face à une révélation aussi embarrassante de la part d'un homme, son grand désir à ce moment-là était de cacher qu'elle avait jamais eu l'idée qu'il l'épouse.

"Mais est-ce important, tant que cela ne me dérange pas ?" » demanda-t-elle en enfilant ses gants pour le plaisir de l'occupation. Il se pencha pour les boutonner et leurs regards se croisèrent. "Laisse-moi revenir", dit-elle impulsivement. "Tu sais, je pense que les convenances ne sont que des conneries. En plus, je veux venir. Nous pouvons continuer à être amis, n'est-ce pas ? *Je* me fiche de ce que pensent les autres !"

"Je ne me soucie que de toi, pas du mien. Non, mon enfant, ce n'est pas plus sûr ; tu n'es pas du genre. N'y pense plus. Je suis assez vieux pour être ton père et j'en ai vu d'autres . du monde que vous. Je ne vous le permettrais pas, si vous le souhaitiez.

"Tout cela n'est que de la foutaise", répéta Katharine. "Pourquoi ne suis-je pas du genre à le faire ? Je ne comprends pas ; j'en ai marre qu'on me dise ça. Si c'est tout, je… j'aurais aimé l'être !"

Paul le souhaitait à moitié aussi, alors qu'elle se tenait là à la lueur du feu, avec la lueur sur tout son visage et ses cheveux ; mais il rit cette pensée.

"Tu es un enfant absurde, tu ne sais pas ce que tu dis. Heureusement qu'il n'y a personne d'autre pour t'entendre. Là, va-t'en et réconcilie-toi avec le jeune Morton ! Oh non, je ne sais rien du tout. à ce sujet, je jure que non ; mais il ne vous fera aucun mal, et il n'est ni vieux ni épuisé, et… »

"Ne le fais pas, s'il te plaît, ne le fais pas !" » dit Katharine d'un ton implorant. "Ted est seulement comme mon frère ; je l'aime, mais c'est tout à fait différent. Est-ce que je ne peux plus vraiment te voir ?"

Elle menaçait de devenir désagréablement sérieuse, et Paul alluma la lumière électrique et alla chercher son manteau en toute hâte.

"Eh bien, sûrement, souvent, j'imagine. Quelle personne désespérément solennelle vous êtes ! Je crois que vous travaillez trop dur, n'est-ce pas ? Maintenant, je ne vais pas vous laisser marcher seul jusqu'à la gare, alors venez ".

Et Katharine réalisa , en rougissant vivement, qu'elle avait commis une deuxième gaffe.

CHAPITRE VIII

La directrice de l'école près de Paddington avait une trop haute opinion de son ami distingué et influent, M. Wilton, pour refuser un professeur qu'il recommandait si chaleureusement, d'autant plus que sa jeune maîtresse l'avait laissée dans une situation très gênante. de terme ; Katharine s'y retrouva donc installée, environ trois semaines avant les vacances de Pâques, avec une classe de trente enfants à sa seule charge. L'enseignement n'était qu'élémentaire, mais il y avait beaucoup à faire ; et elle s'aperçut bientôt que, même si elle n'était apparemment recherchée que le matin, elle devait également consacrer la plupart de ses après-midi à corriger des exercices. Mais le travail l'intéressait et elle n'eut aucune difficulté à s'occuper des enfants, ce qui la surprit autant que Mme Downing, qui n'attendait pas grand-chose de son jeune professeur, malgré la recommandation de M. Wilton. Mme Downing était une petite femme bien habillée, aux manières charmantes et avec une confiance illimitée en elle-même. En jouant résolument sur les faiblesses des autres, elle cachait sa propre superficialité d'esprit ; et elle compensait son manque d'intelligence en s'arrangeant pour avoir toujours autour d'elle des gens intelligents. Elle s'était engagée dans une relation à la mode et payante dans cette partie de Bayswater qui s'appelle Hyde Park ; et si elle usait de tact et de dissimulation pour piéger les mères du quartier , elle était, à lui rendre justice, sincère dans son amour pour leurs enfants. Katharine aurait eu du mal à aimer une telle femme, si un séjour de deux mois chez des dames de compagnie ne lui avait pas appris à tolérer des faiblesses qui autrefois excitaient son mépris ; et elle supportait ses sourires et ses caresses avec un stoïcisme qui venait de la connaissance de leur innocuité. Mais Mme Downing ignorait que son plus jeune professeur, au visage sérieux et aux manières enfantines, était capable de voir clair en elle ; et l'impénétrabilité qui l'empêchait de se sentir snobée lui épargnait également de savoir que Katharine se moquait d'elle.

Un matin, environ une semaine après avoir commencé son travail de professeur junior, Katharine fut interrompue au milieu de sa première leçon par l'entrée précipitée de la directrice.

« Ma chère Miss Austen », commença-t-elle avec effusion, puis elle s'arrêta brusquement ; car il y avait quelque chose chez Katharine, malgré son air juvénile, qui avertissait les intrus qu'il ne fallait pas l'interrompre aussi légèrement que les autres professeurs. A cette occasion, elle finit d'expliquer aux enfants que dire que Mary Howard était « *dans* le deuxième piano » n'exprimait pas avec précision le fait que Mary Howard pratiquait dans la deuxième salle de musique ; puis se tourna pour voir qui était entré.

« Ma chère Miss Austen, » commença encore Mme Downing, « c'est si gentil de votre part de veiller sur leur anglais ; ils ont tendance à être si négligents !

Je leur en parle toujours moi-même, n'est-ce pas, chers enfants ? Ah, Portez, quelle rose exquise ; quelle couleur ; belle, belle ! Pour moi ? Merci, ma douce enfant ; c'est si cher de votre part ! Ma chère Miss Austen, vous êtes toujours si obligeante, et mon professeur de littérature m'a soudain déçu, et les premiers cours n'auront rien à faire dans l'heure qui vient. C'est si ennuyeux de la part de M. Fletcher ! Sa femme est malade, et c'est un si bon mari, tout à fait un modèle ! Je leur ai donc confié un essai ; je ne peux pas *supporter* faire interrompre le travail ordinaire; et auriez-vous la bonté de laisser la porte ouverte entre les deux chambres et de leur donner un peu, juste un peu de surveillance ? Cela vous est si cher ; cela m'a soulagé de l'esprit. Chers enfants, écoutez de toutes vos forces tout ce que Miss Austen a à dire, et vous serez bientôt si intelligents et si sages – je vous demande pardon, Miss Austen ? »

"N'est-ce pas plutôt dommage qu'ils manquent complètement leur cours ?" » dit Katharine, dans le premier espace de respiration. "Je veux dire, je pourrais leur en donner un si tu veux, sur autre chose. Mon cours est en cours dans la prochaine heure et je n'ai rien de particulier à faire."

" Mais je serais charmé, ravi ; rien ne pourrait être plus opportun ! Ma chère Miss Austen, j'ai trouvé en vous un trésor. Les enfants, vous devez profiter au maximum de votre maîtresse pendant qu'elle est avec vous, car je devrai prendre loin de vous, très bientôt ! Mademoiselle Austen, je viendrai moi-même écouter votre conférence. J'irai préparer les filles... "

"Je pense que peut-être quelque chose de tout à fait différent serait préférable", dit Katharine, la retenant avec difficulté. "Voudriez-vous que ce soit sur l'architecture gothique ?"

Mme Downing ne connaissait pas la différence entre un pinacle et un contrefort, mais elle s'empressa de dire qu'elle aimerait l'architecture gothique plus que toute autre chose au monde et qu'elle avait en fait été sur le point de la suggérer elle-même ; après quoi, elle alla interrompre également le premier cours, et Katharine consacra ses énergies à capter l'attention vagabonde de ses propres élèves.

A la fin de sa conférence, la directrice s'est précipitée vers elle.

" Comme c'est extrêmement intéressant, bien sûr ! Je n'avais aucune idée que ces voûtes, ces piliers et tout cela étaient si beaux auparavant. Où avez-vous découvert tout cela ? J'aimerais l'apprendre moi-même pendant les vacances et donner un cours à ce sujet jusqu'à la première classe du trimestre prochain."

Katharine essaya de ne pas sourire.

"Je l'ai appris toute ma vie, auprès de mon père. Je ne pense pas connaître de manuels scolaires ; ce serait difficile de le lire à la hâte, je pense." Mais la directrice ne se laissait jamais contrarier lorsqu'elle avait une nouvelle idée. De plus, l'architecture gothique était assez nouvelle et ne manquerait pas de s'imposer dans le quartier .

"Alors vous devez donner vous-même un cours à toute l'école, ma chère Miss Austen", s'est-elle exclamée . " J'insiste là-dessus ; et nous commencerons le premier mercredi du prochain trimestre. "

Tout ce qui promettait une augmentation de son salaire serait certainement agréable à Katharine, et elle n'était que trop heureuse d'accepter. Mais entre-temps, ses finances étaient dans un état déplorable. Elle ne se trouva avec rien d'autre que le changement d'un demi-souverain, une dizaine de jours avant la fin du mandat ; et bien qu'elle aurait facilement pu demander à Miss Jennings de lui accorder un crédit jusqu'à ce qu'elle reçoive son salaire, elle avait toute la conscience hypersensible d'une femme, et tout son mépris de l'importance de la nourriture également ; et elle se mit résolument au travail pour se mourir de faim pendant ces dix jours. Heureusement, elle était constitutionnellement forte et elle n'a jamais atteint le stade de privation où la nourriture devient désagréable ; mais elle avait peu de consolation dans le fait qu'elle restait tout le temps sainement affamée et qu'elle devait courir devant les boutiques des pâtissiers pour échapper à leur étalage séduisant. Les longues promenades à l'heure du dîner ne compensaient pas un repas satisfaisant, même s'il n'était pas très tentant ; et l'ironie de tout cela lui fut imposée avec une signification quelque peu sinistre par quelque chose qui se passa, alors qu'elle se leva un soir pour se coucher, fatiguée et découragée. Elle remarqua que les filles cessèrent de parler dès qu'elle entra dans la pièce ; mais cela n'aurait pas éveillé ses soupçons, si Phyllis Hyam n'avait pas pris soin de converser vigoureusement avec elle à travers les rideaux, et d'être plus brusque que d'habitude lorsque les autres essayaient de l'interrompre.

"Bonne vieille Phyllis", réfléchit Katharine. "Ils ont manifestement abusé de moi. Je me demande ce que j'ai fait !"

Phyllis l'éclaira un peu à contrecœur, le lendemain matin, alors que les autres étaient descendus prendre le petit déjeuner.

" Ne vous inquiétez pas d'eux, *je* ne le ferais pas. Des chats méchants ! C'est de la jalousie, bien sûr. Le fait est que Polly vous a vu dans un fiacre avec un homme, il y a quelque temps ; elle est rentrée à la maison pleine de sentiments. Elle a dit que vous n'étiez pas mieux que le reste d'entre nous, après tout. J'ai dit que tu n'avais jamais prétendu l'être ; c'était notre propre surveillance, si nous choisissions de le penser. En plus, c'était très probablement ton frère, dis-je. Polly a dit que ce n'était pas le cas. ; tu avais l'air si heureux et il te souriait."

« Des preuves concluantes », murmura Katharine, la bouche pleine d'épingles à cheveux. "A-t-elle décrit le monsieur en question ? Cela pourrait être utile pour une identification future."

"Oh, oui, elle l'a fait ! Il a dit qu'il ressemblait plutôt à un cadavre avec une barbe noire ; il avait une saveur d'amours morts à son sujet, je pense qu'elle a dit ; mais je ne sais pas vraiment où elle voulait en venir. Et je suis sûr que je m'en fiche."

"Oui. C'est très amusant. C'est tout ce qu'ils ont dit ?"

Phyllis a hésité, a dit qu'elle n'en dirait pas davantage et a finalement raconté chaque détail.

« J'ai dit que c'étaient des menteurs méchants et méprisables, surtout Polly, compte tenu de tout ce que tu as fait pour elle ! Et j'ai dit que si jamais j'en avais l'occasion... »

"Mais qu'ont- *ils* dit ?" interrompit Katharine.

"Oh, embêtez-vous ! qu'importe ? C'est une bande de méchants furtifs. Ils ont dit que vous n'étiez jamais là pour déjeuner, ni pour dîner non plus ; et Polly était sûre de vous avoir vu marcher avec quelqu'un, hier soir seulement , et que tu es allée au restaurant avec lui ; et elle déclare que tu le vois tous les jours, et que tu te trompes. J'ai dit que j'aimerais la tuer. Et ils ont tous dit que tu devais te tromper, parce que tu n'es jamais là. dîner maintenant. J'ai dit que j'aimerais tous les tuer pour avoir raconté un mensonge aussi faux, qu'il soit vrai ou non ! Ce n'est pas leur affaire que vous choisissiez de venir dîner ou non, n'est-ce pas ? Et puis vous est entré, et... Pourquoi, quelle est la plaisanterie maintenant ? Pitié, je pensais que vous seriez furieux !

Car, bien sûr, il ne fallait pas supposer qu'elle savait pourquoi Katharine se roulait sur son lit dans un accès de rire.

Mais les vacances arrivèrent enfin, et elle se félicita fièrement de n'avoir pas cédé une seule fois. Elle a quitté l'école le dernier jour du trimestre le cœur léger ; tout l'avait fait rire ce matin-là, depuis la jubilation des enfants à l'approche des vacances jusqu'aux adieux caractéristiques de Mme Downing. "Ne travaillez pas trop pendant les vacances, ma chère Miss Austen", avait-elle dit en serrant chaleureusement Katharine des deux mains. " Vous avez l'air assez épuisé ; j'ai bien peur que vous preniez les choses un peu trop au sérieux, n'est-ce pas ? Quand vous aurez fait *mon* expérience scolaire, vous n'aurez rien à penser d'une classe comme la vôtre ! Peut-être que vous ne mangez pas assez ? Prenez mon conseil, et essayez la maltine ; c'est un excellent tonique pour l'appétit !" Et Katharine sortit au soleil et dans l'air chaud, avec un sentiment de joie à la pensée du chèque qu'elle devait recevoir le lendemain. Il ne lui restait plus qu'un jour de privation ; et elle se disait avide en y réfléchissant, et se moquait de sa propre avidité, tout cela dans le même souffle. Elle aurait facilement pu humilier sa fierté et rentrer chez elle déjeuner comme un être rationnel, maintenant qu'elle voyait comment payer pour cela ; mais une telle faiblesse ne lui vint pas un instant à l'esprit, et elle marcha gaiement, tissant un rêve rose du festin qu'elle aurait si sa poche était pleine d'argent. Mais c'était presque vide, et elle n'y trouva que deux pence lorsqu'elle y mit la main pour tâter ; et elle fit tinter les pièces de monnaie ensemble, et rit encore, et se précipita un peu plus vite. À Hyde Park Corner, un mendiant la poursuivit avec son récit étudié de détresse : il n'avait pas de maison, il pleurnichait et il n'avait rien mangé depuis des jours. "C'est juste mon cas", dit Katharine joyeusement, et un esprit d'imprudence la poussa à laisser tomber les deux sous dans sa paume crasseuse, puis à se hâter comme avant.

"Bien rencontré," dit une voix derrière elle. "Mais comme vous êtes pressé, bien sûr ! Où allez-vous, maintenant ?"

Elle regarda autour d'elle et vit Paul Wilton, qui lui souriait sans affectation d'une manière qui lui rappelait le bon vieux temps à Ivingdon . Peut-être que la belle journée l'avait influencé aussi ; certainement, il n'avait pas été affamé depuis quinze jours, et il n'en aurait probablement pas vu l' humour , s'il l'avait fait. Mais ces réflexions ne vinrent pas à l'esprit de Katharine ; il lui suffisait qu'il paraisse plus content que d'habitude et que ses manières aient perdu leur contrainte.

"Je ne vais nulle part. Le printemps m'est venu à la tête, c'est tout ; et je me suis senti obligé de marcher. En plus, c'est le premier jour de mes premières vacances !" et elle a ri joyeusement.

"Oui ? Tu as l'air très joyeux, en tout cas . As-tu déjà déjeuné ?"

— Oui, je veux dire non. Je ne veux pas déjeuner aujourd'hui, dit-elle précipitamment. "Ne parlons pas de déjeuner, ça gâche tellement."

"Mais, ma chère enfant, il faut vraiment que j'en parle. Je n'ai rien mangé depuis le dîner d'hier soir, et je vais déjeuner maintenant. Il faut que tu viennes aussi, alors ne fais pas de bruit." Je n'ai plus d'objections. Je ne suis pas une jeune femme en bonne santé comme vous, et je ne peux pas manger mes trois plats au petit-déjeuner, puis jeûner jusqu'à ce qu'il soit temps de gâcher ma digestion avec le thé de l'après-midi. Où allons-nous aller ? Supposons que vous arrêtiez rire un instant et faire une suggestion.

"Mais je ne connais aucun endroit et je n'ai pas vraiment envie de manger", protesta Katharine. Elle n'aurait pas été aussi indépendante si elle avait eu un peu moins faim. " Il y a une confiserie par ici, qui a toujours l'air plutôt sympa ", ajouta-t-elle, se souvenant d'une confiserie qu'elle avait souvent croisé ces derniers temps avec un regard persistant sur son contenu attrayant.

"C'est absurde ! ce n'est qu'un magasin. Êtes-vous déjà venu ici ?"

Katharine a avoué qu'elle n'avait jamais déjeuné dans un restaurant auparavant ; et l' odeur savoureuse qui les accueillit à leur entrée lui rappela à quel point elle avait très faim et chassa sa dernière impulsion d'objection.

"Jamais ? Pourquoi, qu'a fait Ted ? Maintenant, tu dois dire ce que tu veux ; c'est ta fête, tu sais, parce que c'est le premier jour des vacances."

"Oh, mais je ne peux pas ; tu dois faire tout ça, *s'il te plaît* . Tu ne sais pas à quel point c'est beau d'être à nouveau soigné."

"Vraiment ?" Ils se sourirent à travers la petite table et une vieille entente resurgit entre eux.

"Vous avez l'air très charmant", dit-il après avoir donné ses instructions préliminaires au garçon. "Vous pouvez abuser de la nourriture chez vous autant que vous le souhaitez, mais cela semble certainement vous convenir."

"Je ne pense pas", dit négligemment Katharine, "que cela ait quelque chose à voir avec la nourriture."

"Bien sûr que non ; c'est mon erreur. C'est sans aucun doute le charme naturel qui triomphe des difficultés. Essayez-en un peu, pour commencer : des lacets ou des sardines ?"

Katharine avait l'air perplexe.

"Quel enfant charmant tu es", rit-il. "C'est pour vous donner de l'appétit pour la suite. Je conseille les lacets. C'est absurde ! vous devez faire ce qu'on vous dit, pour changer. Je ne suis pas un de vos élèves. D'ailleurs, c'est le premier jour des vacances."

Et Katharine, qui ne désirait pas un appétit plus grand que celui qu'elle possédait déjà, mangeait les *hors- d'œuvre* avec délectation, en désirait davantage et se demandait si elle parviendrait un jour à l'extrême culture de son compagnon, qui jouait délicatement. avec la sardine dans son assiette.

"Tu n'as jamais eu faim ?" elle lui a demandé. "Cela semble ajouter à votre isolement que vous n'avez aucune des fragilités ordinaires de la chair. Je crois vraiment que cela détruirait complètement mon illusion de vous, si jamais je vous surprenais en train de profiter d'un petit pain!"

"Vous pouvez conserver l'illusion, si vous voulez, et vous rappeler que je ne suis pas une femme. Il n'y a que les femmes qui... Eh bien, qu'est-ce qu'il y a maintenant, mon enfant ?"

« Expliquez-moi cela », le supplia-t-elle avec une expression comique de consternation. "Pourquoi est-ce rouge ?"

"Je devrais dire parce que, au fond, c'est du rouget. Il ne me viendrait jamais à l'idée d'approfondir mes recherches; mais le reste s'explique probablement par la carte, si vous comprenez le français. Ne pensez-vous pas qu'il vaut mieux approchez-vous, à jeun et avec foi ? »

"Parlez de votre appétit, s'il vous plaît; c'est tellement amusant", reprit Katharine. "Je crois que si tu avais vraiment faim un jour, la force de l'habitude te ferait quand même manger ton déjeuner comme si tu n'en voulais pas du tout. Maintenant, n'est-ce pas ?"

"Ma chère Miss Katharine, vous n'avez pas encore appris que la faim ne vous donne pas envie de manger plus, mais lui confère simplement un élément de plaisir. Continuez votre poisson, sinon l'entrée vous rattrapera."

"Je suis heureuse", dit Katharine entre les cours, "de ne pas être une personne supérieure comme vous. Cela doit être si solitaire, n'est-ce pas ?"

"Quel vin bois-tu ? Blanc ou rouge ?" demanda sévèrement Paul.

"Vivre avec toi", continua Katharine en se penchant en arrière et en regardant malicieusement ce qui était visible de lui sur la carte des vins, "doit être exactement comme vivre avec Providence."

"Numéro cinq", dit Paul au serveur en établissant la carte des vins. Puis il la regarda et secoua la tête d'un air de reproche.

"Tu vois que tu ne vis pas avec moi, n'est-ce pas ?" dit-il sèchement.

"Non," rétorqua Katharine précipitamment. "Je vis avec soixante-trois dames qui travaillent, et c'est une tout autre affaire."

"Très bien," acquiesça-t-il, la regardant si intensément qu'elle commença à rougir. L'arrivée du vin fit une diversion.

"Oh," dit Katharine, "je suis sûre que je ne peux pas boire de champagne."

"Si vous n'aviez pas été aussi occupé à lancer des épigrammes, vous auriez peut-être eu le choix en la matière. Dans l'état actuel des choses, vous devez faire ce qu'on vous dit."

Il remplit son verre, et elle sentit que c'était très agréable de faire ce qu'il lui disait ; et ses yeux brillèrent lorsqu'ils rencontrèrent les siens par-dessus les lunettes pleines.

"Je suis si heureuse aujourd'hui", se sentit-elle obligée de lui dire.

"C'est vrai. Parce que c'est le premier jour des vacances ?"

"Parce que tu es si gentil avec moi, je pense," répondit-elle doucement ; puis elle eut peur d'en avoir trop dit. Mais il hocha la tête et parut comprendre ; et elle baissa brusquement les yeux et commença à émietter son pain.

"Qu'est-ce qui te rend si gentil avec moi, je me demande," continua-t-elle sur le même ton. Cette fois, il devint neutre.

" L'ordre naturel de l'univers, je suppose. L'homme a été créé pour s'occuper de la femme, et la femme pour s'occuper de l'homme ; tu ne crois pas ? "

Elle le comprenait suffisamment bien, désormais, pour savoir quand lui retirer son ton.

« En tout cas, cela épargne à la Providence bien des ennuis », dit-elle ; et ils ont ri ensemble.

Leur déjeuner fut un succès ; et Paul sourit à son visage malheureux quand on lui apporta le café noir, et elle commença lentement à se rappeler qu'il existait encore un endroit comme le numéro dix, Queen's Crescent, et qu'il existait en réalité dans la même métropole que celle-là. qui contenait ce superbe restaurant.

"C'est presque fini et c'était tellement beau", soupira-t-elle.

"C'est absurde ! cela ne fait que commencer. Il n'est pas encore temps de s'ennuyer ; je vous dirai quand ce sera le cas, " dit vivement Paul ; et il réclama un quotidien.

"Que veux-tu dire?" haleta Katharine, ouvrant grand les yeux en prévision de nouvelles joies à venir.

"Nous allons à une matinée, bien sûr. Voyons , tu as le choix ?"

"Un théâtre ? Oh !" s'écria Katharine. Puis elle rougit un peu. "Tu ne riras pas si je te dis quelque chose ?"

"Dites-le, vous le plus enfantin des enfants!"

« Moi non plus, je ne suis jamais allé au théâtre auparavant.

Ils regardèrent le journal ensemble, se moquèrent mutuellement des suggestions des uns et des autres, puis découvrirent qu'ils n'avaient que juste le temps d'arriver au théâtre avant que le spectacle ne commence. Et elle resta assise pendant les trois actes, la main posée dans la sienne ; et pour elle, c'était une fin parfaite au jour le plus parfait de sa vie. Il l'a ensuite ramenée chez elle et l'a laissée au coin de la rue.

"Je ne viendrai pas à la porte; mieux vaut peut-être pas", dit-il, et ses mots lui envoyèrent une soudaine sensation de froid. Ils semblaient être revenus à nouveau à l'attitude conventionnelle, la plus appropriée sans doute pour Edgware Road, mais néanmoins déprimante pour cette raison.

"Tu ne vas pas être triste, maintenant ?" ajouta-t-il , devinant à moitié ses pensées. Elle leva les yeux vers son visage et fit un effort pour être brillante.

"Ça a toujours été magnifique", a-t-elle déclaré. "Je n'aurais jamais imaginé que quelque chose puisse être aussi beau auparavant."

"Ah," dit-il en souriant en retour; "C'est le premier jour de tes premières vacances, tu vois. On recommencera un jour ." Mais elle savait à mesure qu'il parlait qu'ils ne pourraient plus jamais recommencer.

Elle le voyait occasionnellement pendant les vacances de Pâques. Il l'envoya chercher une fois au sujet d'une élève qu'il avait réussi à lui trouver, et une fois au sujet de cours de salon qu'il avait essayé de lui organiser, et qui échouèrent. Mais à ces deux occasions, il était d'humeur silencieuse, et elle est repartie infectée par sa monotonie . Puis elle le rencontra un jour dans le quartier de Queen's Crescent, et ils eurent quelques minutes de conversation dans le bruit et l'agitation de la rue, qui la laissèrent bien plus heureuse qu'elle ne l'avait été après un tête-à-tête dans ses appartements.

Elle rentra chez elle quelques jours à la fin de ses vacances, mais sa visite ne fut pas entièrement un succès. Ce fut un choc pour elle de découvrir que la maison n'était plus la même maintenant qu'elle l'avait quittée ; et elle ne se rendait pas bien compte que le changement était en elle-même autant que chez ceux qu'elle avait laissés derrière elle. Son père s'était habitué à vivre sans elle, et cela blessait son orgueil de constater qu'elle ne lui était plus indispensable. Ses anciennes occupations semblaient disparues et il n'y avait pas de temps pour les remplacer par de nouvelles ; elle se disait avec amertume qu'elle n'avait pas sa place dans sa propre maison et qu'elle avait brûlé ses navires en sortant pour se faire une nouvelle place dans le monde. Ivingdon semblait plus étroit dans ses sympathies et plus ennuyeux que jamais ; elle se demandait comment les gens pouvaient continuer à vivre avec si peu d'idées en tête et si peu de sujets de conversation ; même le recteur l'irritait par son manque d'intérêt pour ses expériences et par sa totale absorption par ses propres préoccupations. Miss Esther ajoutait à son sentiment d'étrangeté en la traitant avec une considération élaborée ; elle aurait donné n'importe quoi pour se faire gronder, à la place, pour avoir été blasphématoire ou pour avoir menti sur le tapis du foyer. Mais ils persistaient à ne plus la considérer comme une enfant ; et elle se sentait plus grave et plus responsable à la maison qu'elle ne l'avait été pendant tout le temps où elle travaillait pour vivre à Londres.

Dans l'ensemble, elle était heureuse quand l'école reprenait ; et elle devint beaucoup plus heureuse lorsqu'elle se retrouva de nouveau absorbée par le travail du terme, qui avait maintenant augmenté de manière très matérielle , grâce à ses propres efforts ainsi qu'à ceux de Paul. De lui, elle n'a eu que des aperçus occasionnels au cours des semaines suivantes ; mais ils suffisaient à entretenir leur amitié chaleureuse, et elle se surprenait bientôt à lui griffonner de petites notes, lorsqu'elle avait quelque chose à dire, généralement sur un de ses petits succès qu'elle se sentait obligée de confier à quelqu'un et qu'elle préférait. tout cela pour lui confier. Parfois il ne leur répondait pas ; et elle soupira, et comprit l'idée de ne plus écrire pendant un moment. Et parfois il lui répondait une de ses réponses cérémonieuses, qu'elle avait appris à accueillir comme la chose la plus caractéristique qu'il pût lui envoyer ; car, dans ses lettres, Paul ne perdait jamais sa formalité. C'était une amitié très satisfaisante des deux côtés, avec assez de familiarité pour la réchauffer, et pas assez pour la rendre inquiétante. Mais elle reçut un échec inattendu vers la mi-juin, par un incident assez léger en soi, mais suffisant pour les faire réfléchir tous deux. Et s'arrêter et réfléchir au cours d'une amitié, surtout lorsqu'elle se déroule entre un homme et une femme, est généralement le signe avant-coureur d'un malentendu.

C'était la première fois qu'il faisait chaud cette année-là. Mai avait été décevant, froid et humide, après les promesses du mois précédent, mais juin est arrivé avec un éclat de soleil qui a duré suffisamment longtemps pour justifier que les journaux parlent de sécheresse. Par un des premiers beaux jours, Paul fumait paresseusement dans son fauteuil après un déjeuner tardif, lorsqu'un coup frappé à sa porte extérieure le tira désagréablement d'une rêverie qui menaçait de se transformer en sieste ; et il se releva lentement avec quelque chose comme une imprécation murmurée. Puis il se souvint qu'il avait laissé la porte ouverte pour le courant d'air, et il cria un bref « Entrez » et se laissa tomber de nouveau dans son fauteuil. Un pas léger franchit le seuil et s'arrêta juste derrière lui.

"Qui est là?" demanda Paul sans bouger.

"Eh bien, tu *es* fâché. Et un matin comme celui-ci aussi !"

Paul se leva de nouveau, avec un peu plus d'énergie que d'habitude, et se tourna et regarda son visiteur.

"Vraiment, Katharine," dit-il, avec un sourire amusé qui se dessinait lentement.

"Oh, je sais tout ça", s'exclama Katharine avec un geste impatient. "Mais le soleil brillait, et je devais venir, et tu devras le supporter."

Paul semblait n'avoir aucune difficulté à le supporter ; et il sortit et arbora son chêne.

"Ne veux-tu pas t'asseoir et me dire pourquoi tu es venu ?" suggéra-t-il à son retour. Katharine se laissa tomber sur une chaise et rit.

"Comment peux-tu demander ? Pourquoi, ce sont mes vacances de mi-trimestre ; et le soleil brille. Regardez !"

"Je crois que oui," dit-il en jetant un coup d'œil vers le store qui bat doucement. "Est-ce que ça a quelque chose à voir avec ça ?"

" Bien sûr que oui. Je crois, je crois vraiment que tu n'aurais jamais su que c'était une belle journée, si je n'étais pas venu te voir ! "

"J'ai du mal à croire que vous soyez venu me voir dans le but de me dire que c'était une belle journée", dit Paul.

Katharine se pencha sur le dossier de sa chaise et lui fit un signe de tête.

"Devinez pourquoi je suis venue", dit-elle. Il secoua la tête paresseusement. Elle raconta le reste de ses nouvelles par petites tranches, pour lui donner plus d'importance. "C'est mes vacances de mi-mandat", répéta-t-elle, et elle s'arrêta pour observer l'effet de ses paroles.

"Je pense que je t'ai déjà entendu dire ça," observa-t-il.

"Et je pars à la campagne toute la journée."

"Oui?" » dit Paul, qui ne semblait pas impressionné.

"Et je veux que tu viennes aussi. Là ! tu ne penses pas que ça vaut le détour ?" Son rire retentit et remplit la petite pièce. Paul caressait sa barbe d'un air pensif, mais il ne paraissait pas contrarié.

"Vraiment, Katharine," dit-il une fois de plus.

"Oh, maintenant, ne sois pas moisi," plaida-t-elle en posant son menton sur ses mains. "Je veux juste faire quelque chose de joyeux aujourd'hui; et je ne vous ai jamais rien demandé auparavant, n'est-ce pas? Faites-le, s'il vous *plaît* , M. Wilton. Je ne vous dérangerai plus avant si longtemps; je vous promets que j'ai gagné." 't."

" Savez-vous, " dit Paul en fronçant les sourcils, " qu'il n'est pas d'usage de venir rendre visite à un homme dans ses appartements de cette manière sans y être invité ? "

"Tu sais très bien", rétorqua Katharine, "que rien n'a d'importance si je le fais."

" Bien sûr , je sais que vous êtes au-delà de la souillure du scandale, ou du... "

Elle se leva avec impatience et s'approcha de son fauteuil.

"Ne commence pas à être sarcastique. Je n'arrive jamais à trouver le mot que je veux quand tu deviens sarcastique. Je ne suis pas au-delà de tout, et je ne suis certainement pas au-dessus de te demander une faveur . Maintenant, si tu devais cesser d'être supérieur pour quelques minutes-"

"Et si vous arrêtiez de vous tenir sur une jambe et de balancer l'autre de cette manière juvénile, une catastrophe pourrait être..."

Elle saisit un coussin et essaya de l'étouffer avec ; mais il fut trop rapide pour elle, et le coussin partit en tournoyant à l'autre bout de la pièce, et elle se retrouva tirée sur ses genoux.

"Espèce d'affreux enfant ! Il fait trop chaud et je suis trop vieux pour m'ébattre de cette façon", observa-t-il paresseusement.

"Viens-tu?" » demanda-t-elle brusquement. Elle jouait avec la chaîne de sa montre et il ne savait pas trop quoi penser de son visage.

"Veux-tu que je le fasse?" » demanda-t-il doucement.

" Bien sûr que oui, " dit-elle dans un petit murmure rapide ; et ses doigts s'égarèrent jusqu'à l'épingle de son foulard et touchèrent sa barbe.

"Je suis terriblement inappropriée", a-t-elle déclaré.

"Tu es très gentille," répondit-il en lui embrassant faiblement les doigts. Elle ne bougea pas et il la secoua légèrement.

"Quel enfant solennel tu es", se plaignit-il. "Il est impossible de jouer avec toi, parce que tu prends toujours les choses très au sérieux."

"Je sais", dit Katharine, se réveillant et semblant pénitente. "Je suis vraiment désolé ! Je suis fait comme ça, je pense. Avant, cela ennuyait Ted. Je pense que c'est parce que je ne me suis jamais amusé à la maison, ni avec personne avec qui jouer, à part Ted. Et puis j'ai commencé à gagner de l'argent. ma vie, et donc je n'ai jamais eu le temps d'être frivole du tout. Je suppose que je suis trop vieux pour commencer, maintenant.

"Beaucoup trop vieux", sourit Paul.

On frappa à la porte extérieure. Paul l'éloigna de lui presque brutalement et jeta un regard troublé autour de la pièce.

"Tu ferais mieux de rester ici", dit-il brièvement, "et de te taire jusqu'à mon retour."

"Qui est-ce?" » demanda Katharine, quelque peu perplexe.

« Je ne sais pas. Vous ne comprenez pas », fut tout ce qu'il dit ; et il sortit et parla quelques minutes avec un homme sur le palier.

"Il s'agissait d'un dossier bref", a-t-il déclaré à son retour. Il fronça encore un peu les sourcils, et elle sentit, avec regret, que son humeur cordiale s'était envolée.

"C'était tout ? Il n'entrerait pas ?" elle a demandé.

Paul la regarda avec incrédulité.

"Il était peu probable que je lui pose la question", dit-il en lui tournant le dos et en fouillant parmi les papiers sur son bureau. Les couleurs lui montèrent au visage, et elle eut conscience d'avoir dit quelque chose sans tact, sans savoir exactement quoi.

"Dois-je repartir ?" » demanda-t-elle lentement. La joie semblait soudainement avoir disparu de ses vacances de mi-parcours.

"Vous voyez, cela ne me dérange pas", essaya-t-il d'expliquer doucement; "Mais si on vous voyait seul ici, cela nuirait à votre réputation, vous ne voyez pas ?"

Katharine avait l'air de ne pas voir.

— Mais il n'y a sûrement aucun mal à ce que je vienne ici ? » protesta-t-elle.

"Bien sûr que non, il n'y a aucun mal. Ce n'est pas ça", dit Paul précipitamment.

"Alors," dit Katharine, "s'il n'y a aucun mal à cela, pourquoi ne devrais-je pas venir ? C'est de la foutaise, n'est-ce pas ? Je ne viendrai plus si cela vous dérange ; mais c'est une autre affaire. "

"Mon cher enfant, sois raisonnable ! Ce n'est pas du tout une question de mes sentiments. J'aime que tu viennes, mais je ne veux pas que les autres sachent que tu viens, à cause de ce qu'ils pourraient dire. C'est pour pour votre bien, je vous souhaite d'être prudent. C'est pourquoi je ne viens pas vous voir chez vous. Vous voyez maintenant ?

Katharine secoua la tête.

« Soit c'est mal, soit ce n'est pas mal », dit-elle obstinément. "Je n'ai jamais imaginé qu'il pourrait y avoir un quelconque mal à venir te voir, sinon je n'aurais pas dû venir. Et c'était si agréable, et tu as toujours été si gentil avec moi. Pourquoi ne me l'as-tu pas dit avant ? Je ne Je ne vois pas en quoi cela peut être mal, et pourtant cela ne peut pas être bien, si je dois faire semblant aux autres que je ne viens pas. Je déteste cacher des choses ; je n'aime pas la sensation. Je j'aimerais pouvoir comprendre ce que tu veux dire."

"C'est assez facile à comprendre", dit Paul, commençant à se rendre compte que son cas, tel qu'exposé sans détour par Katharine, était très boiteux. "Ce n'est pas faux, en ce qui vous concerne et moi, mais c'est un monde d'enfer, et les gens vont parler."

C'était un langage fort à utiliser ; et elle sentit à nouveau que c'était sa bêtise qui l'ennuyait. Elle soupira et sa voix trembla un peu.

" Je ne vois pas du tout ce que cela a à voir avec les autres. Cela me suffit amplement, si vous voulez que je vienne ; et quant à ma réputation, elle semble exister uniquement pour le bien des autres . alors autant qu'ils en disent ce qu'ils veulent. *Je* m'en fiche. C'est horrible de votre part de suggérer autant d'idées horribles. D'après vous, je devrais avoir honte de moi-même; mais... je ne le fais pas. t."

— Bien sûr que non, dit Paul en souriant malgré lui ; et il étendit la main et l'attira vers lui. Elle n'était qu'une enfant, se dit-il, et il était assez vieux pour être son père.

« Mon cher petit puritain, ajouta-t-il doucement, tu n'as jamais été fait pour vivre dans le monde tel qu'il est. Si toutes les femmes étaient comme toi, mon Dieu ! il n'y aurait plus de péché.

"Et je crois que tu le regretterais, n'est-ce pas ?" » dit soudain Katharine. Mais quand, au lieu de la contredire, il essaya de lui faire expliquer ce qu'elle voulait dire, elle se contenta de secouer résolument la tête.

"Je ne pense pas que je pourrais; je le sais à peine moi-même. C'est seulement quelque chose qui m'est venu à l'esprit à ce moment-là. C'était quelque chose d'horrible; n'en parlons plus. Est-ce que tu sors avec moi , ou pas ? Ah, je sais que tu ne viens pas, maintenant !

Elle remarqua rapidement le moindre changement dans son expression, et celle-ci était devenue très sombre au cours des dix dernières minutes. Il la tendit à bout de bras , par les deux coudes, et sourit d'un air plutôt gêné.

"Je pense que je ne le ferai pas aujourd'hui, ma chérie. Une autre fois, hein ? Il faut examiner ce dossier tout de suite ; et j'ai aussi un autre travail. Va profiter de tes vacances, sans moi pour un élément discordant."

Katharine rougit vivement et se libéra de son emprise. "Ça ne me dérange pas que tu ne viennes pas," dit-elle en regardant fixement le sol, "mais je ne pense pas que tu aies besoin de m'inventer des excuses . "

Paul haussa les épaules avec une indifférence qui la rendait folle. "Très bien, je ne le ferai pas, alors. Va chercher quelqu'un d' autre pour compagnon, et ne sois pas un jeune idiot. Ted ne peut-il pas partir pour aujourd'hui ?"

"Vous ne m'avez jamais dit autant de choses horribles auparavant", s'écria Katharine avec passion.

"Vous n'avez jamais été aussi difficile à satisfaire auparavant", observa froidement Paul. "D'ailleurs, j'avais l'impression que je faisais plutôt une bonne suggestion."

"Tu traînes toujours Ted quand tu es particulièrement méchant ! Si j'avais voulu sortir avec Ted, je n'aurais pas dû venir te voir en premier."

Paul commença à craindre une scène ; et il avait plus qu'une horreur des scènes comme celle d'un homme. Mais il ne put s'empêcher de voir les larmes dans ses yeux alors qu'elle s'éloignait vers la porte, et il la rattrapa au moment où elle l'ouvrait.

"Tu ne vas pas me dire au revoir ? Il me faudra peut-être un certain temps avant de te revoir." Il décida, tout en parlant, qu'il lui faudrait certainement beaucoup de temps avant de la revoir. Mais elle le désarma en se retournant vivement sans laisser aucune trace de sa colère.

"Oh, pourquoi cela prend-il un certain temps ? Vous ne le pensez pas, n'est-ce pas ? Dites que vous ne le pensez pas, M. Wilton," implora-t-elle.

"Non, non, je plaisantais", dit-il d'un ton rassurant. "Très bientôt, bien sûr." Et il déposa un baiser sur la petite oreille rose la plus proche de lui. Mais quand il vit l'expression de son visage et la rapidité avec laquelle sa respiration allait et venait, il se reprocha son indiscrétion et la poussa d'un air espiègle devant la porte.

Lorsque Phyllis Hyam rentra du bureau, ce soir-là, elle trouva Katharine sur le sol de sa cabine, en train de raccommoder des bas ; tandis que le reste de sa garde-robe occupait tout l'espace disponible pour être vu. Katharine ne faisait jamais les choses à moitié et elle avait très rarement l'envie de raccommoder ses vêtements.

"Bonjour ! tu veux dire que tu es déjà de retour ?" s'écria Phyllis en trébuchant maladroitement sur les robes posées par terre.

"Cela n'exige guère de réponse, n'est-ce pas ?" dit Katharine sans lever les yeux. Elle enfila son aiguille et ajouta plus gracieusement : « Après tout, je n'y suis pas allée.

"Oh," dit Phyllis avec étonnement. "Je suis désolé."

"Ne vous embêtez pas, merci. Je ne voulais pas y aller. Je suis resté à la maison et j'ai raccommodé mes vêtements; ils semblaient plutôt le vouloir. Je serai tout à fait respectable, maintenant."

"Oh!" répéta Phyllis. "J'aurais dû le laisser pendant une journée pluvieuse, je pense."

"Peut-être que votre travail vous permet de sélectionner vos vacances en fonction de la météo. Pas le mien", a déclaré Katharine sarcastiquement.

Phyllis débarrassa la chaise et s'assit dessus.

"Vous avez pleuré", dit-elle avec la franchise qui a éloigné tous ses amis avec le temps. Cela ne dérangeait pas Katharine ; cela faisait plutôt appel à son amour de la vérité qu'autrement.

"Oh, oui ! J'ai été déçu, c'est tout. Il n'y avait pas vraiment de quoi pleurer. Je ne sais pas pourquoi je l'ai fait. Ne reste pas là à regarder, Phyllis ; je sais que je me suis fait une vue."

"Non, ce n'est pas le cas. Pauvre vieux chéri!" » dit Phyllis avec une affection inopportune. "J'aimerais lui dire ce que je pense de lui, je sais !" » ajouta-t-elle avec insistance.

"De quoi marmonnes-tu ?" demanda Katharine.

"Oh, rien", dit Phyllis. "As-tu bu du thé ?"

"Je ne veux pas de thé, merci. J'aimerais que cela ne vous dérange pas. Descendez et prenez le vôtre."

"Je suppose que je vais en parler ici à la place, et ensuite nous pourrons en parler", a déclaré Phyllis. Au bout d'une dizaine de minutes, elle revint, très essoufflée, avec un grand plateau.

Katharine leva les yeux et fronça les sourcils. "J'ai dit que je n'en voulais pas", dit-elle avec colère. Cependant, elle ajouta qu'elle croyait qu'il y avait des sablés sur la bibliothèque, que Phyllis annexa aussitôt ; et son humeur commença lentement à s'améliorer.

"Phyllis," demanda-t-elle brusquement, après une longue pause, "que penses-tu des hommes ?"

"C'est un luxe", répondit Phyllis sans hésitation. "Si vous n'avez rien d'autre à faire toute la journée que de jouer, vous pouvez vous permettre d'avoir un homme ou deux autour de vous ; mais si vous êtes occupé, vous n'avez de toute façon pas besoin d'eux."

"Pourquoi pas?" » demanda Katharine. "Tu ne penses pas plutôt qu'ils aident quelqu'un ?"

"Pas du tout ! D'abord, ils vous attirent, parce que vous semblez vous retenir ; puis, quand vous commencez à vous échauffer, ils vous descendent avec un désaltérant, et vous sentez que vous avez été trop audacieux. Et tout ce genre de choses est distrayant ; et cela affecte votre travail après un certain temps. »

"Mais sûrement", dit Katharine, "une fille peut avoir un homme pour ami sans passer par tout ça!"

"N'y croyez pas, je ne l'ai jamais fait, ça ne marche pas."

"Je pense que c'est le cas, parfois", observa Katharine. " Bien sûr, cela dépend de la fille."

"Tout à fait", dit joyeusement Phyllis. "L'homme le gâcherait toujours, s'il le pouvait, sans être découvert."

Katharine s'appuya sur l'oreiller, les bras derrière la tête et les yeux fixés sur le plafond.

"C'est juste ça," dit-elle pensivement ; "Les hommes sont bien plus conventionnels que les femmes. Je suis heureux de ne pas être un homme, après tout. Il n'est pas nécessaire qu'une femme soit conventionnelle, n'est-ce pas ? Elle n'a pas peur d'être soupçonnée, tout le temps. Je Je suis certain que la conventionnalité a été faite pour l'homme, et non l'homme pour la conventionnalité, et cette femme n'y a jamais été impliquée.

"Je n'en sais rien, même si cela semble très bien", a déclaré Phyllis. "Mais bien sûr , les hommes doivent être plus conventionnels que nous. Cela les aide à faire preuve de respectabilité, je suppose."

"C'est très horrible, si on l'analyse", murmura Katharine. " D'après cela, l'homme qui est ouvertement mauvais est préférable à l'homme qui est conventionnellement bon. Bien sûr, Paul n'est pas mauvais du tout ; mais, oh ! J'aurais aimé ne pas voir clair dans les gens, quand ils essaient de faire semblant. choses, ça les ennuie toujours.

"Hein ?" dit Phyllis en levant les yeux. "Votre thé devient froid."

"Peu importe le thé ! Dis-moi, Phyllis, penses-tu qu'une femme peut attirer n'importe quel homme, si elle le souhaite ?"

" Bien sûr qu'elle le peut, si elle n'est pas amoureuse de lui."

Katharine grimaça et baissa les yeux pour regarder son amie inconsciente, qui grignotait toujours des sablés avec une expression de contentement complet sur le visage.

"Je veux dire, si elle *est* amoureuse de lui, très amoureuse de lui."

"Je ne peux pas le dire ; je ne l'ai jamais été, moi-même. Mais je ne crois pas qu'on puisse faire quoi que ce soit si on est mal en point ; il faut se laisser aller et espérer le meilleur."

" Je ne crois pas que tu en saches plus que moi, Phyllis. Je vais te dire ce qui attire un homme chez une femme : ce sont ses imperfections. Il aime qu'elle soit jalouse et vaniteuse. " , et plein de petites tromperies. Il la déteste pour être tolérante, large d'esprit et véridique ; par-dessus tout, il la déteste pour être véridique. Je ne sais pas pourquoi il en est ainsi, mais c'est le cas.

"C'est parce qu'elle n'est pas trop grande pour l'adorer, alors ; ni assez mignonne pour voir à travers lui", a déclaré Phyllis.

"Si vous pouvez voir à travers un homme, vous ne devriez jamais tomber amoureux de lui", a ajouté Katharine.

"Oh, je ne sais pas !" » dit Phyllis. "On peut toujours faire semblant de ne pas voir ; ils ne savent jamais."

"Un homme gentil, oui", dit Katharine en souriant pour la première fois. Le thé l'avait rendue plus charitable ; et elle prit sa plume et écrivit aux relations de sa mère, les Keeley , qui ne savaient pas qu'elle était en ville, pour leur demander quand elle pourrait les appeler et les voir.

Elle éprouvait le besoin de connaître quelqu'un , maintenant qu'elle était décidée à ne plus connaître Paul. Car il lui avait appris le désir de compagnie, et elle craignait de se retrouver complètement sans amis.

CHAPITRE IX

Au début , elle fut surprise de constater qu'il était si facile de se passer de lui. Elle se persuada que son indifférence venait de son mécontentement de ce qu'il lui ait imposé la vision conventionnelle des choses ; mais, en réalité, c'était grâce à sa conviction qu'il céderait le premier et qu'il lui écrirait bientôt pour lui demander d'aller le voir. Et elle aspirait à avoir l'occasion de lui écrire et de lui refuser. Mais quand quinze jours s'écoulèrent sans qu'aucune lettre ne parvienne de lui, son juste mépris l'abandonna et elle se mit simplement en colère. La platitude d'être complètement ignoré était insupportable ; et elle désirait plus que jamais avoir l'occasion de lui montrer que sa dignité était égale à la sienne, même si elle commençait à craindre qu'il ne lui en donnait pas l'occasion nécessaire. Puis vinrent des jours où elle se sentit imprudente et résolue à cesser de penser à lui à tout prix ; et elle se jetait dans toutes les distractions qui se présentaient, et essayait de penser qu'elle se remettait complètement de son désir de le voir. C'est dans une de ces humeurs qu'elle alla rendre visite aux Keeley , qui lui avaient écrit pour lui dire qu'ils étaient toujours à la maison le jeudi. Le fait de revêtir ses plus beaux habits était en soi une certaine satisfaction ; c'était en tout cas un pas vers le rétablissement de son estime d'elle-même, et elle se sentit plus heureuse qu'elle ne l'avait été depuis quelque temps alors qu'elle descendait Park Lane et se dirigeait vers leur maison de Curzon Street.

L' honorable Mme Keeley était la veuve du fils d'un pair qui avait été ministre et qui avait marqué sa carrière politique en soutenant chaque projet de loi pour l'émancipation des femmes, et sa carrière domestique en faisant comprendre à sa femme que sa véritable sphère était le foyer. . La réaction naturelle a suivi après sa mort, lorsque Mme Keeley s'est libérée de la retenue que sa présence lui avait imposée et a mis en pratique les préceptes qu'il avait aimé exposer en public. Elle est devenue la femme politique la plus active ; elle parlait sur les estrades ; elle harcelait les contribuables jusqu'à ce qu'ils élisent son conseiller départemental préféré ; elle a fait du démarchage dans les bidonvilles pour trouver le candidat qui voterait pour le droit de vote des femmes. Elle avait une passion pour tout ce qui était moderne, quelle que soit sa valeur ; et elle passa le temps que ses devoirs publics n'occupaient pas à essayer d'imposer ses principes à sa fille unique. Mais Marion Keeley refusait d'être moderne, sauf dans ses divertissements ; elle acceptait le vélo et la cigarette avec sérénité, mais elle n'avait aucune envie de réformer quoi que ce soit ni personne ; elle voulait simplement s'amuser autant que possible et elle espérait faire un mariage riche à l'avenir. Sa plus grande ambition était d'éviter de s'ennuyer, et sa plus grande épreuve était l'énergie de sa mère. Elle n'a jamais prétendu être avancée ; et elle sentit qu'elle s'était trompée de mère lorsqu'elle vit la plupart des filles de sa connaissance brûlantes de faire des choses au mépris de leurs parents démodés. Elle choisit ses propres amis dans le monde oisif de Mayfair ; C'est ainsi que deux groupes distincts de personnes se rencontrèrent dans le salon des Keeley le jeudi après-midi et se désapprouvèrent.

Katharine a reçu un accueil chaleureux de la part de son hôtesse. Le fait qu'elle appartenait à la classe des travailleuses, sur lesquelles Mme Keeley avait de nombreuses théories mais peu de connaissances, était une preuve suffisante de son droit à être encouragée ; et elle se retrouva assise sur un tabouret inconfortable et fut présentée à un ecclésiastique de l'East End et à une inspectrice des usines cinq minutes après son entrée dans la pièce. Elle jeta un regard un peu envieux vers le salon du fond, où sa cousine Marion était très jolie et flirtait avec beaucoup de charme avec trois garçons élégants ; mais il était évident que sa tante l'avait qualifiée de membre de sa propre famille , et elle se résigna à son sort et convint avec le pasteur de l'East End que le manque de pluie devenait grave.

"Ma nièce donne des conférences, vous savez; remarquablement intelligente et *si* jeune", dit Mme Keeley dans un aparté haletant à l'inspectrice, alors qu'elle revenait de l'autre côté de la pièce, où elle venait de coupler un socialiste et un gardien des pauvres.

"En effet!" dit la dame inspectrice ; et Katharine commença à perdre confiance en elle lorsqu'elle découvrit qu'elle souriait comme une personne ordinaire. "Donnez-vous des conférences sur l'hygiène ? Parce que M. Hodgson-Pemberton organise des conférences populaires dans sa paroisse, et nous essayons de trouver un conférencier pour l'hygiène ?"

M. Hodgson-Pemberton s'anima un instant ; mais lorsque Katharine lui dit en s'excusant que ses sujets étaient purement littéraires, il ne s'intéressa plus à elle et reprit sa conversation avec l'inspectrice des usines. Katharine resta seule et retomba dans un de ses rêves, jusqu'à ce que Marion la reconnaisse et vienne la chercher dans le salon du fond.

"N'est-ce pas rafraîchissant ?" dit-elle aux garçons, désormais plus nombreux : « Kitty ne connaît rien à la politique, et elle ne veut pas du tout être avec les brouillards, n'est-ce pas, Kitty ? terriblement intelligent, et donne des conférences sur toutes sortes de choses à toutes sortes de gens. Oh, mon Dieu, j'aurais aimé être intelligent !

"Oh, s'il vous plaît, ne soyez pas intelligente, Miss Keeley ! Vous ne me connaîtrez plus si vous l'êtes", dit son garçon préféré d'un ton implorant.

"Tu es bien trop charmant pour être intelligent", ajouta un autre garçon, qui avait été son préféré la semaine dernière, et qui essayait de regagner sa place par des compliments élaborés.

"C'est de la foutaise", dit Marion d'un ton écrasant; "et pas très poli non plus avec mon cousin."

Le favori détrôné fit de son mieux pour réparer sa bévue en assurant à Katharine qu'il ne l'aurait jamais supposée intelligente, si on ne le lui avait pas dit. Et quand elle rit de manière incontrôlable à sa remarque, il choisit de s'offusquer et se retira complètement.

"Vous ne devriez pas vous moquer de lui. Il n'y peut rien", dit Marion, et elle présenta un troisième admirateur à Katharine pour se débarrasser de lui. Il avait très peu de choses à dire, et quand elle lui eut avoué qu'elle ne faisait pas de vélo et qu'elle n'allait jamais dans le parc parce qu'elle était trop occupée, il la regarda un peu sans parler du tout, puis parvint à se joindre à nouveau à la conversation qui se déroulait. bourdonnant autour de Marion. La plupart des autres personnes étaient parties maintenant, et Katharine essayait de trouver le courage de faire de même, lorsque sa tante revint vers elle et la présenta à une fille à l'air las et coiffée d'un grand chapeau.

"Vous devriez vous connaître", dit-elle avec effusion, "parce que vous êtes tous les deux ouvriers. Miss Martin travaille au gesso et possède son propre atelier; et ma nièce donne des conférences, vous savez."

Ils se regardèrent avec un peu de désespoir et Katharine résista à une autre envie de rire.

"La connaissance de nos occupations communes ne semble pas beaucoup aider la conversation, n'est-ce pas ?" dit-elle; et la jeune fille à l'air las essaya de sourire.

"C'est vrai", dit Mme Keeley, se reposant un moment sur une chaise près d'eux. "Je savais que vous auriez beaucoup de choses à vous dire. C'est la meilleure de vous deux, ouvrières ; il y a un tel lien de sympathie entre vous."

"Y a-t-il?" » dit Katharine, se souvenant des soixante-trois ouvrières de Queen's Crescent et de ses sentiments à leur égard. Mais Mme Keeley avait des idées sur les femmes qui travaillaient et elle avait l'intention de les diffuser.

"C'est tellement magnifique de penser que les femmes peuvent réellement faire le travail des hommes, malgré tout ce qu'on dit du contraire", a-t-elle poursuivi.

La jeune fille à l'air las ne tenta pas de la contredire, mais Katharine se montra moins docile.

"Je ne pense pas qu'ils le puissent", objecta-t-elle. "Ils le pourraient, peut-être, s'ils avaient une chance raisonnable, mais ils ne l'ont pas fait."

"Mais ils le reçoivent tous les jours", s'écria Mme Keeley, de plus en plus enthousiaste. " Pensez aux progrès qui ont été réalisés, même à mon époque ; et dans dix ans il n'y aura rien que les femmes ne puissent faire en commun avec les hommes ! N'est-ce pas une réflexion glorieuse ? "

"Je ne pense pas qu'il en sera ainsi", a persisté Katharine. "Cela n'a rien à voir avec l'éducation ou quoi que ce soit de ce genre. Une femme est handicapée , simplement parce qu'elle est une femme, et elle doit continuer à vivre comme une femme. Il y a toujours du travail à faire à la maison ou quelqu'un à qui s'adresser . être soigné, ou des vêtements à raccommoder. Un homme n'a rien d'autre à faire que son travail; mais on attend d'une femme qu'elle fasse le travail d'une femme aussi bien que celui d'un homme. C'est trop pour quiconque de bien faire. Je suis un travailleur -femme moi-même, et je ne trouve pas cela si agréable tel qu'il est peint."

"Je suis *si* heureuse que tu le penses", murmura Marion, qui était arrivée sans être remarquée, en compagnie de son favori . "J'avais peur que tu sois du côté de maman, et je crois que tu es du mien, après tout."

À ce moment-là, la jeune fille à l'air fatigué se leva pour partir, comme si elle ne pouvait pas le supporter une minute de plus, et Katharine essaya de faire de même ; mais il ne fallait pas la laisser s'en sortir si facilement.

"Dites-moi, " dit sa tante avec sérieux, "ne pensez-vous pas que les femmes sont plus heureuses si elles ont un travail à faire pour gagner leur vie ?"

"Je suppose que c'est possible, mais je n'en ai rencontré aucun qui le soit", répondit Katharine. "Je pense que c'est parce qu'ils ont le sentiment d'avoir sacrifié tous les plaisirs de la vie. Les hommes n'aiment pas les femmes qui travaillent, n'est-ce pas ?"

Les yeux de Marion rencontrèrent ceux de son admirateur préféré ; et Marion rougit. Mais Mme Keeley revint à la charge.

"En effet, nombreux sont ceux que je connais qui ont la plus grande admiration pour les travailleuses."

"Oh, oui," rit Katharine, "ils ont beaucoup d'admiration pour nous ; mais ils ne tombent pas amoureux de nous, c'est tout. Je pense que c'est parce que c'est la qualité insaisissable de la femme qui fascine les hommes ; et directement ils commencent à la comprendre, ils cessent d'être fascinés par elle. Et la femme devient chaque jour moins mystérieuse, maintenant, elle est surtout occupée à s'expliquer, et c'est pourquoi les hommes ne la trouvent pas si amusante. Du moins, Je pense que oui."

"Vous nous connaissez remarquablement bien, Miss Austen, vraiment," dit le garçon préféré d'une voix traînante .

"Oh, non", dit Katharine en se levant vraiment cette fois, "je ne prétends pas le faire. Mais je connais très bien la femme qui travaille, et je ne pense pas qu'elle ressemble un peu à l'idée populaire d'elle. ".

Elle était très contente d'elle en rentrant chez elle à pied ; et même l'agitation d' Edgware Road et la misère de Queen's Crescent n'ont pas réussi à effacer l'impression agréable que lui avait laissée son excursion dans le monde à la mode. Cela réconfortait ses sentiments blessés de découvrir qu'elle pouvait se défendre dans une pièce pleine de monde, même si le seul homme dont elle appréciait l'opinion ne lui tenait pas plus de compte qu'une enfant.

"Bonjour ! vous semblez content de vous", dit Polly Newland en entrant dans la maison. Le ton cockney de sa voix frappa d'une manière peu musicale l'oreille de Katharine, et elle murmura une sorte de réponse disgracieuse et se tourna pour fouiller dans la boîte à la recherche de lettres. Il y en avait un pour elle, et la vue de l'écriture précise et droite chassa de sa tête toutes les pensées de Polly, des Keeley et de son agréable après-midi. Même alors, quelque chose l'empêchait de le lire tout de suite, et elle l'emporta à l'étage dans sa cabine et le posa sur la table pendant qu'elle changeait de vêtements et plia minutieusement ses meilleurs et les rangea. Puis elle s'assit sur le lit et le déchira avec des doigts tremblants, et essaya de se tromper en lui faisant croire qu'elle était parfaitement indifférente quant à son contenu.

« Cher enfant », disait-il : -

Qu'est-ce que tu es devenu ? Venez prendre le thé avec moi demain après-midi. J'ai de nouveaux livres à vous montrer.

      Bien à vous,
      PAUL WILTON .

Voici enfin l'opportunité qu'elle avait désirée. Il devrait savoir maintenant qu'elle n'était pas une enfant, qu'on devait se moquer d'elle parce qu'elle était fâchée, qu'on l'ignorait lorsqu'elle était blessée et qu'on pouvait la ramener à la bonne humeur grâce à un pot-de-vin. Elle allait pouvoir lui montrer maintenant qu'elle n'était pas le genre de femme qu'il semblait considérer, et elle se répéta à plusieurs reprises qu'elle était ravie d'avoir l'occasion de le lui dire. Mais quand on en est venu au fait, elle a constaté que la lettre froide et digne qu'elle rédigeait depuis des semaines n'était pas si facile à écrire ; et elle passa le reste de la soirée à en penser de nouveaux. Tout d'abord, il devait être très court et très raide ; mais ce n'était pas assez évident pour satisfaire ses sentiments blessés, et elle se mit au travail sur un autre qui était principalement sarcastique. Mais le sarcasme lui semblait une arme désolante à utiliser quand elle avait atteint une telle crise dans sa vie ; et elle pensa à un autre au lit, après que la lumière fut éteinte, dans lequel elle résolut qu'il saurait qu'elle était malheureuse aussi. Et celle-ci était si pathétique qu'elle s'en apitoyait elle-même, et elle sentait qu'il serait franchement inhumain d'envoyer une telle lettre à quelqu'un, si mal qu'il se soit comporté.

Finalement, elle ne lui a pas écrit du tout. Il était plus efficace, pensa-t-elle, de garder le silence. Elle alla donc à l'école le lendemain matin comme d'habitude et lui donna des leçons comme d'habitude ; mais elle regardait de temps en temps dans la glace si elle était pâle et si elle avait une expression triste, ce qui aurait certainement dû être le cas. Mais même sa tête ne lui faisait pas mal, comme c'était parfois le cas ; et la nature refusa obstinément de lui venir en aide. Elle rentra chez elle vers quatre heures, et l'aspect du seuil et des environs compléta sa déconfiture. S'ils avaient été un peu moins sordides, un peu plus affranchis de la domination des chats, elle aurait peut-être conservé jusqu'au bout son attitude digne. Mais il y avait aujourd'hui quelque chose chez eux qui rappelait par un contraste saisissant la petite pièce confortable du Temple ; et elle jeta imprudemment sa pile de cahiers sur la table du hall, et sortit en toute hâte de la maison, sans se donner le temps de réfléchir.

« J'avais peur que tu ne viennes pas », dit-il en la saluant des deux mains. Elle ne se souvenait jamais de l'avoir vu avec un accueil aussi sans réserve auparavant ; et elle s'étonnait d'avoir tenté de se tenir à l'écart de lui plus longtemps.

"C'était à cause des chats", dit-elle en riant pour cacher son émotion. Mais elle ne pouvait rien lui cacher ; il savait quelque chose de ce qu'elle pensait, et il se pencha et l'embrassa délibérément.

"Pourquoi fais-tu ça?" » demanda-t-elle en essayant de libérer ses mains pour couvrir son visage brûlant.

"Parce que tu ne m'as pas arrêté, je suppose," répondit-il légèrement.

"Mais je ne savais pas que tu allais le faire."

"Parce que je savais que ça ne te dérangerait pas, alors."

Elle ne parlait pas et ses yeux étaient baissés.

« Ça vous dérange, Katharine ? »

"Non," murmura-t-elle.

« Maintenant, dites-moi pourquoi je suis redevable aux chats », dit-il en sonnant la cloche du thé ; et pendant le reste de l'après-midi, ils parlèrent, comme le dit Katharine en riant, « sans aucune conversation ».

Il n'y a eu aucune explication de part et d'autre, aucune tentative pour faire face à la situation ; et elle sentit en le quittant qu'elle avait gâché sa dernière chance de contrôler leur amitié. Il y avait eu une lutte tacite entre leurs deux volontés, et la sienne avait triomphé. Elle ne pourrait plus jamais le mettre hors de sa vie, à moins qu'il ne rompe avec elle de son propre gré ; et elle réalisa amèrement, même si elle était heureuse, qu'il ne se souciait pas assez d'elle pour faire ça.

Elle l'a vu constamment pendant les chauds mois de juillet et d'août. Elle a renoncé à son intention initiale de rentrer chez elle pour les vacances d'été, sous prétexte de lire pour les conférences de son prochain trimestre au British Museum ; mais elle travaillait très peu en réalité, et elle passait des journées entières dans la salle de lecture, sans se préoccuper des gens qui l'entouraient, parfois même du livre devant elle, et rêvait de longues heures loin, faisant des visions dans lesquelles seulement deux personnes jouaient un rôle. une partie importante , — et ces deux personnes étaient Paul et elle. Sa vie entière semblait alors être une sorte de rêve, avec un incident frappant ici et là quand elle le rencontrait ou allait le voir, et le reste comme une vague nébuleuse, dans laquelle quelque chose d'extérieur à elle lui faisait faire ce qu'on attendait d'elle. . Parfois, elle se sentait obligée de travailler avec acharnement pendant un jour ou deux, ou de faire de longues promenades seule, comme si rien d'autre ne pouvait fatiguer son énergie agitée ; puis elle retombait dans son humeur léthargique et ne faisait rien d'autre que guetter avec vigilance le poste, ou hanter les rues où elle l'avait parfois rencontré. Et pendant tout ce temps, elle se croyait heureuse, avec une sorte de bonheur étrange et passionné qu'elle n'avait jamais connu auparavant ; et cela semblait compenser les heures de suspense et d'anxiété qu'elle traversait pendant qu'il ne faisait pas attention à elle. Car sa conduite était plus inexplicable que jamais ; et pour un jour qu'il se montrait démonstratif et même affectueux, elle dut endurer bien des indifférences qui allaient presque jusqu'à la cruauté.

« Nous nous ressemblons horriblement ; ça me fait parfois mal quand je me retrouve tout à coup en toi », lui dit-elle un jour, alors qu'il était d'humeur expansive.

"Je suis très honoré par cette découverte, mais je ne vois pas où se situe la ressemblance", fut sa réponse.

"Ce n'est pas très précis", dit-elle pensivement. "Je pense que c'est parce que je ressens si vite vos changements d'humeur. Nous rions ensemble de quelque chose, et tout semble si terriblement gentil; et puis, tout à coup, je sens que quelque chose s'est produit entre nous, et je lève les yeux et je voyez que vous le ressentez aussi, et tout d'un coup, il n'y a plus rien à dire. Vous ne l'avez jamais remarqué ?

"Je pense que tu es une petite fille absurdement sensible", dit-il en souriant.

"Bien sûr," continua-t-elle sans tenir compte de sa remarque, "en apparence, il n'y a pas deux personnes plus différentes que nous. Vous avez terriblement peur de montrer ce que vous ressentez, par exemple; mais je vous dis toujours tout, n'est-ce pas ?"

" Mon cher enfant, quelle absurdité ! Je suis de la nature la plus naïve et la plus confiante ; tandis que toi, au contraire, tu ne te trahis jamais du tout. Eh bien, tu ne me dis jamais rien que je veuille vraiment savoir ! Quoi qu'il en soit, une telle idée dans ta curieuse tête ? »

"Oh, non!" elle a pleuré. "Vous me rendez assez hystérique ! Vous n'avez pas le droit de bouleverser toutes mes opinions sur mon propre caractère, ainsi que sur le vôtre. Je *sais que* je suis bêtement démonstratif. J'ai souvent rougi de partout parce que je vous ai dit des choses que je n'avais jamais pensé . "Je ne dois le dire à personne . Comment pouvez-vous dire que je suis réservé ? J'aimerais seulement l'être !"

« Les quelques confidences d'un homme réservé sont toujours téméraires, observa Paul. "On pourrait dire la même chose des réflexions d'une personne impulsive ou des impulsions d'une personne réfléchie. Tout cela vient du manque d'habitude. Vous ne pouvez pas modifier votre tempérament, c'est tout."

"Mais je ne peux pas croire que je sois réservée", a-t-elle persisté ; "Cela semble incroyable. Et cela nous rend plus semblables que jamais."

"Vraiment, Katharine, je vous supplie de débarrasser votre esprit de cette notion extrêmement fallacieuse", dit Paul en riant. "Je vous assure que je dois être lu comme un livre."

"Un livre dans une langue étrange, alors. Je ne pense pas que je pourrai un jour le lire", dit Katharine en secouant la tête. Et elle s'est reprochée d'être solennelle.

Ils avaient une réticence tacite à devenir sérieux, à cette époque-là ; leur conversation était faite de banalités, et il ne l'embrassait jamais que sur le bout des doigts. Ils évitaient toute manifestation de sentiment qui aurait pu leur révéler l'anomalie de leur situation, et ils se répugnaient mutuellement à définir leurs relations les uns envers les autres.

Un jour, ils se tenaient ensemble à la fenêtre, regardant Fountain Court, qui était toujours aussi chaud et poussiéreux malgré l'eau qui jouait dans le bassin du milieu.

"A quoi penses-tu?" lui demanda-t-il si soudainement qu'elle fut surprise de répondre.

"Je pensais à quel point il est étrange que toi et moi soyons amis comme ça," répondit-elle honnêtement.

" Alors, quel est le problème avec notre amitié ? " » demanda-t-il, de la manière prosaïque qu'il prenait toujours lorsqu'elle montrait un sentiment. Elle a ri.

" Il n'y a rien de mal à cela, bien sûr. Vous êtes la personne la moins romantique que j'aie jamais connue. Vous semblez prendre plaisir à dépouiller chaque petit incident insignifiant de son sentiment. Qu'est-ce qui fait de vous un tel Vandale ? "

" Mais, sûrement, vous ne supposez pas qu'il y *ait* une quelconque romance dans le fait que nous nous connaissions, n'est-ce pas ? "

"Je n'ai jamais rêvé d'une telle chose", rétorqua Katharine. "Je pense qu'il y a plus de romantisme dans ton fume-cigarette que dans toi tout entier !"

Parfois, elle se demandait s'il était capable d'éprouver des sentiments profonds, ou si son indifférence était vraiment assumée.

"Je vous envie votre mépris total des circonstances", lui a-t-elle un jour exclamé. "Comment l'as-tu appris ? Est-ce que tu ne ressens vraiment jamais rien, ou est-ce seulement un moyen facile de traverser la vie ?"

"J'ai bien peur de ne pas voir où vous voulez en venir. J'ose dire que vous êtes très brillant, mais je n'arrive pas à discerner ce que je suis censé dire."

"On ne s'attend pas à ce que vous disiez quoi que ce soit", a-t-elle dit d'un ton enjoué. "C'est le meilleur d'être un gigantesque imposteur comme vous ; personne ne s'attend jamais à ce que vous remplissiez les exigences ordinaires de la vie quotidienne. Vous pourriez être un dieu païen, qui sourit sans cœur pendant que les gens essaient de le concilier avec le meilleur de leurs moyens. à offrir, et qui mange avidement ses cadeaux quand il ne regarde pas. »

« Est-ce que tout cela fait référence à moi, puis-je demander ?

"Je ne crois pas que vous ayez un sentiment humain ordinaire", poursuivit Katharine. "Je ne crois pas que tu te soucies de qui que ce soit ou de quoi que ce soit, tant que tu restes seul. Pourquoi ne dis-tu pas quelque chose, au lieu de me regarder comme si j'étais une curiosité ?"

" Si vous réfléchissez, vous verrez qu'il n'y a pas eu une seule pause depuis que vous avez commencé à parler. D'ailleurs, pourquoi ne seriez-vous pas catéchisés comme moi ? Où gardez-vous tous vos sentiments profonds, s'il vous plaît ? Je l'ai fait. " Je n'en ai pas vu grand-chose, mais peut-être n'ai-je pas le droit de m'attendre à une telle chose. Sans doute gardez-vous tout cela pour quelqu'un de plus chanceux que moi.

Son ton était railleur, comme le sien lorsqu'elle avait commencé à parler. Mais elle le surprenait, comme elle le faisait parfois, par un brusque changement d'humeur ; et elle se tourna vers lui avec indignation.

"C'est horrible de ta part de te moquer de moi. Tu sais que tu ne penses pas ce que tu dis ; tu sais que j'ai des sentiments profonds. Je les cache exprès, parce que tu n'aimes pas que je le montre, tu je sais que tu ne le sais pas ! Je—je pense que tu es très méchant avec moi."

Il tendit la main et lui caressa doucement les cheveux ; elle était assise un peu à l'écart de lui et il pouvait voir la courbe sensible de sa lèvre inférieure.

"Ne fais pas ça, mon enfant ! On ne sait jamais comment te prendre. Une autre fois tu aurais vu que je plaisantais."

"Tu n'as pas le droit de plaisanter sur une affaire aussi sérieuse. Tu sais que c'était une affaire sérieuse, maintenant, n'est-ce pas ?"

« Le plus sérieux de l'univers », lui assura-t-il ; et il posa doucement sa main sur sa joue et la posa contre sa gorge.

« Vous ne faites que rire ; vous vous moquez toujours de moi », se plaignit-elle ; mais elle baissa la tête et lui baisa doucement la main. "Je me sens parfois comme un loup", a-t-elle ajouté impétueusement.

"Tu n'as pas bu assez de thé ?" il a dit. Mais elle savait au ton de son ton qu'il ne se moquait pas d'elle maintenant, et elle continua avec insouciance.

"Je suis certain que je ne pourrais pas aimer quelqu'un beaucoup , sans le haïr aussi. C'est un double sentiment horrible qui vous déchire. Est-ce la méchanceté en moi, je me demande ? Les autres ne semblent pas ressentir cela. quand ils sont amoureux. Pourquoi?"

"Parce que c'est la même émotion, ou un ensemble d'émotions, qui inspire à la fois l'amour et la haine", a déclaré Paul. "Les circonstances font le reste, ou le tempérament."

"C'est inexplicable", dit Katharine solennellement. "Je peux comprendre tuer un homme, parce qu'il ne pouvait pas comprendre mon amour pour lui; ou rejeter mon propre enfant, parce que mon affection l'ennuyait. Je suis tout à fait sûre," ajouta-t-elle d'un ton pittoresque, "que je devrais supporter n'importe quel homme." un par semaine, si je l'aimais vraiment."

"Oh, non", dit poliment Paul; et ils ont encore ri d'une crise.

CHAPITRE X

Début octobre, Paul partit à l'étranger. Elle avait pensé que la vie sans lui serait insupportable, et elle ne pouvait pas analyser ses propres sentiments lorsqu'elle découvrait qu'elle pouvait rire avec autant de plaisir que jamais et que ses crises de dépression étaient moins fréquentes qu'auparavant. En fait, elle avait souvent été bien plus déstabilisée si une lettre de lui n'était pas arrivée à temps ; et une nouvelle sensation de liberté contribua grandement à la guérir de l'inquiétude qui l'avait possédée tout l'été. Elle commença à sonder son âme éprise de vérité, pour essayer de découvrir si ses sentiments pour lui n'étaient pas après tout une illusion ; mais elle ne trouva aucune explication satisfaisante au problème qui la préoccupait, et elle s'en éloigna volontairement et se tourna vers son travail comme un antidote sain. Et elle avait beaucoup de travail à ce moment-là. Grâce à l'influence de l' honorable Mme Keeley, ses élèves privés augmentaient en nombre, et ceux-ci, avec ses cours à l'école, lui rapportaient un salaire qui la soulageait de tout souci financier pour le moment. Elle se faisait aussi de nouveaux amis, et cela ajoutait à sa satisfaction de constater que les gens lui demandaient d'aller les voir parce qu'ils l'aimaient bien. Pour la première fois depuis son arrivée en ville, elle se sentait sûre d'être sur la voie du succès ; et la sensation était très excitante. Phyllis lui a demandé un jour pourquoi elle avait l'air si heureuse. Katharine rit et réfléchit un instant ; puis elle répondit franchement qu'elle ne savait pas pourquoi. "Je sais seulement que je n'ai jamais été aussi glorieusement heureuse de toute ma vie", a-t-elle ajouté ; et elle se demandait, tout en parlant, si le bonheur fou et fiévreux des mois d'été avait vraiment été du bonheur. Mais Phyllis, qui sentait qu'elle n'avait aucune part dans cette étrange nouvelle vie qui était la sienne, se souvenait avec regret des premiers jours où Katharine se sentait seule et avait besoin de sa sympathie. Même Ted lui a dit qu'elle avait l'air "très en forme", et c'était le terme d'éloge le plus élevé de son vocabulaire. Car, depuis le début du mois d'octobre, elle avait beaucoup vu Ted. C'était très reposant de revenir vers lui, après l'état de haute pression dans lequel elle vivait ces derniers temps ; et lorsqu'elle s'habitua à ce qu'il soit un jeune homme du West End, au lieu d'un écolier facile à vivre , elle trouva en lui le même charmant compagnon qu'autrefois. Il ne fit pas allusion à ses nombreuses semaines de silence, ni ne lui demanda comment elle les avait passées ; il est venu à sa demande, et quand il a découvert qu'elle aimait qu'il vienne, il est revenu. Il était toujours aussi humble, sauf en matière de connaissances mondaines, et il montrait sur elle une supériorité juvénile qui l'amusait énormément. Sa paresse, qui avait toujours été plus ou moins une hypothèse chez lui, s'était transformée en une attitude à la mode d'indifférence ; et elle essayait en vain de l'inciter à faire quelque chose de définitif de sa vie, au lieu de la laisser dériver dans un bureau municipal.

« Les filles ne comprennent pas ces choses », disait-il avec une obstination bon enfant. " Bien sûr , je déteste le trou bestial ; n'importe quel type honnête le ferait. Mais autant m'arrêter là. Ce n'est pas ma faute si je suis né, n'est-ce pas ? J'ai de quoi vivre, avec ce que mon cousin me permet ; et Je ne vais pas faire tout ce que je sais pour obtenir une augmentation de cinq bobs par semaine. Ce n'est pas suffisant. Je suis sûr que je suis très facilement satisfait, et mes désirs sont assez peu nombreux. Oh, les rats ! Je dois avoir une redingote ; tout homme honnête en a. Et on ne peut pas qualifier cela d'extravagant, parce que je ne penserai pas à l'habiller avant au moins un an. Bien sûr , je ne m'attends pas à ce que vous compreniez cela. choses, Kitty ; il est impossible pour un homme de faire des choses bon marché, comme une femme.

Et Katharine, qui a toujours voulu reconstituer la société, avec une connaissance très limitée de ses premiers principes, intervenait par une dénonciation vigoureuse de sa philosophie confortable ; et il l'écoutait et se moquait d'elle, et ne faisait aucun effort pour soutenir sa propre opinion qu'il continuait néanmoins à entretenir. Il était le meilleur compagnon qu'elle aurait pu avoir à ce moment-là ; il ne variait jamais, quelle que soit son humeur, et il l'empêchait de trop penser à elle-même, ce qui était une habitude qu'elle avait prise depuis la dernière fois qu'elle l'avait vu. Il était d'ailleurs un lien avec son enfance, cette période d'existence vague qui n'avait eu aucun problème à résoudre et ne lui avait jamais inspiré le désir de réformer la nature humaine. Ils passèrent donc ensemble de nombreuses soirées et demi-vacances, et ils allèrent fréquemment au théâtre et s'asseyèrent à la galerie, ce qui les divertissait souvent autant que la pièce elle-même ; et il aimait la payer, d'un air viril, au box-office, et faisait toujours le même genre de faible résistance ensuite, lorsque Katharine insistait pour lui rembourser sa part, sous la lampe au coin de Queen's Crescent, à Marylebone . Parfois, lorsqu'ils étaient particulièrement aisés, ils dînaient d'abord dans un restaurant italien, où ils pouvaient déguster de nombreux plats merveilleux pour deux shillings et une bouteille de bordeaux à dix sous. À une occasion – c'était l'anniversaire de Ted et son cousin lui avait envoyé un billet de cinq livres – ils eurent une jubilation plus qu'ordinaire.

« Coupez-vous et préparez-vous ! » il s'était précipité dans la petite salle détrempée pour dire. "Nous irons dans un nouvel endroit, où les serveurs ne sont pas sales et où le vin n'est pas comme l' acide sulfurique . Et, Kitty, mets ce chapeau avec les roses roses, n'est-ce pas ?"

Ils firent de leur mieux, en cette soirée mémorable, pour réduire le billet de cinq livres et se comporter comme s'ils étaient millionnaires. Ils se rendirent en voiture au restaurant en question, qui était un petit restaurant très brillant, près des théâtres, où ils avaient un serveur pour eux seuls au lieu du cinquième d'un serveur très distrait et essoufflé. L'état des poches de Ted pouvait toujours être évalué par l'attention qu'il exigeait du serveur ; et ce soir, il ne ferait absolument rien pour lui-même, depuis la disposition de sa canne jusqu'au choix du vin.

"C'est un très bon conseil que de commencer par mettre le serveur en confiance", assura-t-il à Kitty, alors qu'il venait d'être décidé pour elles qu'elles devaient prendre une soupe *à la bisque* .

"C'est pratique, parfois, quand tout est écrit en français", observe Katharine. Ted a changé la conversation. Le jour de son vingt-deuxième anniversaire, il eut envie, pour une fois en quelque sorte, de s'affirmer.

"Je suis plutôt parti dans cet endroit ; joli, n'est-ce pas ?" il a continué. "Toutes les bougies sont rouges, blanches et bleues ; ça veut dire que ce n'est pas toi qui as branché ça ? Tu deviens de moins en moins vivant chaque jour, Kit ! C'est un endroit terriblement actuel ! Je ne suppose pas." il n'y a qu'une seule femme honnête dans la pièce, sauf-toi. »

Il disait cela avec une telle fierté de le savoir, qu'elle ne lui aurait volé sa satisfaction pour rien au monde.

"Pour moi, elles ressemblent beaucoup aux autres femmes", observa-t-elle après un rapide examen des petites tables.

"C'est parce que vous ne le savez pas. Comment devriez-vous le faire ? Les femmes ne le savent jamais, bénissez-les ! Aimez-vous le pétillant ?"

"Oh, Ted, ne le fais pas ! N'est-ce pas dommage de dépenser autant pour rien ?" elle a remontré. Elle avait des visions de toutes les factures impayées qu'il lui avait révélées dans l'une de ses récentes humeurs pessimistes.

"Ma chère Kitty, tu dois vraiment apprendre à profiter de la vie. Ne sois pas si bêtement sérieux sur tout. Des factures ? Quelles factures ? Il n'y en a pas ce soir. L'art de vivre, c'est de savoir quand être extravagant."

Et elle dut reconnaître, pour le reste de la soirée, qu'il maîtrisait certainement l'art de vivre. Ils allèrent dans un music-hall et s'assirent dans les stalles ; et Katharine appréciait ça parce que Ted était là, et parce qu'il était si drôle tout au long, — d'abord, dans sa peur de se faire demander par le prestidigitateur son chapeau qui était neuf, ou sa montre qui n'était représentée que par sa chaîne de montre. ; et deuxièmement, parce qu'il s'efforçait de détourner son attention des chansons qui avaient tendance à être risquées. Et Ted appréciait ça parce que c'était la chose à faire, et parce qu'il ne resterait presque plus de ces cinq billets au moment où il rentrerait à la maison.

"Alors tu viendras me chercher au bureau à cinq heures demain ; tu n'oublieras pas ?" » demanda-t-il avec nostalgie lorsqu'ils se séparèrent sur le pas de la porte.

" Bien sûr que je n'oublierai pas", répondit-elle précipitamment. "Cher vieux Ted, j'ai tellement apprécié ça!"

"Bonne nuit, ma chérie", dit-il en se détournant. Et son ton la hantait plutôt, alors qu'elle se dirigeait vers son lit à tâtons dans le noir. Elle commença à avoir à moitié peur, avec une certaine contrariété à l'idée que cet état de choses agréable ne pourrait pas durer éternellement et que Ted allait tout gâcher encore une fois comme il l'avait fait une fois auparavant, en prenant leur relation au sérieux. Elle se prépara donc à le rencontrer, le lendemain après-midi, avec une réserve qui signifiait son mécontentement ; mais il la déconcertait beaucoup en lui demandant sans ambages pourquoi diable elle jouait si mal ; et elle se sentit déraisonnablement ennuyée de constater que ses craintes étaient sans fondement. Ainsi, pendant quelque temps encore, ils continuèrent comme avant, dans le même esprit de bonne humeur qui les avait toujours caractérisés . Elle a appris à connaître plusieurs de ses amis, pour la plupart de véritables garçons, qui l'attiraient plus par leur affection pour Ted que par les qualités qu'ils possédaient eux-mêmes. Ils se ressemblaient beaucoup, même si elle devait reconnaître que cette impression pouvait être transmise par la coupe de leurs vêtements et la forme de leurs chapeaux, qui ne différaient pas d'un cheveu. Mais Ted a toujours brillé par rapport aux meilleurs d'entre eux. Il était le seul de son groupe à ne pas se prendre au sérieux ; il avait aussi le sens de l'humour , et cela compensait l'épuisement qu'il se sentait obligé d'adopter en signe de camaraderie avec eux.

Il lui demanda un soir, avec une certaine méfiance, si cela la dérangerait de venir prendre le thé dans ses appartements le dimanche suivant.

« Je ne devrais pas songer à vous demander de venir seul », s'empressa-t-il d'ajouter ; "Mais Monty va amener sa sœur avec lui, donc tout va bien tant que cela ne vous dérange pas."

" Attention ! Bien sûr que non ", dit Katharine avec un franc étonnement. "Qu'est-ce que j'ai à l'esprit ? J'ai très envie de voir vos appartements. Je me suis souvent demandé pourquoi vous ne me l'aviez jamais demandé auparavant."

Ted la regarda pendant un moment, puis commença à tracer ce qui restait du motif sur le linoléum avec sa canne. Ils se tenaient, comme d'habitude, dans le hall du numéro dix, Queen's Crescent.

"Quelle fille tu es, Kitty !" dit-il sans lever les yeux ; et Katharine rougit alors qu'elle réalisait soudain ce que voulait dire. Bien sûr, Ted n'était plus un garçon, et elle n'était plus une enfant ; et elle était exactement sur le même pied avec lui aux yeux du monde qu'avec Paul Wilton. Inconsciemment, elle comparait l'attitude des deux hommes dans des circonstances similaires ;

Paul, qui n'avait aucun scrupule à la laisser lui rendre visite tant que personne n'en était au courant ; et Ted, qui n'avait aucune opinion sur la question mais souhaitait simplement lui épargner tout ennui.

"Je vois," dit-elle. "Qui est Monty ?" Elle se sentait toujours nerveuse lorsqu'il lui proposait de la présenter à l'un de ses amis ; parce qu'elle savait très bien qu'il les avait tous prévenus à l'avance qu'elle avait des « idées », ce qui la désavantageait nettement au départ.

"Oh, Monty est terriblement intelligent ! Il n'en connaît pas la fin. Vous aimerez Monty, j'imagine. Il veut terriblement vous rencontrer ; il dit qu'il aime le look de votre photo. Je lui ai dit à quel point vous étiez intelligent, et tout ça. ... Monty est intelligent aussi ; il lit Ibsen.

Katharine reçut cette preuve des capacités intellectuelles de Monty avec un certain cynisme qu'elle prit cependant soin de dissimuler.

"Je serai ravie de le rencontrer", a-t-elle déclaré. "A quelle heure dois-je venir?"

"Oh, n'importe quand ; quatre suffiront. Et, dis-je, Kit, je suppose que je dois avoir de la crème, n'est-ce pas ? Vous ne pouvez pas donner à Monty du lait qui est resté assis pendant des heures et lui faire croire que c'est de la crème. Je Je l'ai fait parfois, mais vous ne pouvez pas usurper Monty.

"Oh, j'apporterai la crème. Je connais un magasin où ils me la laisseront dimanche", dit Katharine avec assurance ; et Ted est parti réconforté.

Après tout, la sœur de Monty ne pouvait pas venir ; mais le sentiment qu'avait Ted de l'opportunité des choses était satisfait du fait qu'il lui avait demandé, et, comme Monty lui-même était venu et ne semblait pas avoir peur de Katharine comme tous ses autres amis, il sentit que sa soirée de thé était un succès. La seule chose qui gâchait son plaisir était le fait que Katharine, par un caprice inexplicable, refusait d'être intellectuelle malgré les efforts de Monty, dont le vrai nom s'est avéré être Montague, pour la faire sortir. Monty était un jeune homme avec une vision courtoise de la vie, tempérée par un grand désir de passer pour avancé ; et il commença la conversation avec un testament.

"Une nouveauté terriblement intelligente à la Royauté ! Supposons que vous l'ayez vue, Miss Austen ?" il a commencé. "C'est vraiment courageux de la part du Théâtre Indépendant de le monter, c'est vraiment le cas."

"Vraiment ?" sourit Katharine. "Je ne l'ai pas encore vu. Ted et moi détestons ces pièces avancées, elles sont si lentes en règle générale. Les opéras-comiques, nous préférons."

Monty parut surpris ; et Ted était un peu déconcerté par cet aveu franc de ses goûts ordinaires.

"Vous voyez, Kit ne va à ces choses que pour me faire plaisir," dit-il en s'excusant. "Elle est tout aussi passionnée que toi par toutes ces pièces bossues, tu ne sais pas ?"

Monty n'était pas sûr de le savoir, mais il se tourna vers une autre branche de l'art.

« À propos d'affiches, dit-il – ce qui n'était que sa manière préférée d'ouvrir une conversation, car personne ne parlait d'affiches – avez-vous vu celle terriblement intelligente du nouveau journal « The Future » ? par un homme tout nouveau, à la française, si audacieux et pourtant si subtil. Mais bien sûr, vous avez dû le voir.

"Oh, oui," rit Katharine, "Je devrais penser que oui ! Tu veux dire le rouge, n'est-ce pas, avec un soleil noir et un truc de cactus, et beaucoup de taches partout dessus ? Ted et moi riions hier encore. Pensez-vous vraiment que c'est bien ?

Monty a dit qu'il le pensait vraiment ; et Ted, déchiré en deux par son admiration pour eux deux, vint à son secours.

"Tu ferais mieux d'être prudent, Kitty," dit-il anxieusement. "Monty le sait."

"Bien sûr," dit poliment Katharine, "ce n'est qu'une question de goût, n'est-ce pas, M. Montague ?"

"Tout à fait", répondit Monty, cachant du mieux qu'il pouvait son sentiment de supériorité. "Au fait, en parlant de goût, que penses-tu du nouveau poète danois ? Plutôt fort, tu ne trouves pas ?"

Katharine soupira et jeta un coup d'œil nerveux à Ted.

« Oh, je suppose qu'il va bien », dit-elle avec la solennité exagérée qui aurait trahi à quiconque la connaissait bien à quel point elle était proche du rire ; "Mais il n'est pas un peu nouveau, n'est-ce pas ? Je veux dire, il ne fait que répéter les mêmes choses que les vieux poètes disaient, mais en mieux. Tu ne penses pas ?"

"Ils vous donnent tous la bosse, de toute façon ", a ajouté Ted. Mais Monty ignora sa remarque et dit qu'il n'avait jamais lu aucun des vieux poètes ; il préférait les nouveaux parce qu'ils allaient beaucoup plus loin.

"Attends tout, Kitty, quelle fille au rhum tu es!" dit Ted d'un ton déçu. "Un gars ne sait jamais où te trouver. Je pensais que tu étais avancé, si tu ne pouvais pas être autre chose."

À ce stade, Katharine céda à une irrésistible envie de rire ; et Ted regardait anxieusement l'amie à qui il avait donné une si fausse impression de ses « idées ». Mais, à sa grande surprise, le grand Monty lui-même se joignit à son rire et parut inexprimablement soulagé de constater qu'elle était loin d'être aussi intellectuelle qu'on l'avait peint, et qu'il ne lui incombait donc plus de soutenir la conversation à un tel point. aigu.

"Maintenant que nous sommes installés , je ne suis pas avancée", dit Katharine en relevant son voile, "en supposant que nous prenions du thé." Et pendant le reste de l' après-midi , ils se comportèrent comme des êtres rationnels et discutèrent des bas comédiens et des journaux comiques.

"Tout de même", se plaignit Ted, quand Monty fut parti, "il est vraiment terriblement intelligent. Vous pouvez pourrir autant que vous le souhaitez, mais Monty sait des choses. Vous ne savez pas à quel point il *me fait* sentir idiot. "

"Il n'a pas besoin de faire ça", a déclaré Katharine. "Ce serait la chose la plus gentille au monde de ne pas le laisser lire un autre magazine ou un autre journal pendant six mois. Je pense qu'il est très gentil, cependant, quand il se laisse aller."

Ted la regarda un peu tristement.

"Vous aviez l'air de vous entendre très bien, pensais-je", dit-il.

"Il est certainement très amusant, et c'était gentil de votre part de me demander de le rencontrer", continua Katharine innocemment. Ted se dirigea vers la cheminée et s'observa silencieusement dans le miroir.

"J'aurais aimé ne pas être un foutu imbécile," éclata-t-il sauvagement. Katharine resta immobile, stupéfaite.

"Ted!" elle a pleuré. "Ted ! Que veux-tu dire ?"

Ted posa ses coudes sur la tablette de la cheminée et enfouit son visage dans ses mains.

"Ted!" répéta-t-elle avec une détresse dans la voix. " Que veux-tu dire, Ted ? Comme si je... oh, Ted ! Et un homme comme *ça* ! Tu connais les tas plus que lui, mon vieux, bien plus encore. Tu ne mets aucun côté, c'est tout ; et il le fait. Tu ne dois plus dire ça, Ted ; oh, tu ne dois pas ! Ça fait mal.

"Vous savez que vous me usurpez", dit-il d'un ton étouffé. "Tu sais que tu dis ça seulement pour me faire plaisir. Tu penses que je suis tout le temps un imbécile, seulement tu es une bonne vieille brique et tu fais semblant de ne pas le voir. Comme si je n'avais pas une brindille ! Je n'aurais jamais dû être né."

Katharine s'approcha rapidement de lui et posa sa main sur son bras. Elle ne se raisonnait pas ; elle savait seulement qu'elle voulait le réconforter à tout prix.

"Ted," dit-elle sincèrement, " *je* suis heureuse que tu sois né."

Il se retourna brusquement et la regarda ; » et elle sursauta nerveusement devant l'empressement de son expression. Il n'avait pas cet air lorsqu'il lui avait fait l'amour dans la résidence d'été.

"Tu veux dire ça, chérie ?"

"Oh, ne sois pas si sérieux, Ted ! Bien sûr que je le pense ; bien sûr, je suis heureux que tu sois né. Pense à quel point j'aurais été désespéré sans toi ; cela aurait été horrible si j'avais été seul." Il n'avait l'air qu'à moitié satisfait ; et elle continuait désespérément, ne se souciant que de charmer l'air misérable de son visage. "Cher Ted, tu sais ce que tu es pour moi ; tu sais que je ne me soucie pas du tout de Monty, ni de qui que ce soit d'autre."

"Tu veux dire ça, Kitty ?" » demanda-t-il encore, d'une voix qu'il ne parvenait pas à retenir. "Pas quelqu'un d'autre, chérie ?"

Quelque chose d'indéfinissable, quelque chose qui lui faisait désirer que la voix d'un autre homme tremble d'amour pour elle, comme la sienne tremblait maintenant, semblait s'interposer entre eux et la rendre muette. Il la regarda attentivement pendant un moment, puis lui secoua la main et la repoussa loin de lui. Elle frissonna tandis que le soupçon lui traversait l'esprit qu'il avait deviné ses pensées, même si elle savait très bien que le renouvellement de son amitié avec Paul lui était inconnu. Elle s'approcha de nouveau et le laissa saisir ses deux mains et les écraser jusqu'à ce qu'elle ait pu crier de douleur.

"Tu es le meilleur gars du monde, Ted", dit-elle. "Mais tu ne dois pas ressembler à ça ; oh, non ! Je n'en vaux pas la peine, Ted ; je ne suis pas assez bien pour toi, ma chérie, - tu sais que je ne le suis pas. Je n'épouserai jamais qui que ce soit. " Je ne suis pas du genre à me marier ; je suis dur, froid et amer. Parfois, je pense que je vais juste travailler et me battre jusqu'au bout. Je sais que je ne serai jamais heureuse de la même manière que la plupart des femmes. Mais je serai ton copain et je resterai toujours à tes côtés, Ted. Puis-je ?

"Oh ferme la!" » dit Ted, presque dans un murmure ; et les larmes lui montèrent aux yeux. Elle se dressa sur la pointe des pieds et embrassa impétueusement le seul endroit de sa joue qu'elle pouvait atteindre. Pour le moment, cela semblait être la seule chose juste et appropriée à faire.

"Je n'ai pas pu m'en empêcher. Je devais le faire ; et je m'en fiche", a-t-elle déclaré avec défi. Et Ted lui tordit à nouveau les mains et les laissa partir.

"Je suppose que rien de tout cela n'est de ta faute, Kit, mais—"

Il y eut une pause et Katharine évita son regard, pour la première fois de sa vie.

"Il est temps d'y aller", dit-elle. "Voulez-vous me revoir à la maison?"

Elle lui apporta son chapeau et son manteau, et Ted se secoua.

"Après tout, il n'a pas pris de crème", dit-il avec une pauvre tentative de rire.

CHAPITRE XI

Une lettre arriva de Paul, juste avant Noël, pour lui dire qu'il allait rester encore un mois à Monte-Carlo. Connaissant sa passion pour la chaleur et le soleil, elle n'était pas surprise ; elle n'était même pas déçue. Elle commença à se demander quels auraient été ses sentiments s'il avait décidé de rester encore un an au lieu d'un mois ; et encore une fois , elle fut obligée d'admettre que la solution à son propre état d'esprit la dépassait. Les Keeley partirent à l'étranger à peu près au même moment, ce qui lui enleva son principal centre de divertissement ; et à son ancienne humeur de satisfaction succéda une humeur de sereine indifférence, dans laquelle elle demeura jusqu'à son retour chez elle pour les vacances. A Ivingdon, l' ennui de quatre semaines, passées presque entièrement en compagnie de son père et de miss Esther, lui fit revenir le vieux sentiment d'insatisfaction ; et elle avait envie d'un exutoire pour l'énergie agitée qui l'épuisait tant qu'il n'y avait pas de travail à faire. Elle s'impatienta une fois de plus d' apercevoir Paul Wilton, de sentir sa main maigre et nerveuse et le son de sa voix calme et sans émotion ; et elle répétait sans cesse, dans son esprit, comment ils se retrouveraient une fois de plus dans la petite pièce donnant sur Fountain Court, ce qu'il serait sûr de lui dire, et ce qu'elle savait qu'elle lui dirait. Aucune lettre n'est venue de Paul tout au long de ces journées fatigantes, et elle ne lui a écrit qu'une seule fois. La note pathétique était très importante dans cette seule lettre, et elle se consolait de son propre malheur en attendant la réponse ; mais comme aucune réponse ne lui arrivait, son orgueil se révoltait, et elle regrettait passionnément de ne l'avoir jamais envoyé.

"Tu ne peux pas rester encore une semaine, mon enfant ?" » dit Miss Esther, alors que la fin des vacances approchait. "Tu n'as pas l'air beaucoup mieux qu'à ton arrivée, même si ce n'est pas normal, en travaillant comme tu le fais. Je n'ai jamais entendu de telles absurdités, et tout cela en vain ! Quand j'étais une fille... Mais là, qu'est-ce que c'est ? " l'utilisation?"

Et Katharine, qui avait déjà entendu tout cela, réexpliquait avec une impatience croissante que son travail était une chose définitive et exigeait sa présence un certain jour. Elle ne s'était jamais sentie moins contente d'elle-même que le jour de son départ, lorsqu'elle quittait la maison qui était autrefois pour elle le monde entier et prenait congé des gens qui ne croyaient plus en elle. Mais à mesure qu'elle approchait de Londres, la sensation des événements futurs dissipa l'atmosphère de désapprobation qui l'étouffait depuis un mois entier, et elle se sentit de nouveau maîtresse de sa situation et de son avenir. C'était là la vie et l'activité, le travail et le succès, et une partie de tout cela allait lui appartenir. Et Paul Wilton allait bientôt rentrer à la maison. On lui dit à Queen's Crescent combien elle se portait bien, lorsqu'elle apparut dans la salle à manger à l'heure du thé ; » et elle rit en réponse en contrastant leur salutation avec les mots d'adieu de sa tante.

"Juste un an depuis mon arrivée", dit-elle à Phyllis. "Que de choses se sont passées depuis ! Je ne crois pas du tout que ce soit moi-même ; ça doit être quelqu'un d'autre. Oh, je suis content d'être différent maintenant !"

"Je m'en souviens", a déclaré Phyllis, qui n'a jamais rhapsodié . "Votre visage était sale après votre voyage, et vous aviez l'air de vouloir tuer quiconque vous parlait."

"Et tu mangeais du pain et de la mélasse ", rétorqua Katharine. "Prenons-en un peu maintenant, d'accord ?"

"Au fait," dit Phyllis, "il y a une lettre pour toi à l'étage. Elle est arrivée il y a environ une semaine et j'ai complètement oublié de la transmettre. Je suis terriblement désolée, mais je suppose que cela n'a pas beaucoup d'importance parce que c'est J'ai reçu un cachet de la poste étranger."

Le rire s'éteignit sur le visage de Katharine, alors qu'elle posait sa tasse de thé et regardait son amie sans voix.

"Dois-je aller le chercher ?" continua Phyllis, inconsciente, alors qu'elle inondait son dernier morceau de pain avec plus de mélasse qu'aucune force de cohésion ne lui permettrait d'en contenir. "Mais peut-être es-tu prêt à monter toi-même ? Je t'ai préparé une glorification... Bonjour ! pourquoi es-tu si désespérément pressé ?"

Lorsqu'elle arriva, essoufflée, au sommet de la maison, Katharine était déjà dans son box, retournant tout dans une recherche sauvage et infructueuse.

"S'en aller!" » dit-elle brièvement lorsque Phyllis entra. « C'est la seule chose que je t'ai demandé de faire, et je pensais pouvoir te faire confiance. Je le saurai mieux une autre fois. Que font toutes ces choses ici ?

Elle se cogna la tête, tout en parlant, contre un chapelet de lanternes chinoises. Il y avait des fleurs sur la tablette de la cheminée et un air de fête dans la petite pièce miteuse ; mais tout cela était perdu pour Katharine, qui continuait à ouvrir et à fermer les tiroirs avec des mains tremblantes et à chercher sa lettre partout où elle se trouvait, jusqu'à ce que Phyllis mette fin à sa tâche sans but en la lui apportant dans un silence éloquent. Puis elle s'est enfuie à nouveau ; et Katharine s'assit au milieu de la confusion qu'elle avait créée et fut absorbée par son contenu. C'était très court, et il n'y avait pratiquement aucune nouvelle qui n'aurait pu être extraite d'un guide ; mais elle passa une bonne demi-heure à le lire et à y réfléchir, jusqu'à ce qu'elle connaisse par cœur chacune de ses phrases guinchées. Il allait très bien et il faisait très chaud, et il était assis près de la fenêtre ouverte donnant sur les orangeraies, et la mer était d'une couleur splendide, et il y avait des gens très honnêtes dans l'hôtel, et parmi eux ses parents, le Keeley . Il était difficile de lever enfin les yeux, les yeux hébétés, et de découvrir qu'elle se trouvait à Queen's Crescent, Marylebone, au lieu d'être là où étaient ses pensées, dans le sud ensoleillé de la France.

"Bonjour", dit Phyllis, qui se tenait au bout du lit.

"Oui?" dit Katharine en souriant. "Voulez-vous quoi que ce soit?"

"Oh, non", dit Phyllis, et elle s'éloigna à nouveau. Katharine resta assise et réfléchit encore un peu. Bientôt, elle frissonna et découvrit qu'elle avait froid, et elle se releva d'un bond et s'étira.

"Je suppose que je dois déballer", dit-elle, toujours souriante de contentement. "Où est passée Phyllis, je me demande ?"

Elle se dirigea vers la porte et fit sonner le passage avec sa voix, jusqu'à ce que Phyllis se précipite hors d'une pièce voisine et s'excuse de ne pas être là quand elle était recherchée.

"Je crois que tu étais là quand je ne voulais pas de toi", dit franchement Katharine. "Est-ce que je ne suis pas en colère contre toi ou quelque chose comme ça ?" Son pied toucha l'une des lanternes chinoises abandonnées.

"Bonjour ! Je pensais qu'il y avait des lanternes quelque part. Où sont-elles allées ?"

"Oh non!" dit Phyllis en se mettant à genoux devant la loge. "Tu as dû rêver."

"Je ne rêvais pas, et tu es un vieux fou, et je suis un cochon égoïste", s'écria Katharine avec pénitence.

"Oh non!" répéta Phyllis. "J'étais le cochon, tu vois, parce que j'ai oublié ta lettre. Tu vas m'ébouriffer les cheveux, si tu recommences."

Katharine la serra de nouveau dans ses bras et s'accusa de toutes les offenses dont elle se souvenait, qu'elles soient liées ou non à l'occasion présente ; et Phyllis la fit taire d'une voix bourrue, et le déballage se fit progressivement.

" Ne pensez-vous pas, " dit Katharine de manière hors de propos, " que les femmes sont beaucoup plus égoïstes que les hommes, à certains égards ? "

"De quelles manières ?"

"Je veux dire quand ils sont absorbés par quoi que ce soit. Maintenant, un homme ne se comporterait pas comme un goujat envers son meilleur ami, simplement parce qu'il est amoureux d'une fille, n'est-ce pas ? Mais une femme le ferait. Elle la trahirait. les plus proches et les plus chers pour le bien d'un homme. Je suis certain que je devrais le faire. Les femmes sont si loups, elles ressentent directement les choses ; et elles semblent perdre leur sens de l'honneur lorsqu'elles tombent amoureuses. N'est-ce pas ?

"Où vont les bas ?" C'est tout ce que Phyllis a dit.

"Peut-être", continua Katharine, "c'est parce qu'une femme a des sentiments vraiment plus forts qu'un homme."

"Je ne devrais pas me demander", a déclaré Phyllis. " Qui a mis le sac éponge à côté de ton plus beau chapeau ? "

"Je ne pense pas que cela ait de l'importance", dit doucement Katharine. « Je disais… De quoi riez-vous ?

"Rien. Seulement, c'est si agréable de te revoir, en train de moraliser pendant que je fais tout le travail", rit Phyllis.

Katharine avoua humblement que Phyllis faisait toujours tout le travail, et Phyllis a carrément répudié cette accusation et a insisté sur le fait que Katharine était la personne la plus altruiste au monde, et Katharine a fini par se laisser persuader qu'elle l'était ; et le reste de la soirée se passa en un échange amical de nouvelles. Même le « chat dans le plat à tarte » semblait appétissant ce soir-là.

Son sentiment de satisfaction s'est accru lorsqu'elle est arrivée à l'école le lendemain matin et a constaté que Mme Downing avait hâte de lui parler. Un entretien avec la directrice en début d'année laissait généralement présager du bien.

"Je veux que vous abandonniez l'enseignement junior ce trimestre, ma chère Miss Austen", commença-t-elle après l'avoir chaleureusement saluée. " Vous êtes vraiment trop bon pour cela, beaucoup trop bon. M. Wilton avait tout à fait raison quand il m'a dit à quel point vous étiez cultivé , tout à fait raison. À ce moment-là, je dois avouer que j'étais très dubitatif ; vous sembliez tellement inexpérimenté, donc très jeune, en fait. Mais j'en suis venu à penser que dans votre cas, ce n'est pas un inconvénient d'être jeune ; en effet, les chers enfants semblent préférer cela. Leur attachement pour vous est extraordinaire ; pardonnez-moi, j'aurais dû dire phénoménal. Et la façon dont vous les gérez est parfaite, tout à fait parfaite, juste une touche de fermeté pour montrer que votre bonté n'est pas une faiblesse. Admirable ! Je suis très reconnaissant à M. Wilton de vous avoir présenté, très reconnaissant. Un homme si charmant , n'est-il pas ? Tellement distingué !

Elle s'arrêta pour reprendre son souffle et Katharine murmura une reconnaissance de la distinction de M. Wilton.

"Pour en venir au fait, ma chère Miss Austen, je serais charmé, tout à fait charmé, si vous acceptiez le travail principal ce trimestre, l'anglais dans toutes ses branches, la traduction française, le latin et le dessin. Je pense que vous connaissez le programme, n'est-ce pas ? Merci beaucoup ; c'est si gentil de votre part ! Avez-vous passé d'agréables vacances ? Il n'est pas nécessaire de vous demander comment vous allez, l' image même de la santé, j'en suis sûr ! Et les cours d'architecture , aussi ; je vous serais plus que reconnaissant si vous pouviez les continuer comme avant. Merci beaucoup... Ah, je vous demande pardon ?"

Katharine fit ici une incursion désespérée dans le torrent de mots et mentionna qu'elle ne connaissait pas le latin et qu'elle n'avait jamais enseigné le dessin.

"En effet ? Mais vous êtes trop modeste, ma chère Miss Austen ; c'est votre seul échec, si je puis dire. Bien sûr, si vous le souhaitez, alors qu'il en soit ainsi. Mais je suis convaincu que vous feriez les deux aussi bien que vous. Miss Smithson, tout à fait convaincue. Cependant, cela peut facilement être arrangé. Le salaire, je pense que vous connaissez, et les conférences seront comme avant. En effet, nous sommes très chanceux d'avoir un conférencier aussi charmant, très chanceux. Ah, il y en a un. encore quelque chose, » continua Mme Downing en la conduisant vers la porte. La suite de son discours fut prononcée sur le palier qui, heureusement, était vide. "C'est entre nous, ma chère Miss Austen, tout à fait entre nous. Je vous serais plus que reconnaissant si vous vouliez bien servir de chaperon au maître de musique ce trimestre. Il peut paraître étrange que je vous demande de faire cela, en effet. , je peux dire bizarre ; mais je le fais avec la conviction que je peux vous faire confiance mieux qu'à quiconque . Bien sûr , vous ne mentionnerez pas ce que j'ai dit ! Je suis sûr que vous comprenez ce que je veux dire. C'est si charmant de votre part ! Merci beaucoup!"

Et la directrice revint pour répéter à peu près la même chose au prochain professeur qu'elle avait convoqué. Mais Katharine, qui avait appris depuis longtemps à considérer son manque de sincérité comme inévitable, se contentait de se féliciter des résultats pratiques de son entretien et appréciait pleinement le concours qui s'ensuivit lorsque ses nouveaux élèves découvrirent qu'ils allaient avoir pour élève une maîtresse junior. Elle se sentait très exaltée lorsqu'elle en sortait victorieuse ; et pendant une semaine ou deux, tout semblait aller bien pour elle. Elle s'était fait une position, même si tout le monde lui avait dit que ce serait impossible ; il y avait des gens qui croyaient profondément en elle, et il y en avait d'autres, comme Ted et Phyllis Hyam , qui ne la comprenaient pas mais l'adoraient aveuglément. Tout cela lui était très agréable, après le mois ennuyeux qu'elle avait passé à la maison ; et pour la première fois, elle sortit de la réserve dont elle faisait habituellement preuve, bien qu'inconsciemment, à l'égard des dames ouvrières de Queen's Crescent, et parla d'elle d'une manière qui ne les étonna pas peu. Travailler était pour eux une sordide nécessité, et ils étaient un peu jaloux de cette jeune fille brillante, avec de la jeunesse et du talent, qui n'avait aucune difficulté à réussir là où ils gagnaient à peine leur vie, et qui semblait profiter de sa vie jusqu'au bout. marchander.

"Qui est cette fille au rire joyeux et aux cheveux en désordre ?" elle a entendu un jour un étranger demander à Polly Newland.

"Celui-la?" fut la réponse, donnée sur un ton méprisant. "Oh, c'est une prudence, je peux vous le dire ! Sympa ? Oh, j'ose dire ! C'est une connard, cependant. Phyllis Hyam - c'est l'autre fille dans notre chambre - pense tout à elle ; mais je ne supporte pas des connards, moi-même."

C'était un petit choc pour son estime de soi de s'entendre décrire si brutalement, même si elle se consolait en pensant que Polly ne l'avait jamais aimée, et qu'il y avait par conséquent très peu de valeur à attacher à son opinion. Mais elle prit soin de garder le silence sur ses propres affaires pendant un jour ou deux ; et elle fit sursauter Ted, un soir, en lui demandant tout à coup, entre les actes d'un mélodrame, ce qu'on entendait par « connard ».

"Un con ? Oh, je ne sais pas ! C'est la même chose qu'un béat, n'est-ce pas ?"

"Mais qu'est-ce qu'un suffisant ?"

suffisant est… eh bien, c'est un suffisant, je suppose. ce n'est pas le cas, tu ne sais pas ? »

"Est-ce que tous les prigs sont des limites ?" » demanda Katharine d'une voix consternée.

"Oh, je m'y attendais ! Cela n'a pas d'importance, n'est-ce pas ? Au moins, il y a un type dans notre bureau qui est un peu con, et ce n'est pas vraiment un borner. C'est un type très décent, vraiment ; moi-même, je ne me soucie pas vraiment de lui. Mais ils le traitent toujours d'idiot parce qu'il a l'air d'être un saint si puissant ; du moins, c'est ce qu'ils disent. Je ne pense pas qu'il soit si mauvais que ça, moi-même."

"Est-ce que c'est difficile d'être bon, alors ? J'ai pensé qu'il fallait essayer."

" Mon cher Kit, bien sûr que tu es une fille ; ne t'inquiète pas pour ça. C'est tout à fait différent pour une fille, tu ne vois pas ? "

"Alors les filles ne sont jamais des idiotes ?" » dit Katharine avec empressement.

« Bénis leurs cœurs », dit vaguement Ted ; et elle n'a obtenu aucune autre définition de sa part ce soir-là.

Ainsi , les jours devenaient des semaines, et sa vie se remplissait de nouveaux intérêts, et elle se disait qu'elle apprenait enfin à vivre. Mais elle a aussi eu de mauvais jours ; et là-dessus, elle sentait que quelque chose manquait encore à sa vie. Et la fin du mois de février arriva, et Paul Wilton n'était pas encore retourné dans ses appartements d'Essex Court.

CHAPITRE XII

Les tribunaux venaient de se lever, et les avocats, en perruques et en toges, se précipitaient à travers le Temple pour se rendre à leurs différentes chambres. Ce n'était pas un jour pour s'attarder, car un vent d'est impitoyable balayait Fountain Court, faisant de petits tourbillons dans le bassin d'eau où nageaient les poissons rouges, et tourbillonnant la poussière en petites tempêtes de sable pour aveugler les gens frissonnants qui utilisaient la voie. jusqu'au remblai. Les horloges de la ville sonnaient quatre heures et quart lorsque Paul Wilton arriva, d'un pas précis et mesuré qui ne variait jamais quel que soit le temps, et monta l'escalier en bois qui menait à ses appartements. Un homme se leva de sa chaise la plus facile alors qu'il entrait dans son salon, et ils se saluèrent de la manière cordiale mais retenue d'hommes qui ne s'étaient pas rencontrés depuis un certain temps.

"Désolé d'avoir attendu, Heaton. Tu es là depuis longtemps ?" » dit Paul en se débarrassant de sa robe avec plus de rapidité qu'il n'en montrait d'habitude.

"Oh, peu importe, c'est ma faute si je suis arrivé trop tôt", répondit Heaton gaiement, alors qu'il se rasseyait et rapprochait sa chaise du feu. Il n'entrait jamais chez quelqu'un sans faire des préparatifs minutieux pour y rester longtemps.

"Le fait est," continua-t-il, "il y a si longtemps que je ne t'ai pas vu que, dès que j'ai appris que tu étais de retour, j'ai senti que je devais revenir te voir. C'est le jeune Linton qui m'a dit : tu te souviens de Linton ? Ran je l'ai croisé dans le club, hier soir ; il connaît certains de vos amis, Kerry, ou Keeley, ou un nom du même genre ; je viens de les rendre visite, apparemment, et ils lui ont dit que vous étiez revenu avec eux. Supposons que vous tu connais les gens dont je parle?"

Paul a admis qu'il connaissait les personnes avec qui il voyageait, et Heaton a repris son discours.

"Nous parlions de vous au club, l'autre après-midi seulement ; une coïncidence, n'est-ce pas ? Deux ou trois d'entre nous, Marston, Hallett et le vieux Pryor. Vous vous souvenez du vieux Pryor, n'est-ce pas ? Bourse , et jure beaucoup - ah, tu sais ; il voulait savoir ce qu'il était advenu de toi et de ta foutue carrière ; c'était vraiment dommage que l'homme le plus brillant du bar et le seul qui ait une conscience soit gaspillé sur beaucoup de foutus étrangers, et ainsi de suite. Vous connaissez le vieux Pryor. Bien sûr, j'étais d'accord avec lui, mais ce n'était pas mon affaire de le dire.

Il s'arrêta un peu avec nostalgie, comme s'il s'attendait à ce que Paul dise quelque chose pour expliquer sa longue absence ; mais celui-ci ne sourit que légèrement et se dirigea vers son armoire dans le coin.

"Je vais prendre du thé", observa-t-il, "mais je ne m'attends pas à ce que vous vous joigniez à moi, Heaton. Il y a du vermuth ici, du vermuth italien ; ou , bien sûr, vous pouvez prendre du whisky si vous préférez. il."

"Merci, mon garçon", rit l'autre. "Je suis content de voir que cinq mois dans les régions infernales n'ont pas gâché ta mémoire. Claret pour les garçons, brandy pour les héros, hein ?"

Il se servit du whisky, puis se renversa dans son fauteuil pour observer Paul, qui fabriquait une cigarette pendant que l'eau bouillait. Il y eut un de ces longs silences inévitables avec Paul, à moins que son compagnon ne prenne l'initiative ; et pendant les cinq minutes suivantes, les seuls bruits entendus furent le chant de la bouilloire, le bruit des pas dans la cour en contrebas, et le cliquetis occasionnel du châssis de la fenêtre alors que le vent luttait avec lui. Paul prépara le thé, apporta sa tasse à table et se jeta de tout son long sur le canapé à côté.

" Eh bien, dit-il enfin, n'avez-vous pas de nouvelles à me dire ? Quelle est la dernière dame charmante que vous avez trottée dans toutes les galeries de tableaux, celle qui est la plus belle, la plus intellectuelle et la plus intellectuelle ? " plus sympathique que n'importe quelle femme que vous ayez jamais rencontrée ? »

Heaton rit consciemment.

"Maintenant, c'est étrange que vous disiez cela," dit-il de sa manière simple. " Bien sûr , je sais que ce n'est que votre balle, confondez-vous, mais il y a *juste* un soupçon de vérité là-dedans. Par Jupiter, Wilton, vous devez venir la rencontrer ; vous n'avez jamais vu une telle silhouette, et c'est la créature la plus spirituelle que j'aie jamais vue. je suis tombée dessus ! Je ne suis nulle part quand il s'agit de parler ; mais elle est si gentille avec moi, Wilton, - vous ne pouvez pas penser ; je n'ai jamais rencontré une femme aussi sympathique. Vraiment, elle a sur moi l'effet le plus extraordinaire ; je Je n'ai pas été aussi influencé par une femme depuis la mort de la pauvre petite May, sur ma parole, je ne l'ai pas fait. Je ne peux pas imaginer comment tout cela va se terminer, je vous dis que je ne peux pas. Cela me donne beaucoup d'énergie. t'inquiète, je sais."

"Ah," dit gravement Paul. "Veuve?"

"Son mari était une brute", dit Heaton avec énergie . "Le colonel de l'armée, il a bu, il l'a utilisée de manière méchante, j'imagine, même si elle ne dit pas grand-chose; elle est terriblement fidèle à ce type. Les femmes le sont, vous savez; je ne comprends pas pourquoi, quand nous les traitons si mal. C'est où ils ont leur emprise sur nous, je suppose. Mais son influence sur moi est merveilleuse. Je ne ferais rien pour perdre son respect, pour rien au monde."

Il cligna des yeux et but encore du whisky. Peut-être lui vint-il à l'esprit que son compagnon était encore moins réceptif que d'habitude, car il y avait plus de vigueur et moins de sentiment dans son ton lorsqu'il reprenait la conversation.

"Tu ne me dis jamais rien sur toi", se plaignit-il d'un ton plutôt pathétique. "Vous me faites sortir, et je suis assez con pour être attiré; et puis vous vous asseyez et souriez cyniquement, pendant que je me ridiculise. Et *vos* expériences, hein? 'Sur ma parole, je ne me souviens pas d'un Un seul exemple où vous m'avez accordé votre confiance ! Vous êtes un type tellement réservé et réservé. Eh bien, j'ose dire que vous avez raison de garder tout cela pour vous. Cela me fait du bien de raconter des choses ; mais alors, je... Je suis différent."

"Mon cher, je n'ai rien à dire", répondit Paul en souriant. "Vous oubliez que ma vie n'est pas pleine de ces charmantes expériences qui semblent vous revenir si continuellement. Et votre conversation est tellement plus intéressante que la mienne ne le serait, que je préfère écouter; c'est tout. Je ne suis pas secret. ; je n'ai simplement rien à cacher."

« C'est très bien, » dit Heaton en secouant la tête ; "Mais je suis plus âgé que toi, donc ça ne va pas. Vous auriez dû entendre ce que ces gars du club disaient de vous."

"Oui ? Cela ne m'intéresse pas du tout", dit froidement Paul. Mais le tact n'était pas le point fort du caractère de son ami, et il continua néanmoins.

"Bien sûr, je n'ai pas dit grand-chose, ce n'est pas mon genre; d'ailleurs, tu sais, je pense que tu as toujours raison sur le fond. Mais c'est assez pour faire parler les gens, quand un homme comme toi, qui met toujours sa carrière avant son plaisir, s'éloigne des vacances et reste absent tous ces mois. Vous devez admettre qu'il est raisonnable de spéculer un peu ; c'est seulement dans la nature de l'homme.

"Certains hommes", dit Paul, aussi froidement qu'auparavant. "Je ne devrais jamais rêver de spéculer moi-même sur la ligne de conduite de quelqu'un."

"Non, non, bien sûr que non ; je suis tout à fait d'accord avec vous, tout à fait ", a déclaré Heaton. "Au fait," ajouta-t-il avec une expression douce et innocente, " quel genre de personnes sont ces Kerry avec qui vous voyagez ? Une sorte de vieux couple marié, je suppose !"

Paul se souleva sur son coude et but aussitôt son thé, comme s'il n'avait pas entendu la question. Il a toujours été partagé, dans ses conversations avec Heaton, entre le désir de le snober et la crainte de blesser sa sensibilité.

"Vous ne m'avez pas dit le nom de la charmante veuve", dit-il en revenant à son ancienne position. Le visage de l'autre homme s'éclaira et la conversation redevint un monologue jusqu'à ce que même les propensions de Heaton soient épuisées et que le silence tomba sur eux deux. Et puis, de façon très caractéristique, dès qu'il fut tout à fait sûr qu'on ne s'attendait pas à ce qu'il dise quoi que ce soit, Paul devint soudainement communicatif.

« Les Keeley sont des gens plutôt sympathiques », observa-t-il en retirant sa cigarette de sa bouche et en regardant fixement le bout allumé. " Mère et fille, vous savez, juste à l'étranger pour l'hiver. Un joli petit endroit dans le Herefordshire, je crois, mais elles viennent en ville pour la saison , — Curzon Street. "

Heaton fut assez sage pour garder le silence ; et Paul continua après une pause.

"On s'asseyait à côté d'eux à la table d'hôte, et ce genre de choses. On est toujours content d'avoir un compatriote à l'étranger, tu ne sais pas ! Et la mère était vraiment plutôt gentille", ajouta-t-il après coup.

"Et comment était la fille ?" » demanda Heaton.

"Oh, juste une fille ordinaire et amusante ! Elle est jolie aussi, d'une certaine manière, mais je n'admire pas beaucoup ce genre de chose, moi-même. Et je pense qu'elle m'a trouvé très ennuyeux." Il fit une pause et parut pensif. "Je dois t'y emmener quand ils viendront en ville, Heaton. Tu t'entendras bien avec eux, et la fille est juste ton style, j'imagine. Elle est vraiment très jolie", ajouta-t-il, redevenant pensif.

"Rien que j'aimerais mieux ! C'est ravi de votre part d'y penser !" s'exclama Heaton avec une chaleur un peu exagérée. Son manque de sens des proportions a toujours gêné Paul. "Tu m'emmènes là-bas, c'est tout", dit-il en riant ; "et laisse-moi avoir ma tête—"

"C'est précisément ce que vous n'auriez pas", dit sèchement Paul. "Et je suis sûr que je ne sais pas pourquoi vous voulez les connaître ; ce sont des gens tout à fait ordinaires et ne possèdent pas toutes les grâces, vertus et talents, comme toutes vos autres amies. Cependant, je serai très heureux si cela vous tient vraiment à cœur. Mais vous serez déçu.

Heaton accepta d'être déçu, et comme une autre pause semblait imminente, il commença à réfléchir à son départ. Mais Paul ne remarqua pas son intention et saisit l'occasion pour aborder un nouveau sujet.

« Écoutez, Heaton, » commença-t-il si soudainement que l'homme plus âgé se rassit avec précision ; "Tu dis que je ne te parle jamais de mes expériences. Est-ce que ça veut dire que tu penses vraiment que j'ai quelque chose à raconter ?"

Heaton le regarda d'un air dubitatif.

"Je suis pendu si je sais", a-t-il déclaré.

Paul sourit, un peu à regret.

"Après des années de renoncement", murmura-t-il, "pour n'être plus qu'une énigme ! Alors vous pensez," continua-t-il avec une expression intéressée, "que je ne suis pas le genre d'homme dont les femmes se soucieraient, hein ? Eh bien, je " Osez dire que vous avez raison. Mais alors, pourquoi se soucient-ils de l'un d'entre nous ? Je ne m'attends jamais à ce qu'ils le fassent, personnellement. "

Heaton le regardait d'un air perplexe.

"Peut-être que je ne me suis pas exprimé très clairement", s'empresse-t-il de dire, avec son habituelle volonté de compromis. "Je voulais seulement dire que je pense parfois que tu n'as jamais pu prendre soin de qui que ce soit sérieusement. Mais je ne doute pas que je me trompe. Et je n'ai jamais dit que personne ne s'était jamais soucié de toi ; je pense que c'est extrêmement improbable. En *fait* ... Veux-tu vraiment que je dise ce que je pense ? »

"Ce serait très intéressant", dit Paul, toujours souriant.

"Eh bien," dit Heaton d'un ton décidé, "je pense que vous êtes le genre d'homme qui briserait le cœur d'une femme et épargnerait sa réputation, et peut-être ne découvrirait pas du tout qu'elle vous aimait. Je sais ce que sont les femmes, et elles adorent." "Je me languit d'un homme comme toi qui ne songerait jamais à les encourager. Et tu as un chemin si fascinant avec toi que tu les entraînes, sans le moindrement le vouloir. Tu peux maudire, si tu veux, Wilton c'est une grande impertinence de ma part, hein ?

« Mon cher ami », fut tout ce que Paul dit. En fait, il ne l'avait jamais autant aimé qu'à ce moment-là, et ses paroles l'avaient fait réfléchir. Mais la remarque suivante de Heaton a détruit la bonne impression qu'il avait involontairement faite.

la réputation d'une femme ne vaut pour elle que la moitié de son bonheur.

Et sa sagesse mondaine heurtait les nerfs de Paul et lui paraissait inutilement grossière dans son humeur actuelle ; et il n'essaya pas de le retenir de nouveau, lorsque Heaton se leva pour la seconde fois pour prendre congé. Une fois parti, Paul se dirigea vers la fenêtre et fuma une autre cigarette, regardant la cour balayée par le vent. Et ses pensées se tournèrent délibérément vers Katharine Austen. Il ne l'avait pas vue depuis cinq mois, il ne lui avait pas écrit depuis deux mois et la dernière lettre qu'elle lui avait adressée remontait à six semaines. Il ne lui était pas venu à l'esprit, jusqu'à ce qu'il le sorte de sa poche et le regarde, que cela faisait vraiment aussi longtemps qu'elle ne lui avait pas écrit ; et il eut soudain envie de savoir ce que ces six semaines lui avaient réservé. Là-bas, dans les orangeraies du Sud, marchant aux côtés de la belle Marion Keeley, avec le bruissement de ses jupes si près de lui et la légèreté superficielle de sa conversation à ses oreilles, il avait été facile d'oublier le discours désespérément sérieux. enfant qui travaillait dur pour gagner sa vie dans le quartier le plus ennuyeux d'une ville ennuyeuse. Mais ici, où elle s'était si souvent assise et lui avait parlé, où ils avaient aimé se quereller et se réconcilier, où elle lui avait donné de rares aperçus d'elle-même avant de le lui cacher à nouveau en toute hâte, où elle avait tour à tour fantasque et sérieux, où il l'avait parfois embrassée et sentait sa joue chaude à son contact, - ici, toutes sortes de souvenirs lui revenaient à l'esprit et le faisaient se demander pourquoi il avait cédé si facilement aux convictions du Keeleys , et est resté si longtemps loin de l'Angleterre. Il était impossible de nommer Marion Keeley d'un même souffle que cette enfant curieusement aimable qui l'avait tenu sous son emprise tout l'été dernier, qui n'avait jamais utilisé un art pour l'attirer à elle, et qui avait pourtant réussi, à force de qualités qu'elle avait à posséder. ne savait pas qu'elle possédait, en gagnant sa sincère affection. Pourtant il n'avait guère pensé à elle depuis deux mois, et elle ne lui avait pas écrit depuis six semaines. Qu'avait-elle fait pendant ces six semaines ? La façon dont Katharine passait son temps à Londres ne semblait pas avoir d'importance, lorsqu'il marchait aux côtés de Marion Keeley ; mais maintenant que Marion n'était plus près de lui, maintenant qu'il était libéré de sa fascination et de la nécessité de répondre à ses banalités, il lui devint soudain de la première importance de savoir ce qui était arrivé à Katharine pendant ces six semaines. Il était parti, se disait-il, parce qu'il avait pris peur de la situation, parce qu'il ne pouvait pas analyser ses propres sentiments pour elle, parce que tout, aux yeux du monde, les poussait au mariage, et au mariage. il avait la plus profonde crainte. Et il s'était laissé captiver presque immédiatement par la beauté ordinaire d'une fille ordinaire, quelqu'un qui savait jouer sur un certain ensemble d'émotions que Katharine n'avait jamais appris à toucher. Une expression de dégoût traversa son visage alors qu'il jeta sa cigarette à moitié fumée et baissa les yeux sur la fontaine comme il s'était si souvent tenu debout et regardé avec elle pendant les chaudes journées de juillet dernier. Les paroles de Heaton lui revinrent à l'esprit avec une nouvelle signification : « Leur réputation ne vaut pour eux que la moitié de leur bonheur. » Il se rappelait comment il s'était séparé de Katharine dans cette même pièce, avant de partir à l'étranger ; et comme il s'était félicité ensuite de s'être abstenu de l'embrasser. Mais il se souvint soudain de l'expression de son visage alors qu'elle se détournait de lui ; et, pour la première fois, il crut en comprendre le sens.

Il n'avait jamais agi sur une impulsion dans sa vie, ni cédé à un souhait qu'il ne pouvait analyser ; mais cet après-midi, il a fait les deux. C'est environ une heure plus tard que Phyllis Hyam entra dans le bureau de Katharine et lui annonça qu'un homme était dans le couloir, attendant de lui parler.

"Déranger!" grommela Katharine, qui corrigeait des exercices sur le lit. "Il n'a jamais dit qu'il viendrait ce soir."

"Ce n'est pas M. Morton", proposa Phyllis derrière son propre rideau. "Je ne l'ai jamais vu auparavant. Il est grand, mince et sérieux, avec un visage coriace et une chère petite barbe pétillante ."

Elle fit encore quelques remarques gratuites sur le monsieur dans le hall, jusqu'à ce qu'elle commence à se demander pourquoi elle ne recevait aucune réponse, puis découvrit que l'occupant de la cabine voisine n'était plus là.

Paul regrettait déjà son impulsion. Il n'était jamais entré dans la petite salle détrempée auparavant, et cela lui procura une sensation de froid. De nombreuses filles sont entrées à la porte pendant qu'il attendait, et elles le regardaient toutes d'un air interrogateur, et la plupart d'entre elles avaient l'air ennuyées. Il se souvint de la somptueuse maison de Mayfair qui abriterait bientôt Marion Keeley, et il frémit un peu.

"Je ne pense pas que j'aimerais beaucoup vivre avec des travailleuses", dit-il lorsque Katharine descendit en courant les escaliers en bois.

Ce fut la seule remarque qui lui vint facilement à l'esprit lorsqu'il sentit la chaude étreinte de sa main et vit le regard joyeux dans ses yeux.

CHAPITRE XIII

Elle avait l'air plutôt fatiguée, pensa-t-il, lorsqu'il l'examina d'un œil plus critique ; ses yeux semblaient plus grands, son expression était devenue agitée et elle avait perdu un peu de la rondeur de son visage. Mais elle avait beaucoup gagné en repos des manières ; et sa voix, lorsqu'elle lui répondit, était pour le moment plus maîtrisée que la sienne.

"Je ne devrais pas penser que tu le ferais," rit-elle. "Je les ai tous choqués, ce matin, au petit déjeuner, en leur disant que j'aimerais essayer des hommes oisifs pour changer !"

Il se rendit compte qu'elle n'aurait pas fait une telle remarque lorsqu'il l'avait quittée l'automne dernier ; et encore il aurait aimé posséder une chronique des six dernières semaines. Mais son rire était toujours le même, et sa main serrait toujours la sienne avec une ferveur rassurante .

"Revenez avec moi", dit-il spontanément. "Nous ne pouvons pas parler ici, n'est-ce pas ? J'ose dire que je peux vous préparer une sorte de dîner, si un arrangement très primitif ne vous dérange pas."

« Ce sera beau, dit-elle ; et le palpitant de plaisir dans sa voix apaisa son dernier sentiment de suspicion.

Ils se rendirent compte qu'après tout, ils avaient très peu de choses à se dire ; et ils furent tous deux heureux de préparer le souper, lorsqu'ils arrivèrent au Temple et découvrirent que la gouvernante était sortie pour la soirée. Ils se moquaient autant qu'ils pouvaient des difficultés qu'il y avait à se procurer un repas, évitaient avec un soin scrupuleux les sujets personnels et ne couraient pas une seule fois le risque de se regarder en face. Et ensuite, lorsqu'ils se furent installés confortablement sur deux chaises près de la lampe et que la conversation devint inévitable, un embarras gênant les saisit tous deux.

"C'est très étrange", dit Katharine en fronçant légèrement les sourcils ; "Mais j'ai mis en bouteille des choses à vous dire pendant des semaines, et maintenant elles semblent être encombrées dans mon cerveau et je n'arrive pas à en extraire une seule. Pourquoi, je me demande ? Je ne peux pas avoir grandi d'un coup. timide de votre part ; mais nous semblons avoir perdu le contact, d'une manière ou d'une autre. Oh, c'est bizarre ; je n'aime pas ça !

Elle se secoua un peu. Paul rit légèrement.

"Quel enfant absurde tu es ! C'est seulement parce que nous n'avons pas été ensemble ces derniers temps, et ainsi nous avons perdu le truc. Tu te retournes toujours à l'envers, puis tu t'assois un peu à l'écart pour le regarder. ".

"Je crois que oui", a reconnu Katharine. "Je veux toujours savoir pourquoi certaines choses m'affectent d'une certaine manière."

« Veux-tu savoir pourquoi tu étais content de me voir ce soir ?

Elle leva rapidement les yeux vers lui pour la première fois.

"Non", dit-elle franchement. "Au moins, je ne pense pas y avoir pensé."

"Bon enfant!" il a dit. "N'y pense pas." Et elle se demandait pourquoi il avait l'air si content.

"Pourquoi pas?" elle lui a demandé. "S'il vous plaît dites-moi."

"Oh, parce que ce n'est pas bien pour toi de toujours te retourner ; certainement pas à cause de moi. En plus, ça gâche les choses. Tu ne crois pas ?"

"Ce que les choses?"

"Oh, s'il vous plaît ! Je ne suis pas ici pour répondre à tant de questions déroutantes. Qui vous a donné de si mauvaises habitudes pendant mon absence ?"

"Personne qui pourrait répondre à aucune de mes questions déroutantes," répondit-elle doucement; et Paul lui demanda précipitamment si elle voulait bien préparer le café. Il l'avait amenée ici à titre expérimental, une sorte de test de ses propres sentiments et des siens ; et il eut soudain peur que cela ne réussisse trop efficacement. Elle s'y rendit docilement et fit ce qu'on lui disait, et lui apporta son café quand il fut prêt ; et il acceptait qu'il y ait du sucre dedans, car cela l'obligeait à se brosser les cheveux avec sa manche alors qu'elle se penchait sur lui avec le sucrier.

"Bien?" » demanda-t-il dans la pause suivante. Elle tenait sa cuillère en équilibre sur le bord de sa tasse, avec un sourire curieux sur le visage.

"Non, rien!"

"Rien ne doit donc être très intéressant. Mais je ne pense pas avoir le droit de savoir, n'est-ce pas ?"

La cuillère tomba sur le sol avec fracas.

" Bien sûr que oui ! J'aimerais que tu ne dises pas ces choses ! C'est tellement douloureux. Je pensais seulement, — ce n'était rien d'important, mais... je suis terriblement heureux ce soir. "

"Mais c'est sûrement de la toute première importance. Peut-on savoir pourquoi ? Ou est-ce aussi le secret de quelqu'un d'autre ?"

Elle troubla son calme en repoussant brusquement son café ; et il y avait une lumière de colère dans ses yeux, alors qu'elle se levait d'un bond et le regardait.

"Parfois, je pense que je te déteste", dit-elle ; et les mots lui parurent étrangement inadaptés à l'occasion. Elles auraient pu être prononcées par une enfant irritable, et l'instant d'avant il avait senti qu'elle était une femme. Il posa également sa tasse et se dirigea vers elle.

"Est-ce que ça veut parfois dire maintenant ?" » demanda-t-il en plaisantant. Il essayait, impuissant, de l'empêcher d'aller plus loin. Mais elle fit un pas en arrière et ne tint pas compte de son intention.

"Oui, c'est vrai", dit-elle avec colère. "Je suis fatigué d'être traité comme un enfant; je suis fatigué de te laisser faire ce que tu veux de moi. Un jour tu me gâtes; et un autre, tu m'as cruellement blessé. Et tu t'en fiches du tout. Je suis une sorte d'amusement pour toi, un puzzle intéressant, un jouet qui ne semble pas se casser facilement, c'est tout. Et je te laisse faire, c'est ma faute ; quand tu me fais du mal, je cache ce que je ressens , et quand tu es gentil avec moi, j'oublie tout le reste. Oh, oui, bien sûr, je suis un imbécile ; tu crois que je ne le sais pas ? Il suffit de toucher mon visage, ou de me regarder, ou de sourire , et tu sais que je suis entre tes mains. Je me méprise pour cela ; je donnerais tout ce que je sais pour être assez fort pour te mettre hors de ma vie. Mais je ne peux pas le faire, je ne peux pas ! Et tu sais Je ne peux pas ; tu sais que je suis lié à toi. Tout ce que je ressens semble être à toi ; toutes mes pensées semblent t'appartenir, dès qu'elles me viennent à l'esprit ; je ne peux pas faire le moindre pas sans me demander ce que tu as. j'y penserai... Oh, je me déteste pour ça, tu ne sais pas comme je me déteste ! Mais je n'y peux rien."

"Arrêtez", dit Paul en tendant la main. Mais elle lui fit signe de s'éloigner et reprit sa conversation rapide.

"Je dois tout dire maintenant ; cela m'a rendu fou ces derniers temps. Au début, cela semblait si facile de vivre sans toi ; mais cela est devenu beaucoup plus difficile à mesure que cela avançait, et quand vous avez arrêté de m'écrire, je... je Je pensais que je devrais devenir fou. C'était si horrible aussi, quand j'avais pris l'habitude de vous dire des choses ; il n'y avait personne d'autre à qui je pouvais le dire, et la solitude était si terrible ! J'avais envie de me suicider , ces jours ; mais j'étais trop lâche. Alors je m'en sortais d'une manière ou d'une autre ; et certains jours c'était plus facile que d'autres, mais c'était toujours dur. Seulement, personne ne l'a jamais deviné. Oh, si vous saviez comme j'ai appris à tromper les gens ! Et il y avait toujours mon travail à accomplir aussi ; ça a été horrible. Et je ne pouvais pas plus m'en empêcher que je ne pouvais m'empêcher de respirer. J'avais envie de me suicider !

"Ne le fais pas", murmura à moitié Paul, et il se rapprocha un peu d'elle. Mais elle se tourna et s'appuya contre la tablette de la cheminée pour se soutenir, et serra le marbre froid avec ses doigts.

"Je dois le dire, Paul. Si tu veux, je m'en irai après et je ne te reverrai plus jamais. Mais je ne peux plus laisser cela gâcher ma vie ; j'ai l'impression que tu devais l'entendre maintenant. Quand je *t'ai* écrit "Cette dernière lettre, je t'ai dit que si tu n'y répondais pas, je ne t'écrirais plus, je ne penserais plus à toi, je ne viendrais plus te voir . Et tu n'y as pas répondu. Je dois détester le coup du facteur, parce que cela me faisait chaud au visage, et j'avais peur que les gens le découvrent. Mais ils ne l'ont jamais fait ! Je descendais déjeuner tous les jours, dans l'espoir de trouver une lettre de toi ; et quand il n'y en avait pas, et tout semblait un blanc, — oh ! je ne connais pas l'aspect affreux de cette salle à manger quand il n'y a pas de lettre de vous ! — j'ai juste dû faire comme si je ne m'attendais pas du tout à en trouver une. Elle s'arrêta dans l'expectative, mais cette fois Paul ne fit aucune tentative pour parler. " Avant, je n'étais jamais douée pour faire semblant, reprit-elle d'un ton plus doux, mais je crois que je peux tromper n'importe qui maintenant. Seulement, je n'ai jamais réussi à me tromper moi-même ! Je cherchais de nouvelles façons d'aller à l'école, parce que les anciens me faisaient penser à vous ; et j'ai dû faire tous mes pleurs dans des omnibus, au fond, près des chevaux, parce que je n'ose pas le faire à Queen's Crescent, où j'aurais pu être vu. Car j'ai pleuré parfois." Sa voix tremblait et elle finissait par un petit sanglot. Elle enfouit son visage dans ses mains.

"Alors c'est ce que tu fais depuis ces six semaines ?" » dit Paul involontairement.

"Alors tu trouves ça si amusant ?" » demanda Katharine d'un ton étouffé. Il se plaça derrière elle et la tourna doucement par les épaules, de sorte qu'elle fut obligée de le regarder. La dureté disparut de son visage et elle lui tendit instinctivement les mains. "Paul," dit-elle pitoyablement, "je n'ai pas pu m'en empêcher. N'es-tu pas un peu désolé pour moi ? Qu'ai-je fait pour que j'aime la mauvaise personne ? Les autres filles ne font pas ces choses. Je suis "Je suis terriblement méchant, ou terriblement malchanceux ? Paul, dis-moi quelque chose ! Es-tu très en colère contre moi ? Mais je n'ai pas pu m'en empêcher, je ne pouvais pas en effet ! J'ai tellement essayé de me rendre différent, et je peux" !"

Il se mordit la lèvre et essaya de dire quelque chose, mais sans succès.

"Et après tout," ajouta-t-elle à voix basse, "alors que je m'entraînais à te haïr depuis six semaines, j'ai failli devenir folle de joie quand Phyllis est venue et m'a dit que tu étais dans le couloir. Oh, Paul, je sais que je suis terriblement stupide ! Me respecteras-tu un jour à nouveau, je me demande ?

Il y avait un mélange étrange d' humour et de pathétique dans son ton ; et il la prit dans ses bras et l'embrassa tendrement, sans trouver de mots pour lui répondre. Elle s'accrocha à lui et l'embrassa pour la première fois en retour, oubliant qu'elle avait autrefois pensé que c'était mal de se laisser caresser par lui ; en ce moment, il semblait la chose la plus naturelle du monde qu'il la console des souffrances dont il était lui-même la cause. Et son désir passionné de le sortir de son apathie s'était soldé par un faible désir de retrouver à tout prix sa tolérance.

"Tu n'es pas en colère contre moi ? Je ne t'ai pas mis en colère ?" lui demanda-t-elle dans un murmure anxieux.

"Non, non, espèce d'enfant idiot !" fut tout ce qu'il dit en la rapprochant.

"Mais c'était horrible de ma part de te dire toutes ces choses, n'est-ce pas ?"

"J'aime que tu me dises des choses horribles, ma chérie."

À cela, elle s'écarta de lui, les deux mains posées sur ses épaules.

" Vraiment, tu veux dire ça ? Mais... tu *dois* trouver ça terriblement méchant de ma part de te laisser m'embrasser et de venir te voir ainsi ? C'est terriblement méchant, n'est-ce pas ? Oh, je le sais ; tout le monde le dirait. »

"Je n'arrive pas à imaginer ce que tu veux dire. Tu es un cher petit puritain pour moi. Tu ne sais pas ce que tu dis. Viens, il y a toutes ces choses que tu dois me dire. Je veux tout entendre, s'il te plaît. ", avec qui tu flirtes, et toutes sortes de choses. Maintenant, ça ne sert à rien de prétendre que tu vas me cacher quoi que ce soit, parce que tu sais que tu ne peux pas!"

Il avait repris son ancienne attitude avec un effort assez conscient et l'avait attirée à côté de lui sur le canapé. Elle essayait de lui obéir, mais elle ne trouvait pas grand-chose à dire ; et vers dix heures, Paul regarda sa montre.

"Mon enfant, tu dois y aller", dit-il. Katharine se leva avec un soupir.

"Je ne veux pas y aller", dit-elle à contrecœur.

« Alors, c'était bien ? » demanda-t-il en souriant à son visage abattu.

"Cela a été la soirée la plus heureuse que j'ai jamais passée", a-t-elle déclaré en détournant le regard de lui.

"Sûrement pas!" rit Paul. "Pense à toutes les autres soirées au théâtre, avec Ted et Monty et tous les autres !"

"Tu sais bien," dit-elle avec indignation, "que j'aime être avec toi plus qu'avec n'importe qui d'autre au monde. Tu le sais, n'est-ce pas ?" répéta-t-elle avec inquiétude.

"Il me suffit que vous le disiez", répondit Paul; et ils restèrent silencieux pendant un moment ou deux. "Viens, tu dois vraiment y aller, mon enfant", répéta-t-il. Katharine restait toujours immobile, pendant qu'il enfilait son manteau.

"Dois je?" dit-elle rêveusement. Il revint vers elle et la secoua doucement.

"Qu'est-ce qu'il y a, étrange petite personne ? Je crois que tu aurais été beaucoup plus heureux si je n'étais pas revenu te déranger, hein ?"

Elle l'a nié avec véhémence et s'est efforcée de lui parler jusqu'à chez elle dans le taxi . Mais elle redevint solennelle quand vint le moment de lui dire au revoir.

"Puis-je te revoir bientôt?" lui demanda-t-elle avec mélancolie.

"Pourquoi, sûrement ! Nous allons avoir plein d'alouettes ensemble, n'est-ce pas ? Eh bien, qu'est-ce qu'il y a maintenant ?"

"Oh, je pensais seulement!"

"Qu'en est-il de?"

Elle déverrouilla la porte avec sa clé avant de répondre.

" Cela semble si étrange, " dit-elle, " que je me soucie plus de votre opinion que de celle de quiconque au monde ; et pourtant je vous ai donné la meilleure raison de penser du mal de moi. N'est-ce pas terriblement bizarre ? "

Elle ferma la porte avant qu'il ait le temps de lui répondre. Et Paul rentra chez lui à pied, réfléchissant à la futilité des expériences.

CHAPITRE XIV

Le dimanche après-midi où l' honorable Mme Keeley donna sa première réception, cette saison-là, fut singulièrement ennuyeux et sensuel. La salle était remplie de célébrités et de leurs satellites ; et la tête de Katharine lui faisait terriblement mal, alors qu'elle se débattait avec difficulté à travers la foule et parvenait à se faufiler dans un coin près de la fenêtre ouverte. Elle était toujours affectée par le temps ; et aujourd'hui, elle se sentait particulièrement déprimée par l'absence de soleil. Une voix venant du balcon prononça son nom et elle se retourna avec un soupir, rencontrant les traits complaisants de Laurence Heaton. Pendant un instant, elle ne le reconnut pas ; et puis, le son de sa voix la ramena à Ivingdon , et elle lui sourit en retour pour le bien des associations qu'il lui évoquait.

"Est-ce vraiment deux ans ?" il disait. " Cela semble impossible quand je regarde votre visage, Miss Austen. Deux ans ! Et qu'avez-vous fait de vous-même pendant tout ce temps, hein ? Et comment faites-vous pour avoir l'air si fraîche un jour comme celui-ci ? Je suis tout à fait charmée de le faire. j'aurai cette occasion de renouer avec une connaissance si agréable.

Il oubliait que, lorsqu'il l'avait connue auparavant, elle l'avait ennuyé en n'étant pas dans son style. Et Katharine lui répondait vaguement, tandis que ses yeux erraient sur la foule des visages ; car Paul lui avait dit qu'il serait là, et elle se sentait inquiète.

"Le monde est petit, c'est sûr", a poursuivi Heaton, avec l'air d'un homme qui dit quelque chose qui n'a jamais été dit auparavant. "Qui aurait pu s'attendre à ce que vous veniez chez mes vieux amis, les Keeley ? C'est une coïncidence des plus curieuses, je dois dire !" Katharine, qui était au courant de son introduction très récente à la maison, a expliqué sa propre relation avec modestie. Mais son compagnon était sans vergogne et changeait habilement la conversation .

"Wilton vient souvent ici, me dit-il. Vous vous souvenez de Wilton, n'est-ce pas ? Ah, bien sûr, puisque c'est à lui que je dois votre charmante connaissance", dit-il galamment. "Il les a rencontrés à Nice, ou quelque part. C'est étonnant combien de personnes on rencontre à Nice ! Mais Wilton rencontre toujours tout le monde , et tout le monde l'aime ; il est si brillant, n'est-ce pas ? Oui, brillant le décrit exactement. L'avez-vous déjà vu depuis qu'il est resté dans votre charmante maison de campagne ? »

"Oh, je le vois ici parfois. Et ma tante l'attend aujourd'hui, je crois."

"Je n'en doute pas, aucun doute !" sourit Heaton, hochant sagement la tête. « Si je ne me trompe pas beaucoup, Wilton est souvent l'invité de Mme Keeley, n'est-ce pas ?

Le sens de ses remarques était inutile pour Katharine, car la majeure partie de son attention était toujours concentrée sur l'embrasure de la porte. Mais Heaton, pour qui elle était plus une excuse qu'un motif de conversation, continuait à divaguer avec contentement.

"C'est gentil, Wilton, de m'avoir amené ici, en prétendant qu'il voulait que je la connaisse ! Il n'y a pas beaucoup de chance que cela se produise, j'imagine ! Je n'ai pas eu deux mots avec elle depuis que je l'ai appelé ici pour la première fois, il y a trois semaines. Ah Eh bien, cela ne doit pas m'étonner , un vieil homme comme moi, même si je voudrais que vous sachiez, Miss Austen, que je suis encore assez jeune pour admirer les charmes d'une belle femme ! Mais c'est amusant, tout de même, de voir comment un garçon sérieux comme Wilton oublie soudain tous ses préjugés contre le mariage et se comporte comme tout le monde . Si cela avait été moi, maintenant... mais alors, je suis un homme marié, et j'ai eu deux des épouses les plus douces que Dieu ait jamais données à un homme égaré... Ah, je vous demande pardon ?"

"Je… je ne comprends pas très bien", dit Katharine.

"Personne ne le fait, ma chère jeune dame; personne ne le fait. Il est impossible de comprendre un type intelligent et calme comme Wilton. Pour commencer, il ne le veut pas. Mais je suis sincèrement heureux qu'il ait fait un tel choix heureux ; c'est un de mes vieux amis, et le bonheur de mes amis est toujours mon bonheur. Il a de la chance, malgré tout ; la beauté, l'argent et l'influence, tous réunis en une personne charmante, ne doivent pas être méprisés, n'est-ce pas ? " Elle est si douce aussi ; et la douceur chez une femme vaut toutes les vertus réunies, n'êtes-vous pas d'accord avec moi ? Maintenant, dites-moi, l' opinion d'une femme vaut toujours la peine d'avoir, la trouvez-vous si jolie. ?"

"Je ne sais pas de qui tu parles", dit Katharine. Elle aurait souhaité qu'il confie ses bavardages inutiles à quelqu'un d'autre. Mais Heaton était habitué à l'inattention de ses auditeurs, et il n'était pas déconcerté par la sienne.

"Eh bien, la belle Miss Keeley, bien sûr," répondit-il. "Pour autant," ajouta-t-il précipitamment, "je la trouve un peu surfaite, n'est-ce pas ?" C'était censé être très rusé, car il se targuait d'être un homme à femmes accompli. Mais la réponse de Katharine le déconcerta.

"Tu veux dire Marion ? Je la trouve belle", dit-elle chaleureusement. "Je ne suis pas surpris que tout le monde l'admire."

"Juste comme ça, juste comme ça ; tout à fait mon point de vue sur l'affaire !" s'exclama immédiatement Heaton. " Je la qualifie d'unique, n'est-ce pas ? " Sur ma parole, je ne me suis jamais senti aussi heureux de quoi que ce soit dans ma vie ! Quel avenir pour Wilton, avec l' honorable Mme Keeley pour belle-mère et sa belle fille pour épouse ; eh bien, nous le verrons bientôt au

Parlement ! Le procureur général du futur, cela ne fait aucun doute. Ah, je vois que vous souriez de mon enthousiasme, Miss Austen. C'est parce que vous le faites. Je ne me connais pas assez bien pour réaliser à quel point mes amis sont pour moi. Tout le vrai bonheur de ma vie vient de mes amis, c'est vrai. Mais je vous ennuie avec cette conversation ennuyeuse sur moi-même. Venez avec moi, et je Je vais voir où se trouvent les glaces. Les jeunes aiment toujours les glaces, hein ?

Et elle cédait à sa bonté, même si elle s'indignait contre lui d'avoir répandu un bavard aussi absurde. Et qu'avait fait Paul pour permettre à une telle idée de prendre racine dans sa vieille tête insensée ? Il n'avait rien su de la rumeur de mercredi, car elle avait alors assisté à un concert avec lui, et il n'avait jamais fait allusion à sa cousine. Bien sûr, c'était ridicule d'y réfléchir à nouveau, et elle se leva pour bavarder gaiement avec son compagnon alors qu'ils descendaient lentement les escaliers.

Mais alors qu'elle se tenait dans la salle à manger bondée, coincée entre la table et Heaton qui était pour le moment occupé à chercher une coupe de champagne, elle redevint l'auditrice involontaire de ce même potin absurde. Cela paraissait peut-être moins flagrant, de la bouche des deux magnifiques douairières qui en discutaient légèrement, mais ce n'était guère moins vulgaire dans son essence ; et Katharine cessa d'être gaie et s'éloigna instinctivement d'eux.

"Qui est-il ? Il me semble connaître son nom, mais je ne me souviens de l'avoir rencontré nulle part. Sa mère ne la jetterait sûrement pas à personne ? Elle attend de si grandes choses de Marion, on est toujours amené à le croire ; bien qu'elle soit c'est juste le genre de fille qui finit par être décevante, tu ne crois pas ?

"Ma chère, c'est un *fait accompli* , et ce n'est personne du tout. Il ne viendrait pas ici s'il l'était ; du moins, pas sérieusement. Son nom est Wilton, quelque chose de Wilton, Peter ou Paul ou l'un des apôtres, j'oublie lesquels. Il appartient à une très bonne famille du Yorkshire, m'a-t-on dit. Son père était évêque, ou peut-être était-il chanoine ; en tout cas, ce n'était pas une personne ordinaire. M. Wilton, celui-ci , est l'un de nos hommes prometteurs, je crois,— un avocat, ou un avocat, ou quelque chose de ce genre. Il a défendu le plaignant dans l'affaire Christopher, vous ne vous en souvenez pas ? Et avec Mme Keeley pour le soutenir, il sera bientôt au premier rang, cela ne fait aucun doute. On glace toujours trop le café ici, n'est-ce pas ? Avez-vous vu Marion aujourd'hui ?

"Oui. Elle est là-bas dans la même soie verte. Des cheveux magnifiques, n'est-ce pas ? Un peu trop rouge à mon goût, mais tout le monde peut le voir, c'est magnifique . Il est là-bas aussi, mais on ne le voit pas de Il est beaucoup plus âgé que Marion et il a l'air délicat. Je ne voudrais pas qu'un de mes enfants l'épouse, mais c'est une autre affaire. Et, bien sûr, tous *mes* les filles étaient si exigeantes en matière de look. Comme il fait insupportablement chaud ! On monte à l'étage ?"

Laurence Heaton a bu une deuxième coupe de champagne et quand il l'a bu, il a constaté que Katharine était partie. Cependant , il la chassa de son esprit sans aucune difficulté et se fraya un chemin jusqu'à l'étage pour trouver quelqu'un qui serait plus à son goût. Il n'a certainement pas lié sa disparition à ses ragots, ni à son vieil ami Paul Wilton.

Et Katharine n'aurait pas pu lui expliquer elle-même pourquoi elle s'était éloignée si brusquement. Bien sûr, la rumeur n'était pas vraie ; elle n'en croyait pas un mot ; et c'était déloyal envers Paul même d'en être ennuyé. Mais c'était tout de même inquiétant d'entendre son nom associé avec tant de persistance à celui de son cousin ; et elle se demandait si sa tante connaissait ses opinions contre le mariage, dont elle avait si souvent été une humble auditrice. Et il était également certain qu'il était l'un des hommes les plus prometteurs de l'époque ; elle ne voulait pas que de nombreux commères du monde lui disent cela, qui n'avaient jamais entendu parler de lui jusqu'à ce qu'il accorde ses attentions à l'un d'eux , juste les attentions ordinaires d'un homme courtois envers une belle femme. Ne lui avait-il pas répété à plusieurs reprises qu'elle en savait plus sur sa vraie vie et sur lui-même, plus sur son ambition et son travail que quiconque au monde ? Il l'avait choisie parmi tous ses amis pour confidente ; et pourtant, elle pourrait même ne pas reconnaître son amitié pour lui. Il ne faisait que plaisanter avec Marion, la taquinait sur le nombre de ses admirateurs, lui parlait de la couleur de ses cheveux et de la délicatesse de son aspect ; il le lui avait dit aussi. Marion ne savait rien de ses aspirations ; elle ne les comprendrait pas, si elle le faisait. Et pourtant, il était courant qu'il admirât Marion, alors *qu'elle* devait lui cacher son intimité. Quelque chose du vieux sentiment de rébellion contre lui, mort depuis le soir où ils avaient soupé ensemble dans ses appartements, était dans son esprit tandis qu'elle quittait la maison où il était assis avec Marion et se dirigeait sans but vers le parc. Le soleil avait complètement disparu dans une brume rouge terne ; et la chaleur intense et l'atmosphère sinistre n'avaient pas tendance à lui remonter le moral. Un sentiment sans nom de problèmes imminents l'envahit, et elle se sentait impuissante à s'en débarrasser. Elle errait au milieu de la foule qui écoutait les agitateurs ouvriers , devant des groupes d'enfants jouant sur l'herbe, devant d'innombrables couples d'amoureux dans leurs vêtements du dimanche, jusqu'à ce que le bruit des pas commence à lui irriter les nerfs ; et elle se retourna et s'enfuit du parc, comme elle s'était enfuie de Curzon Street. Quelque chose enfin l'entraîna vers le Temple, et une heure plus tard elle frappait furtivement à la porte de l'appartement de Paul. Elle n'y était jamais allée un dimanche, et l'aspect désert des cours et la robe de soie de la gouvernante qu'elle rencontrait dans l'escalier la déprimaient encore davantage. Entrerait-elle et attendrait-elle, suggéra la gouvernante, puisque M. Wilton était absent et n'avait pas dit quand il reviendrait ? Mais Katharine secoua la tête avec lassitude et tourna la tête vers sa maison. Même la solitude de Queen's Crescent ne pouvait être pire que l'hostilité des rues désertes de Londres. Elle fit tout son possible pour descendre Curzon Street, sans savoir pourquoi elle le faisait, et prit la peine de traverser du côté opposé à la maison de sa tante, également sans but précis en tête. Il n'était pas beaucoup plus de huit heures, mais l'orage grouillait toujours, et il restait juste assez de lumière du jour pour montrer la silhouette d'une jeune fille sur le balcon. C'était Marion, sans aucun doute Marion, qui se penchait en avant et regardait la rue comme si elle s'attendait à voir quelqu'un sortir de la maison. La porte d'entrée s'ouvrit et un homme descendit les marches ; il leva les yeux, souleva son chapeau et s'attarda ; et Marion jeta un rapide coup d'œil autour d'elle, lui baisa les doigts et disparut à l'intérieur. L'homme s'éloigna d'un pas tranquille dans la rue et Katharine recula dans l'ombre du portique. Mais sa prudence était tout à fait inutile, car aucun d'eux ne l'avait remarquée.

Pour la deuxième fois ce soir-là, Katharine frappa doucement à la porte des appartements de Paul au Temple. Cette fois, c'est lui qui s'est ouvert à elle.

"Bonté divine!" » il fut surpris de s'exclamer. "Au nom de l'émerveillement, qu'est-ce qui vous a amené ici à cette heure de la nuit ? J'espère que vous n'avez rencontré personne dans les escaliers, n'est-ce pas ?"

Il lui fit signe d'entrer tout en parlant et ferma la porte. Katharine passa devant lui, à moitié hébétée. Il n'y avait que deux sentiments exprimés sur son visage, l'un étant la surprise et l'autre l'agacement.

« Qu'est-ce qu'il y a, Katharine ? Quelque chose ne va pas ? » demanda-t-il de sa voix basse et magistrale. Katharine est devenue froide ; elle n'avait jamais réalisé auparavant à quel point son ton était impitoyablement magistral.

"Je n'ai pas pu m'empêcher de venir, j'étais si malheureux ! Ils disaient tous des choses sur toi, des choses qui n'étaient pas vraies. Et je voulais t'entendre dire que ce n'était pas vrai. Je ne pouvais pas me reposer, alors je suis venu . Es-tu en colère contre moi parce que je suis venu, Paul ? »

Elle balbutia les mots, sans le regarder. Paul haussa les épaules, mais elle ne vit pas le mouvement.

"Cela ne valait pas la peine , n'est-ce pas, de risquer votre réputation simplement pour confirmer ce que vous aviez déjà réglé dans votre esprit ?"

Elle ouvrit les yeux et le regarda désespérément. Paul s'éloigna pour chercher du papier à cigarette dans la poche d'un manteau.

"Était-ce?" répéta-t-il en lui tournant le dos. Katharine eut du mal à lui répondre.

"Tu ne m'as jamais parlé comme ça auparavant", balbutia-t-elle enfin.

"Vous ne m'avez jamais donné de raison, n'est-ce pas ?" dit Paul un peu maladroitement.

"Mais qu'ai-je fait ?" demanda-t-elle en faisant un pas vers lui. "Je ne savais pas que ça te dérangerait. Je viens toujours vers toi quand je suis malheureux; tu m'as dit que je pourrais le faire. Et j'étais malheureux ce soir; alors je suis venu. Pourquoi serait-ce différent ce soir ? Je ne comprends pas " Qu'est-ce que tu veux dire. Pourquoi es-tu en colère contre moi ? Tu n'as jamais été en colère auparavant. Qu'ai-je fait ? "

"Mon cher enfant, il n'y a aucune raison d'héroïsme", dit Paul en parlant très doucement. "Je ne suis pas du tout en colère contre vous. Mais vous devez admettre qu'il est pour le moins inhabituel de rendre visite à un homme, sans y être invité, à cette heure surnaturelle. Et ne feriez-vous pas mieux de vous asseoir, maintenant vous êtes venu ?"

Katharine ne bougeait pas.

"Qu'importe si c'est inhabituel ?" elle a demandé. "Tu sais que je suis venu ici parfois, aussi tard que cela, auparavant. Il n'y a aucun mal à cela, n'est-ce pas ? Paul ! dis-moi ce que j'ai fait pour t'ennuyer ?"

Paul renonça à fouiller dans la poche de son manteau, vint s'asseoir sur le bord de la table et fit une cigarette.

"Il me semble me souvenir d'avoir déjà eu la même dispute avec vous", observa-t-il. " Ne trouvez-vous pas qu'il est un peu vain de recommencer tout cela ? Vous savez bien que c'est tout à fait pour vous que je souhaite faire attention. Ne valait-il pas mieux changer de sujet ? Si vous voulez arrêter , vous pourriez être plus à l'aise sur une chaise.

Katharine serra les mains dans l'effort de retenir ses larmes.

« Je ne vais pas rester », s'écria-t-elle misérablement. "Je ne comprends pas pourquoi vous êtes si cruel avec moi; je pense que cela doit vous amuser de me faire du mal. Pourquoi me demandez-vous de venir vous voir parfois, aussi tard que cela, et ensuite vous opposez-vous à ce que je vienne à- nuit ? Je ne vois pas ce que tu veux dire.

Paul alluma sa cigarette avant de lui répondre.

"Tu as un sacré talent, Katharine, pour poser des questions inconfortables. Si tu ne vois pas la différence entre venir quand on te le demande et venir sans y être invité, j'ai bien peur de ne pas pouvoir t'aider. Voudrais-tu un café ou quoi que ce soit ?"

Tout d'un coup, son cerveau commença à s'éclaircir. Depuis deux heures, elle errait sans but dans les rues, dans un étrange ahurissement, ne sachant ni pourquoi elle était là ni où elle allait. Puis elle s'était retrouvée dans Fleet Street ; et l'habitude, plutôt que l'intention, l'avait amenée au Temple. Et maintenant, son indifférence exaspérante avait touché sa fierté, et ses facultés endormies commençaient lentement à se réveiller sous le choc. Elle mit ses doigts sur ses yeux et essaya de réfléchir. Le sang lui montait au visage et elle vibrait partout d'un instinct passionné de résistance. Il ne savait pas quoi penser d'elle, lorsqu'elle se plaça soudain devant lui et lui fit face sans broncher.

"Il ne faut pas s'attendre à ce que je voie la différence", dit-elle fièrement. "Je ne comprendrai jamais pourquoi je dois garder secret ce qui n'est pas mal, ni pourquoi vous me permettez de le faire si c'est mal. Je pense que vous avez tout le temps joué avec mon amitié ; je peux voir maintenant que tu ne l'as pas apprécié, parce que je te l'ai donné si librement. Mais je ne le savais pas ; je n'étais pas assez intelligent ; et je n'ai jamais aimé personne d'autre que toi. Je ne savais pas que je devais le cacher. , et prétendre que je ne t'aimais pas. Peut-être que si j'avais fait cela, tu aurais continué à m'aimer.

Il allait l'interrompre, mais elle ne lui en laissa pas le temps.

"Voudriez-vous demander à Marion Keeley de venir vous voir, comme vous me l'avez demandé ?"

Le visage de Paul s'assombrit et elle trembla soudain devant sa propre audace.

"Je ne vois pas en quoi une telle question peut intéresser l'un ou l'autre de nous", dit-il froidement.

"Mais tu lui demanderais ?" répéta-t-elle.

« Je suis parfaitement assuré, » répondit-il doucement, « que si je m'oubliais jusqu'à le faire, Miss Keeley ne viendrait certainement pas.

"Alors tu veux dire que j'ai toujours eu terriblement tort *de* venir ?"

"Vraiment, Katharine, vous êtes très querelleuse ce soir", dit Paul avec un rire forcé. "Je vous ai fait remarquer à plusieurs reprises qu'un homme choisit certains de ses amis pour le plaisir et d'autres pour les affaires. Je ne vois vraiment pas pourquoi je devrais être soumis à ce minutieux catéchisme de votre part."

"Alors tu as choisi Marion... pour les affaires ? C'est donc vrai ce qu'ils ont dit ! J'aurais aimé... oh, j'aurais aimé que tu ne m'aies jamais choisi... pour le plaisir !"

La colère était éteinte dans sa voix ; il pouvait à peine entendre ce qu'elle disait ; mais il fit une dernière tentative pour traiter la question à la légère.

"Je pense vraiment, mon enfant, que toute comparaison entre toi et ton cousin est inutile", commença-t-il d'un ton conciliant.

— Je le pensais aussi jusqu'à aujourd'hui, répondit-elle pitoyablement.

"Mais que s'est-il passé aujourd'hui pour vous mettre dans cet état d'esprit inconfortable ?"

"C'est ce que tout le monde dit de vous et de Marion, de tous ces gens horribles, de M. Heaton et de tout le monde. Je veux savoir si c'est vrai. Tout va mal, partout. J'aimerais être mort ! Je Je suis venu te demander si c'est vrai ; je pensais que je pourrais le faire ; je pensais que je te connaissais assez bien. Je ne savais pas que cela te dérangerait. Si tu veux, je m'en irai maintenant, et je ne viendrai jamais te voir . ou te déranger, ou te faire savoir que je tiens tellement à toi. Seulement, dis-moi d'abord, Paul, si c'est vrai ou non ?

Sa voix s'était élevée à mesure qu'elle avançait, et elle se terminait pleine de supplications passionnées. L' air sévère de son visage s'accentua, mais il ne parla pas.

"J'aurais aimé connaître le sens de tout cela", continua-t-elle, implacable comme cela lui semblait. "J'aurais aimé qu'il soit plus facile d'aimer les bonnes personnes et de détester toutes les autres. Pourquoi ai-je été mal formé ? Si je n'avais jamais voulu t'aimer, cela aurait été si simple. Cela n'aurait pas eu d'importance, alors , que tu ne tenais pas vraiment à moi. Mais j'aurais aimé mieux te comprendre. Pourquoi m'as-tu dit que tu me voulais pour ton ami, toujours ; et que tu ne croyais pas au mariage, et ce genre de choses ? Je t'ai cru alors, Paul ; et j'étais content d'être ton ami ; tu sais que je l'étais, n'est-ce pas ? Et maintenant tu as rencontré Marion, et elle est belle, et elle peut t'aider à avancer, à devenir l'un des premiers " Les hommes de la campagne , disaient-ils. Et vous avez complètement oublié vos opinions contre le mariage ; et vous permettez aux gens de parler comme si vous faisiez une sorte de marché. Oh, c'est horrible ! Mais ce n'est pas vrai, Paul, c'est ça ?"

"Qui t'a dit toutes ces choses ?" Il a demandé.

" Alors c'est vrai ? Vous allez l'épouser, à cause de la position, et tout ça ? J'aimerais que ce ne soit pas si difficile à comprendre. Est-ce un crime, je me le demande, d'aimer quelqu'un aussi désespérément que je le souhaite ? " toi ? Mais je n'y peux rien, n'est-ce pas ? Oh, Paul, dis-moi quoi faire ?

Il grimaça alors qu'elle se tournait si naturellement vers lui pour se protéger, même si c'était contre lui-même qu'elle le demandait.

"Ne parle pas comme ça, mon enfant", dit-il durement. Et la main qu'elle lui avait tendue d'un air suppliant tomba mollement à son côté.

"Je ne peux pas m'attendre à ce que vous pensiez quoi que ce soit de moi, après ce que je viens de vous dire", poursuivit-elle de la même voix désespérée. " Les filles ne sont jamais censées dire ces choses, n'est-ce pas ? Cela ne me semble pas avoir beaucoup d'importance, maintenant que tout doit s'arrêter, pour toujours. J'aurais seulement aimé… j'aurais aimé que cela s'arrête avant. Je… je j'y vais maintenant, Paul.

Même si elle se détournait de lui, elle s'attendait encore à moitié à ce qu'il vienne la réconforter. Pendant quelques secondes, elle resta immobile, possédée par un terrible désir d'être réconfortée par lui. Mais il restait immobile et silencieux sur la table ; même son pied avait cessé de osciller. Elle se dirigea en titubant vers la porte.

"Arrêtez", dit Paul. "Vous ne pouvez pas sortir dans cette tempête."

Un coup de tonnerre éclata dans la maison pendant qu'il parlait. Jusque-là, elle n'avait pas remarqué la pluie.

"Je dois y aller", dit-elle d'un ton sourd, et elle tâtonna pour trouver la fermeture de la porte. Paul vint, la prit par le bras et la ramena doucement.

"Je veux d'abord expliquer", a-t-il déclaré.

"Il n'y a rien à expliquer", a déclaré Katharine. "Je comprends."

"Pas tout à fait, je pense", a déclaré Paul. Ils se tenaient ensemble près de la table et il caressait nerveusement la main qu'il tenait entre les siennes. "Vous n'avez parlé que de votre propre point de vue ; vous avez complètement oublié le mien. Vous ne semblez pas penser que moi aussi j'ai pu avoir quelque chose à souffrir."

"Vous ? Mais vous ne vous en souciez pas, comme moi."

Il n'a pas tenu compte de l'interruption.

"C'est le système qui est en cause", a-t-il déclaré. "Un homme doit survivre au sacrifice de son bonheur ; ou il doit être heureux au sacrifice de sa position. Il est difficile pour une femme de s'en rendre compte . Elle n'a jamais à choisir entre l'amour et l'ambition."

"Et vous avez choisi… l'ambition", dit Katharine avec amertume.

"Mon enfant, quand tu seras plus âgé, tu comprendras que les qualités mêmes que tu affectes de mépriser chez l'homme maintenant, sont les qualités qui te le rendent cher en réalité. Tu es une bien trop belle femme, Katharine, pour aimer un homme qui a aucune ambition. N'est-ce pas ?

Elle frémit et baissa les yeux.

"Je ne sais pas", dit-elle. "Ça semble si difficile."

"C'est terriblement dur pour nous deux", continua Paul en baissant également les yeux. "Mais crois-moi, s'il en était autrement, il n'y aurait que du malheur devant nous. Je pense à toi, mon enfant, autant qu'à moi. Le mariage d'amour seul est une horrible erreur. Là, je t'ai dit plus que Je l'ai déjà dit à n'importe quelle femme : je pensais que tu comprendrais, Katharine."

Il prit son silence pour de l'indifférence et l'entoura de ses bras. Mais elle s'accrocha à lui, leva son visage vers le sien et se lança dans un appel désespéré.

" Paul, ne dis pas ces choses horribles et amères ! Elles ne sont pas vraies ; je ne croirai jamais qu'elles sont vraies. Pourquoi dois-tu te marier pour quelque chose d'aussi sordide que l'ambition ? Pourquoi dois-tu te marier du tout ? Ne pouvons-nous pas continuer ? " être amis ? Je veux continuer à être ton ami. Paul, ne me renvoie pas pour toujours . Je ne peux pas y aller, Paul, je ne peux pas ! Je travaillerai pour toi, je serai ton esclave, je le ferai. fais n'importe quoi, mais ne laisse pas tout s'arrêter ainsi. Je ne peux pas le supporter, je ne peux pas ! Ne vas-tu pas continuer à être gentil avec moi, Paul ?

Il rejeta la tête en arrière et serra les lèvres. Il était devenu tout blanc ces derniers instants. Elle sanglotait, le visage caché sur son épaule, et se demandait pourquoi il ne lui parlait pas.

"Pourquoi n'as-tu jamais ressemblé à ça avant ?" » demanda-t-il dans un murmure rauque. Elle releva la tête et le regarda avec de grands yeux effrayés.

"Comme quoi, Paul ? Que veux-tu dire ?"

Il la repoussa loin de lui presque brutalement.

« Vous devez partir immédiatement, dit-il.

Elle posa sa main sur son bras et le regarda en face.

"Pourquoi es-tu si en colère ?" » demanda-t-elle avec étonnement. "Est-ce parce que je t'ai dit toutes ces choses ?"

"Mon Dieu, non ! Tu dois y aller", répéta-t-il avec véhémence, et il la poussa vers la porte. Elle trébuchait en marchant, et il croyait l'entendre sangloter. Il sauta instantanément à ses côtés et la prit de nouveau dans ses bras.

"Pourquoi n'es-tu pas allé vite ?" haleta-t-il en l'écrasant contre lui.

Son brusque changement de comportement la terrifiait. Aucune de la tendresse ou de l'indifférence, ni aucune des expressions qu'elle avait l'habitude de voir sur son visage n'étaient là maintenant, et sa violence la repoussait. Elle lutta pour se libérer de son emprise.

« Laisse-moi partir, Paul ! » a-t-elle plaidé. "Je ne veux plus m'arrêter. A quoi ça sert ? Tu sais que je dois y aller ; ne rends pas les choses si difficiles. Paul, je... je veux y aller . "

Il la regarda attentivement dans les yeux, comme s'il avait lu dans ses pensées les plus intimes ; mais il ne vit pas l'entente qu'il avait presque espéré y trouver, et il rit brièvement et lâcha son emprise sur elle.

"Là, vas-y !" dit-il d'un ton incertain. "Pourquoi espérais-je que tu le saches ? Ton jour n'est pas encore venu. En attendant... Ah ! qu'est-ce que je dis ?"

"Je t'ai encore ennuyé", dit tristement Katharine . "Qu'aurais-je dû savoir ?"

"Oh, rien", dit Paul en ouvrant la porte. "Vous n'y pouvez rien. De temps en temps , la nature fait de la femme une idiote, et seul l'homme idéal peut la régénérer. Malheureusement, les circonstances m'empêchent d'être l'homme idéal. Êtes-vous prêt à venir, maintenant ?"

Il parlait rapidement, sachant à peine ce qu'il disait. Mais Katharine passa devant lui sans parler, avec un air figé. Il parlait machinalement de l'orage et de tout ce qui lui venait à l'esprit pendant qu'ils descendaient , mais elle ne prononçait pas un mot et il ne parut pas remarquer son silence. Elle lui tendit la main alors qu'ils se tenaient sur le seuil de la porte.

"Tu me laisseras te conduire à un taxi ?" il a dit. "Oh, très bien, comme tu voudras; mais au moins, prends un parapluie avec toi."

Elle secoua la tête en silence et s'enfonça dans la pluie et la tempête. C'était justement une nuit comme celle-ci, il y a plus de deux ans, qu'elle était sortie pour la première fois à sa rencontre. Paul l'appela pour qu'elle revienne se mettre à l'abri ; et quelqu'un , qui marchait rapidement, se retourna au son de sa voix. La lampe tamisée, au-dessus, jetait un instant sa lumière incertaine sur les visages des trois hommes, que les circonstances avaient ainsi étrangement rapprochés dans la fureur de cet orage de juin. Ce n'était que pour un instant. Paul recula de nouveau dans l'embrasure de la porte et Katharine trébucha aveuglément contre l'homme dehors.

"Ted!" s'écria-t-elle avec un sanglot de soulagement. "Ramène-moi à la maison, Ted, veux-tu ? Quelque chose de terrible m'est arrivé ; je ne peux pas te le dire maintenant. Oh, je suis tellement contente que ce soit toi !"

Elle s'accrochait convulsivement à son bras. Une horloge du quartier sonnait l'heure, et elle sonna douze fois avant que Ted ne parle.

"Minou!" il a dit.

Elle attendit, mais aucun autre mot ne vint. L'épuisement l'empêcha de résister, alors qu'il la conduisit jusqu'à un fiacre , paya le chauffeur et la quitta. Puis elle se souvint vaguement qu'il ne lui avait pas parlé, à l'exception de cette exclamation surprise.

Il semblait à Katharine que rien ne pouvait manquer pour achever sa misère.

CHAPITRE XV

Mais, humiliée comme elle l'était, le sentiment prédominant dans son esprit était l'étonnement. Serait-ce vrai qu'elle était une conne ? Était-ce là la définition définitive de la fierté et de la force dont elle s'était glorifiée jusqu'à présent ? Était-ce tout ce que les gens voulaient dire lorsqu'ils lui disaient qu'elle n'était pas comme les autres filles ? C'était une révélation odieuse, et pour le moment son estime d'elle-même en était stupéfaite. Elle s'était vantée de son succès ; et pour réussir, il fallait simplement être arrogant. Elle avait été fière de sa vertu ; et la vertu, encore une fois, n'était qu'un équivalent de l'orgueil. Elle se demandait vaguement s'il restait une seule aspiration qui ne conduisait pas aux chemins de la précarité. Un con ! Il l'avait traitée de connard ! Elle avait trouvé si beau de se contenter de son amitié, et c'était la fin de tout cela. Toute la misère de son retour solitaire chez elle était concentrée dans ses dernières paroles cruelles ; toute l'amertume de ce long et misérable dimanche était concentrée dans cette insulte secrète. Elle aurait pu supporter son indifférence, ou même son mécontentement ; mais elle aurait pu le tuer pour son mépris.

Et Ted ? Elle n'a pas pensé à Ted. Même la raison de son comportement curieux ne lui avait pas encore complètement compris. Cela n'avait semblé que conforme au reste de ses malheurs, tout comme la pluie, qu'elle laissait tomber sur elle, avec une sorte de satisfaction téméraire. Dans la plénitude de ses problèmes personnels plus absorbants, Ted devrait attendre. D'après son expérience, Ted pouvait toujours attendre. Ce n'est que lorsqu'elle se retrouva de nouveau dans le hall familier du numéro dix, Queen's Crescent, que le souvenir du regard étonné de Ted lui revint à l'esprit ; puis elle l'enleva précipitamment d'elle, comme s'il s'agissait d'une chose à laquelle il faudrait faire face immédiatement.

Alors qu'elle entrait dans sa chambre, trop lasse pour réfléchir davantage et aspirant à l'oubli temporaire d'une nuit de sommeil, la première chose qui frappa son regard fut l'état défait de son lit. L'aspect désolé du petit compartiment était le point culminant de sa journée de malheur ; et les larmes, qu'elle avait contenues jusqu'à présent, lui montèrent aux yeux. Il semblait un peu dur que, ce jour-là parmi tous les autres, Phyllis ait négligé de faire son lit. Elle le poussa avec impatience et il racla bruyamment sur les planches nues.

"Arrêtez cette dispute !" » dit la voix aiguë de Polly depuis l'autre bout de la pièce. "Vous pourriez vous taire, maintenant vous *êtes* entré."

« Est-ce que Phyllis dort ? » demanda brièvement Katharine.

"Tu ne peux pas te taire ?" grogna Polly. "N'as-tu pas entendu dire qu'elle allait plus mal ? Mais je ne vois pas comment tu devrais venir, à cette heure de la nuit !"

"Pire?" Avec un effort, les pensées de Katharine remontèrent aux événements captivants de la journée, jusqu'au petit matin ; et elle se souvint que Phyllis était restée au lit avec un mal de tête. "Qu'est-ce qu'elle a ?" » demanda-t-elle faiblement. Tout semblait aujourd'hui conspirer contre son bonheur.

"Grippe. Vous vous en souciez beaucoup ! Rien que les funérailles de ma cousine ne m'auraient fait sortir aujourd'hui, je sais. Je devais me présenter pour ça. Bien sûr, je pensais que vous prendriez soin d'elle ; je vous l'ai demandé."

Katharine avait écarté le rideau et regardait le visage rouge et inconscient de son amie. Elle se souvenait vaguement avoir dit qu'elle arrêterait avec elle ; puis une lettre était arrivée de Paul, lui demandant de le rencontrer dans le parc, et elle n'avait plus pensé à Phyllis. Elle n'avait même pas réussi à le rencontrer ; et encore une fois ses yeux se remplirent de larmes à cause de ses propres malheurs.

"Je n'ai pas pu m'en empêcher", dit-elle misérablement. "Comment pouvais-je savoir qu'elle allait si mal ? As-tu pris sa température ?"

"Cent trois, la dernière fois que je l'ai pris. Ça ne sert à rien de rester là et de faire une grimace. Elle ne te connaît pas, il est donc un peu tard dans la journée pour être découpée. Tu ferais mieux d'aller te coucher, je devrais dire : tu as l'air d'avoir été dehors toute la journée, et la moitié de la nuit aussi !"

Elle termina par un reniflement méprisant. Katharine essuya les larmes de ses yeux. La lassitude l'avait momentanément quittée.

"Laisse-moi m'asseoir avec elle", dit-elle.

"Toi ? Que pouvais-tu faire ? Eh bien, tu t'endormirais, ou penserais à autre chose au milieu, et elle pourrait mourir pour tout ce que tu voulais," répondit Polly avec mépris. "Pouvez-vous faire un cataplasme ?"

Katharine secoua la tête bêtement et s'éloigna. Son abaissement semblait complet. Elle s'allongea sur son lit en désordre, enfila les vêtements sur elle et se laissa aller à son chagrin. Il ne semblait plus y avoir de lueur d'espoir dans son existence, maintenant que Phyllis n'était plus capable de la réconforter. Elle espérait, avec une ferveur désespérée , qu'elle attraperait elle aussi la grippe et qu'elle en mourrait, afin que le remords consume le cœur de tous ceux qui l'avaient si cruellement mal comprise.

Une main lui serra l'épaule, pas méchamment.

" Écoutez ! il faut arrêter cette querelle, sinon vous allez la déranger. A quoi ça sert ? D'ailleurs, elle n'est pas si mauvaise que ça non plus ; vous n'avez pas dû voir beaucoup de maladie, je pense. "

"Ce n'est pas ça," haleta sincèrement Katharine. " Du moins, pas entièrement. J'étais terriblement malheureux à propos d'autre chose et je voulais mourir ; et puis, quand j'ai découvert que Phyllis était malade, tout m'a semblé si désespéré. Je ne voulais déranger personne ; c'était terriblement C'est stupide de ma part, je n'ai pas pleuré depuis des années.

Polly poussa une sorte de grognement et s'assit sur le lit. Il était plus ou moins intéressant d'avoir réduit la brillante Miss Austen à cet état de soumission.

« Vous avez eu des ennuis ? » a-t-elle demandé, et s'est abstenue d'ajouter qu'elle s'y attendait depuis le début.

Katharine se remit à pleurer. Il y avait si peu de sympathie et tant de curiosité dans cette question brève. Mais elle en était arrivée au point où se confier à quelqu'un était une nécessité absolue ; et il n'y avait personne d'autre.

"Je n'ai rien fait de mal", sanglotait-elle. "Pourquoi devrait-on souffrir autant, juste parce qu'on ne *sait pas* ! Nous n'étions que amis, et c'était si agréable, et j'étais si heureuse ! Cela aurait pu durer une éternité , seulement il y avait une autre fille."

"Bien sûr", dit Polly. "Il y en a toujours. Comment l'a-t-elle mis la main?"

Katharine se replia sur elle-même.

"Tu ne comprends pas", se plaignit-elle. "Il n'est pas du tout comme ça. Il est intelligent, raffiné et très réservé. Il ne flirte pas du tout, ni rien de ce genre."

"Oh, je vois", dit Polly avec son reniflement expressif. « Je suppose que l'autre fille se considérait comme une idiote, hein ?

"C'est la plus belle fille que j'ai jamais vue", dit simplement Katharine. "Mais je n'ai jamais su qu'il s'en souciait. Il avait des opinions contre le mariage, disait-il toujours ; et il ne parlait pas toujours des femmes, comme certains hommes. Je ne pensais pas qu'il finirait par se marier, comme tout le monde . "

" Plus innocent, alors ! J'ai toujours dit que tu aurais dû rester à la maison ; les filles comme toi sont généralement les pires victimes. Vous ne pensiez sûrement pas qu'il continuerait éternellement et se contenterait simplement de votre amitié, n'est-ce pas ? " toi?"

"Oui, je l'ai fait", dit Katharine avec lassitude. "Pourquoi pas ? J'étais content du sien."

Polly laissa échapper un rire étouffé.

"Ma chérie, tu n'es pas un homme", dit-elle d'un ton supérieur. Le fait que le sujet sur lequel elle avait une plus grande autorité que son intelligent compagnon ajoutait considérablement au piquant de la conversation.

"Mais il tenait vraiment à moi, j'en suis certaine", continua Katharine d'un ton plaintif; et ses yeux se remplirent à nouveau de larmes.

"Alors pourquoi épouse-t-il l'autre fille à ta place ? Si elle est si belle, tu es sûrement très beau aussi, hein ? De toute façon, ça ne passera pas, n'est-ce pas ?"

Katharine resta silencieuse. Elle sentait qu'elle ne pouvait pas révéler à ce moment-là toute l'étendue de son infamie ; il y avait quelque chose de particulièrement sordide à avoir été mis en balance avec les avantages d'un mariage mondain et à avoir été jugé insuffisant ; et elle ressentit une soudaine réticence à exposer toute la vérité aux critiques acerbes de Polly Newland.

"Je n'ai rien fait de mal", répéta-t-elle. "Je ne comprends pas pourquoi les choses sont si injustement arrangées. Pourquoi devrais-je en souffrir ainsi ?"

"Je n'en sais rien", rétorqua Polly, intransigeante. "Je suppose que vous avez été stupide, et c'est un jeu pire que d'être méchant. Se promener en ville avec un homme la nuit tombée, quand vous n'êtes pas fiancé avec lui, n'est pas considéré comme respectable par la plupart, même si c'est toujours la même chose. " Mec. Je ne suis pas aussi exigeant que certains, mais il faut tracer une limite quelque part. "

"Je n'ai pas beaucoup fréquenté lui", dit Katharine, faisant une faible tentative de se justifier. "Il s'en fichait; il était toujours si particulier pour ne pas donner de quoi parler aux gens. Il ne se souciait pas de lui-même, dit-il; c'était seulement pour moi. Alors j'allais plutôt dans ses appartements . Je ne pouvais pas être plus prudent que cela, n'est-ce pas ? Et j'aurais dû y aller de jour, si j'avais eu plus de temps ; mais j'avais tout mon travail à accomplir, alors que pouvais-je faire d' autre ? Il n'y a aucun mal à cela.

Elle ne voyait pas le visage de son compagnon, et était si pleine de ses propres réflexions qu'elle ne remarquait pas son silence. Polly ne renifla même pas.

"Alors il y a Ted," continua Katharine. "Même Ted était étrange ce soir ; et Ted n'a jamais été comme ça avec moi auparavant. Je n'arrive pas à imaginer ce qui a pris tout le monde. Qu'ai-je fait pour mériter tout cela ?"

« Pitié pour moi ! s'écria soudain Polly. « Y en a-t-il un autre ? Qui diable est Ted ?

" Ted ? Eh bien, tu as dû le voir parfois dans le hall ; il vient souvent me sortir. Je l'ai connu toute ma vie ; il n'est qu'un peu plus âgé que moi et je lui suis dévoué. Je voudrais pour rien au monde, je ne me disputerais avec Ted ; ce serait comme me disputer avec moi-même. Et ce soir, je suis tombé sur lui, juste au moment où je sortais de–de la chambre de l'autre ; et j'étais si heureux de le voir, parce que Ted est toujours si gentil avec moi quand j'ai des ennuis, et—et Ted était plutôt drôle, et il ne voulait pas me parler du tout, et il m'a simplement mis dans un fiacre et m'a laissé rentrer seul à la maison . Je n'arrive pas à comprendre pourquoi il s'est comporté si bizarrement. Je sais qu'avant, il ne s'entendait pas bien avec... avec l'autre, et c'est pourquoi je ne lui ai jamais dit que je l'avais revu ici à Londres ; et je suppose qu'il a aperçu lui ce soir dans l'embrasure de la porte, il y avait une lampe juste au-dessus, mais pourtant, il n'aurait pas dû être blessé jusqu'à ce qu'il ait entendu mon explication, n'est-ce pas ? Pourquoi tout le monde s'est-il retourné contre moi à la fois ?

Polly ne resta plus silencieuse. Elle se tourna et regarda la silhouette prostrée sur le lit, avec toute la puissance de ses petits yeux bleus larmoyants.

"Je pense vraiment que tu as battu tout ce que j'ai jamais connu", s'est-elle exclamée.

"Quoi?" dit Katharine, qui avait tourné son visage vers le mur et était occupée à méditer misérablement sur le problème de son existence. "Que veux-tu dire?"

Polly a perdu tout contrôle sur elle-même.

« Veux-tu me dire que tu n'as jamais vu de mal dans tout cela ? cria-t-elle avec insistance. "Voulez-vous vraiment dire que vous avez eu des relations d'une manière ou d'une autre avec deux hommes à la fois, que vous êtes allé dans leurs appartements tard dans la nuit et que vous vous êtes laissé voir en public avec eux, sans savoir que c'était inhabituel ? " Vous voyez le danger ? Vous êtes soit le plus grand imbécile de la création, soit le plus grand imbécile ! Un homme à la fois serait déjà assez mauvais ; mais deux ! Mon œil ! "

"Mais... il n'y a eu aucun mal", plaida Katharine. "Pourquoi personne ne comprend ? Cela me semblait tout à fait naturel. Ils étaient si différents et je les aimais de manière si opposée, tu ne vois pas ? J'ai connu Ted toute ma vie ; c'est un garçon très cher, et ça C'est tout. Mais Paul est intelligent et fort ; c'est un homme, et il sait des choses. Et je n'ai jamais su que c'était mal ; je ne *me sentais* pas méchant, d'une manière ou d'une autre. Je me demande si c'était ce que pensait Paul, quand il a dit que j'étais un con ? Oh, mon Dieu ! oh, mon Dieu ! Je n'ai jamais été aussi misérable de toute ma vie !

« Est-ce qu'il a dit ça à propos de toi ? Eh bien, je ne me demande pas.

Katharine regarda désespérément son profil antipathique, avec son nez retroussé et son petit menton, et ses cheveux tordus en tresses serrées et les extrémités attachées avec du ruban blanc ; et ses yeux parcoururent la robe de chambre de flanelle rouge jusqu'aux larges pantoufles qui émergeaient de dessous.

"Tu m'as aussi traité de connard", dit-elle humblement. "Je t'ai entendu."

"C'est ce que je pensais alors," dit Polly d'un ton bourru.

"Tu le penses maintenant ? Est-ce vrai ? Suis-je un connard ?" Elle attendait la réponse avec impatience. Polly lui lança un autre regard impitoyable.

"Ça me dérange si je sais", a-t-elle déclaré. "Mais si ce n'est pas le cas, vous devriez être à la crèche. Seulement, n'allez pas dire aux gens ce que vous m'avez dit ce soir, sinon vous pourriez vous attirer des ennuis encore plus graves. Vous feriez mieux d'aller à dors maintenant, et remets-le à demain. Ma conscience ! tu ferais asseoir certaines personnes, tu le ferais !

Katharine sentit qu'elle avait enduré autant de mépris qu'elle pouvait supporter ce soir-là ; mais elle fit une dernière tentative pour retrouver un peu de son estime d'elle-même.

"J'aimerais que vous me disiez pourquoi il est mal de faire des choses qui ne sont pas vraiment mauvaises en elles-mêmes, simplement parce que les gens disent qu'elles ont tort ?" » demanda-t-elle, plutôt endormie.

"Parce que les gens peuvent rendre la situation si désagréable pour toi si tu n'es pas d'accord avec eux", dit Polly sans détour. " Et si vous avez envie de changer tout cela, vous devez vous décider à être traité de con. Vous ne pouvez pas passer un bon moment et défier les conventions comme vous l'avez fait, et espérer ensuite vous en tirer. " scot free sans être traité de con; ce n'est pas probable. La plupart des gens se contentent de prendre les choses telles qu'elles sont; c'est un spectacle plus confortable, et c'est assez bien pour eux. Bonne nuit.

"Je ne dormirai pas", lui cria Katharine. Et Polly renifla.

Et la prochaine chose dont Katharine se souvenait était d'avoir été réveillée par elle tôt le matin et de lui avoir dit d'une voix bourrue qu'elle pourrait s'asseoir avec Phyllis si elle le souhaitait, jusqu'à ce que quelqu'un vienne la relever.

"Très bien," répondit-elle, somnolente. « Comme tu as l'air fatigué ; tu n'as pas bien dormi ? »

"Dormir ? Il n'y avait pas beaucoup de chance que cela se produise, quand elle parlait tout le temps en charabia. Elle est plus calme maintenant, et tu peux aller chercher Jenny si tu veux quelque chose. Je dois y aller ; je serai en retard comme il est. Tout comme ma chance d'avoir ma première semaine quand elle est malade!"

Et là, au chevet de Phyllis Hyam , avant que quiconque dans la maison ne soit debout, Katharine s'assit et réfléchit à nouveau aux événements de la veille. Ils semblaient toujours aussi tragiques, séparés d'elle par quelques heures d'oubli ; et elle se demandait misérablement comment elle allait mener sa vie comme d'habitude et vaquer à ses occupations comme si de rien n'était. "C'est pourquoi il est si difficile d'être une femme", murmura-t-elle, pleine de pitié pour ses propres ennuis. Et pourtant, lorsque Miss Jennings vint prendre son poste à l'infirmerie et qu'elle fut libre d'aller à l'école, elle trouva que c'était un soulagement d'être obligée de faire quelque chose, et son travail lui parut plus facile qu'elle ne l'avait fait auparavant. je l'ai jamais trouvé auparavant. Elle n'avait jamais donné une meilleure conférence que celle de ce matin-là ; et quelque chose qui était extérieur à elle semblait lui venir en aide toute la journée et restait avec elle jusqu'à ce que son travail soit terminé. Mais quand elle rentra chez elle le soir, la pleine signification de sa situation malheureuse lui apparut à nouveau en face ; et la nouvelle que Phyllis allait plus mal et n'avait le droit de voir personne était si conforme à ses sentiments, qu'elle se sentit même incapable de faire un commentaire à ce sujet.

« J'ai toujours dit que Miss Austen n'avait pas la moindre étincelle de sentiment en elle », observa la jeune fille qui lui avait donné l'information ; et Katharine l'entendit et commença à se demander machinalement si c'était vrai. Toutes les facultés qu'elle possédait semblaient endormies à ce moment-là ; elle n'avait même plus envie de se révolter contre son sort. Elle s'assit dans l'escalier, à l'extérieur de la chambre où elle n'avait pas le droit d'entrer, et prit un plaisir étrange et délicieux à s'attarder sur l'ensemble de ses rapports avec Paul. Il n'y avait pas une conversation ou une rencontre fortuite avec lui qu'elle ne retrace dans son esprit avec une exactitude scrupuleuse ; la douleur devenait par moments presque insupportable, et pourtant c'était une torture exquise qui lui apportait un certain soulagement. Elle se força même à se remémorer sa dernière rencontre avec lui et fut surprise d'une manière apathique lorsqu'elle découvrit qu'elle ne voulait plus pleurer.

Et en pensant à Paul, elle se mit naturellement à penser aussi à Ted. Et peu à peu elle se rendit compte, alors qu'elle y réfléchissait à la lumière de son humeur actuelle, que ce que Polly avait dit avec sa manière vulgaire et intransigeante était la vérité. Depuis un an, elle vivait dans une fausse atmosphère de contentement ; elle s'était trompée en croyant qu'elle était supérieure aux conventions et à la nature humaine réunies, et elle avait fini par se révéler un échec complet. Paul avait vu à travers son pharisaïsme, il n'avait que du mépris pour elle, et il avait trouvé un soulagement de se tourner d'elle vers l'humaine et fautive Marion Keeley. Au plus profond de son abaissement, elle avait même cessé d'en vouloir à Marion.

Et Ted l'avait découverte. C'était le pire de tous. Sur un coup de tête, elle alla chercher du papier et lui écrivit aussitôt, assise là dans l'escalier sans tapis, pendant que les gens passaient sans qu'elle l'écoute. C'était une lettre très humble, pleine d'aveux et d'auto- accusations, une lettre comme elle ne lui en avait jamais envoyée auparavant, et écrite d'un point de vue qu'elle n'avait jamais encore été obligée d'adopter à son égard. C'était un soulagement pour le moment de faire quelque chose ; mais elle regretta son geste toute la journée du lendemain, et sut à peine comment ouvrir sa réponse, lorsqu'elle la trouva qui l'attendait, à son retour chez elle le soir. C'était très court.

"Chère Kitty", disait-il :—

Ne vous souciez pas de moi. C'est un monde pourri, et j'en suis le plus pourri. Je n'ai été interpellé que l'autre soir parce que j'étais très surpris. Bien sûr que tu vas bien, et je n'aurais jamais dû naître. J'ai toujours su que tu me usurpais quand tu faisais semblant de tenir à moi ; mais je ne savais pas que tu tenais à quelqu'un d' autre, encore moins à Wilton. Il m'a toujours semblé tellement joué, mais je ne suis pas intelligent. Seulement, je vous conseille de ne pas traîner la nuit dans ses appartements ; les gens sont si pauvres et ils pourraient parler. Dis-moi si tu me veux ou quoi que ce soit. Sinon, je ne vous dérangerai pas.

TED.

Il croyait donc toujours en elle ; seulement c'était plus par habitude que par conviction. Mais elle avait détruit son amour pour elle. Elle comprit ces deux faits d'un seul coup, et elle se révolta passionnément de perdre l'affection qui était la sienne depuis si longtemps, bien qu'elle l'eût si peu appréciée.

"Je te veux, maintenant," lui griffonna-t-elle au crayon. "Voulez-vous venir ici demain soir ? Miss Jennings m'a promis l'usage de son salon. Je vous attendrai vers sept heures."

Il semblait tout à fait en harmonie avec la misère générale de ces quelques jours que Phyllis soit constamment gravement malade. Les soixante-trois dames ouvrières, qui n'avaient jamais feint de soigner la brusque sténographiste lorsqu'elle était en bonne santé et piétinaient sans scrupule leurs plus tendres susceptibilités, allaient maintenant sur la pointe des pieds, causaient à voix basse sur tous les paliers, et a gêné le médecin lorsqu'il est descendu. Et tous condamnèrent Katharine pour son indifférence, parce qu'elle refusait de s'étendre sur le sujet à chaque repas.

"La conversation n'est jamais très exaltante, dans le meilleur des cas ; mais quand toutes ces femmes se mettent à se réjouir d'une tragédie, ce n'est tout simplement pas supportable", a-t-on entendu s'exclamer ; et cette remarque malheureuse lui coûta la dernière parcelle de sa popularité à Queen's Crescent.

Elle attendait à son poste habituel dans les escaliers, quand ils vinrent lui dire que Ted était en bas. Il était venu à sa demande ; c'était consolant, en tout cas. Mais lorsqu'elle entra dans la chambre privée de Miss Jennings et vit son visage alors qu'il se tenait sur le tapis du foyer, son cœur se serra à nouveau et elle sut qu'elle ne trouverait pas encore de consolation. Il lui tendit la main en silence, avança une chaise élancée en bois blanc attachée par des rubans jaunes, mit en péril un paravent en bambou rempli de vaisselle bon marché, et finit par s'asseoir sur le bord du canapé recouvert de chintz. Aucun d'eux ne parla pendant un moment ou deux, et Ted s'éclaircit la gorge, inconfortablement, et fixa la virole de sa canne.

« J'ai reçu votre lettre, dit-il enfin, et je suis venu. »

"Oui," dit Katharine, "tu es venu."

Après s'être livrés à ces deux remarques très évidentes, ils retombèrent de nouveau dans le silence ; Katharine jeta un coup d'œil au coucou et s'étonna qu'une telle concentration de misère puisse être concentrée en moins de cinq minutes.

plus jamais me voir ?"

Il leva la tête et la regarda ; puis détourna à nouveau le regard.

"Pas à moins que tu veuilles que je fasse quelque chose pour toi", dit-il. "Je ne veux pas m'embêter, tu vois."

Elle avait envie de crier et de lui dire qu'il ne l'avait jamais dérangée ; qu'elle voulait le voir plus que quoi que ce soit au monde. Mais quelque chose de nouveau et d'étrange sur son visage, qui lui disait qu'il n'était plus un garçon ni son esclave consentant, semblait la paralyser . Se montrer inférieure à l'homme qu'elle avait toujours considéré comme inférieur à elle était le coup le plus dur qu'elle ait jamais eu à subir.

"Je ne sais pas ce que tu veux dire," dit-elle boiteusement.

Ted s'empressa de s'excuser.

"Je suis vraiment désolé", dit-il, et il s'éclaircit à nouveau la gorge.

"Je—j'aimerais que vous m'expliquiez", a-t-elle poursuivi.

"Oh, ça va, n'est-ce pas ?" dit vaguement Ted.

"Ça ne va pas, tu sais que ce n'est pas le cas", s'écria-t-elle. " Qu'est-ce qui me rend si étrange ? Tu n'as jamais ressemblé à ça auparavant. Est-ce moi qui t'ai tellement changé, Ted ? "

"Oh, ce n'est rien", dit-il. "Tu m'as plutôt frappé, c'est tout. Ne t'occupe pas de moi. Tu me voulais pour quelque chose de particulier ?"

Elle cherchait en vain des signes de relâchement dans ses manières ; mais il s'asseyait sur le bord du canapé, jouait avec sa canne et se raclait la gorge de temps en temps. Malgré le changement de leur attitude l'un envers l'autre, elle sentait qu'on attendait d'elle, comme d'habitude, qu'elle prenne l'initiative.

"Je voulais tout vous raconter, vous expliquer", balbutia-t-elle. "Je pensais que tu m'aiderais."

"Si cela ne vous dérange pas, je préférerais ne pas entendre", dit Ted avec une rapidité inattendue. "J'en sais autant que je veux en savoir, merci. *Il* m'a écrit ce matin aussi."

"Il t'a écrit ? Paul ?"

"Wilton, oui," répondit-il brièvement, et il lui jeta à nouveau un coup d'œil. Sa lèvre inférieure tremblait, comme toujours lorsqu'il était blessé ou embarrassé.

"Pourquoi?" » demanda-t-elle avec étonnement.

"Oh, pour expliquer, et tout ça ! Arrêtez l'explication ! Je ne voulais pas qu'il me dise qu'il n'avait pas été un canaille ; je vous connaissais, donc c'était tout à fait clair. Mais je ne comprends pas maintenant , et je ne veux pas. Moi-même, je ne vois pas grand-chose à jouer avec une fille quand on est fiancé à quelqu'un d' autre. Mais je suppose que c'est parce que je suis un connard vraiment pourri. ce ne sont pas mes affaires, de toute façon ; seulement, je pense que vous feriez mieux d'être prudent. Mais vous le savez mieux, alors ce n'est pas grave.

De nouveau, elle avait envie de lui dire qu'elle n'était pas si mauvaise qu'il la pensait, et pourtant bien pire qu'il ne la pensait ; mais les mots ne venaient pas, et elle se condamnait elle-même.

"Tu ne comprends pas", balbutia-t-elle à présent. "Je ne savais pas qu'il était fiancé jusqu'à hier. Je n'ai vu aucun mal à tout cela ; je l'aimais beaucoup seulement, en tant qu'ami. Je t'aimais d'une tout autre manière, je..."

"Tu ne savais pas qu'il était fiancé ?" » dit Ted en se réveillant soudainement. "Voulez-vous dire qu'il a joué vite et librement avec vous, le canaille ? Si j'avais pensé que..."

"Non non!" s'écria-t-elle, alarmée par la férocité de son expression. "Il ne m'a jamais mal traité ; il a tout été très clair dès le début. C'était de ma faute si je l'avais mal compris. Mais je ne l'ai jamais fait ; j'ai toujours su que nous n'étions que des amis, et c'était agréable, et j'ai laissé tomber. N'avons-nous pas aussi été amis , toi et moi, Ted ? Il n'y avait aucun mal à cela, n'est-ce pas ?

"Oh, non," dit-il amèrement. "Il n'y avait aucune crainte de danger !"

Elle comprit ce qu'il voulait dire et rougit douloureusement lorsqu'elle sentit qu'il avait dit la vérité.

"Ted, est-ce que tu me détestes, je me demande ?" murmura-t-elle.

"Quoi ? Oh, tout va bien. Ne vous souciez pas de moi. J'étais un connard pourri de m'attendre à autre chose."

"Mais, je veux dire, parce que... à cause de l'autre ?" continua-t-elle avec inquiétude.

Ted se mordit la lèvre mais ne parla pas.

"Pensez-vous que c'était une erreur de ma part ?" a-t-elle plaidé. "Ted, dis-moi ! Je ne savais pas ; je ne le savais pas vraiment. Cela me semblait tout à fait normal ; je ne voyais pas que cela importait, juste à cause de ce que les gens disaient. Pensez-vous que c'est mal de la part d'une fille de venir te voir, si elle aimait venir et ne se souciait pas de ce que les gens disaient ? »

Ted se leva précipitamment de son siège et ramassa son chapeau.

« Je n'ai jamais dit que tu avais tort, n'est-ce pas ? dit-il doucement. " Tu vois, tu es intelligent, et moi non, et c'est tout à fait différent. J'étais seulement désolé, c'est tout ; je ne pensais pas que tu t'adonnais à ce genre de choses, et j'ai plutôt été frappé. ... Mais c'était entièrement de ma faute, et bien sûr tu as raison, tu as toujours raison. Je ne te dérangerai plus, maintenant je sais.

"Ted, ne pars pas," dit-elle d'un ton implorant, alors qu'il lui touchait à nouveau la main et se tournait vers la porte. "Tu ne comprends pas, Ted, que... qu'il *n'a* attiré que la moitié de moi, et... je m'en soucie, Ted, et je veux que tu reviennes me voir ; vraiment, Ted, je..."

Mais il se contenta de sourire avec autant d'incrédulité qu'auparavant et reprit la parole sur le même ton doux.

"Merci, terriblement. Mais ne vous embêtez pas à vous moquer de moi ; tout ira bien, vraiment. C'était toujours ma faute ; je ne vous dérangerai plus. Au revoir . "

Et, hantée par son attitude changée et son sourire sans joie, elle retourna à sa place dans l'escalier et s'assit, les mains jointes sur ses genoux et les yeux fixés dans le vide, essayant en vain de découvrir quels étaient ses véritables sentiments. étaient. "Peut-être que je n'en ai pas", pensa-t-elle. "Peut-être suis-je incapable d'aimer qui que ce soit, ou de ressentir quoi que ce soit. Et j'ai renvoyé le meilleur garçon du monde entier, et cela ne semble pas avoir d'importance. Je me demande si quelque *chose* pourrait me faire pleurer maintenant ?" Et elle prenait un sombre plaisir à évoquer tous les incidents de la malheureuse semaine précédente, et riait cyniquement en constatant qu'aucun d'eux ne lui faisait aucun effet.

"Pourquoi n'allument-ils pas le gaz ?" se plaignaient les ouvrières lorsqu'elles descendaient souper. Et quand Katharine expliqua qu'elle avait promis de l'allumer elle-même et qu'elle avait oublié de le faire, elles passèrent leur chemin, émerveillées qu'une personne aussi peu sensible puisse avoir ses moments d'abstraction comme tout le monde . Après qu'ils furent tous descendus, elle eut une crise d'agitation et fit les cent pas sur le palier jusqu'à ce que Polly Newland sorte de la chambre du malade et l'arrête.

"Vous pourriez choisir un autre atterrissage, si vous le souhaitez", dit-elle d'un ton irrité. "Tu l'as réveillée maintenant ; mais tu peux entrer si tu veux. Elle vient de te demander."

Katharine la suivit, plutôt maladroitement, et s'assit sur la chaise qu'on lui montrait, et essaya de trouver quelque chose d'approprié à dire. Il était difficile de savoir par où commencer, quand elle regardait autour de la pièce et remarquait tous les objets qui semblaient avoir appartenu à une période lointaine de sa vie , avant que le monde ne devienne si dur et si triste. Mais Phyllis était toujours la même, sauf qu'elle était plutôt blanche et que ses cheveux étaient étrangement coiffés. Elle fut la première à parler.

"Bonjour," dit-elle. "Je voulais te voir. Qu'est-ce que tu as, mon enfant ?"

L'incongruité de se voir demander par la invalide la cause de sa propre maladie ne vint pas immédiatement à l'esprit de Katharine. Mais le ton familier de sympathie lui alla droit au cœur et elle s'effondra complètement. Elle avait la vague idée que Polly avait protesté avec colère et que Polly avait été expulsée de la pièce ; et après cela, elle ne se rendit compte de rien d'autre que du réconfort de pouvoir pleurer sans être dérangée, jusqu'à ce que Phyllis dise quelque chose à propos des yeux rouges, et ils se joignirent à un rire spasmodique.

"Pauvre vieille fille, qu'est-ce qu'ils t'ont fait ?" elle a demandé.

"Tout a été horrible", haleta Katharine. "Et tu étais malade, et personne n'a compris, et oh, Phyllis !— je suis un *connard* !"

CHAPITRE XVI

Marion Keeley gisait dans une attitude indolente sur le canapé près de la fenêtre. Sa mère adressait des circulaires à la table à écrire, avec la hâte inquiète d'une femme d'affaires à la mode. Tous deux avaient l'air d'avoir trop vécu la saison londonienne, qu'un mariage royal avait prolongée cette année.

— Il revient ce soir, dit Marion en jetant une lettre qu'elle lisait. Son ton était celui de l'insatisfaction.

"Je sais", répondit sa mère. "Je lui ai demandé de venir."

Marion fit un geste d'impatience.

« Ne pensez-vous pas, dit-elle, que vous pourriez parfois, par souci de variété, attendre que son propre penchant le pousse à venir ?

"Je ne vous comprends pas", dit distraitement Mme Keeley. "Je lui ai demandé parce que je voulais prendre les dernières dispositions avec lui concernant la réunion au salon de Lady Suffolk, à laquelle il a promis de parler demain."

« Il me semble, observa Marion sarcastiquement, que cela vous éviterait bien des ennuis si vous l'épousiez vous-même.

"C'est très surprenant," se plaignit sa mère, "comme vous persistez à introduire de la frivolité dans tout. Si seulement vous étiez comme votre cousine, maintenant, si sérieuse et si sympathique ! Comment se fait-il que vous soyez vraiment ma fille ? "

— Je suis sûr que je ne sais pas ; en fait, je crois que c'est le seul sujet sur lequel vous m'avez permis de rester dans l'ignorance, répondit calmement Marion. " Mais ne vous inquiétez pas de moi ; je sors dîner de toute façon ce soir, ainsi vous pourrez prendre vos dispositions avec Paul sans être distrait par l'élément frivole. En attendant, ne pouvons-nous pas avoir quelques thé?"

L' honorable Mme Keeley revint à ses circulaires en soupirant.

"On pourrait presque croire, à vous entendre parler, que vous ne vouliez pas du tout l'épouser", s'est-elle exclamée.

« On pourrait presque le faire, » acquiesça Marion ; et elle déchira sa lettre en petits morceaux et les jeta adroitement dans la corbeille à papier. Sa mère la regardait avec un peu d'appréhension.

"Comment peut-on, même en s'amusant, faire semblant d' ignorer les mérites d'un personnage comme celui de Paul Wilton, cela dépasse ma compréhension", a-t-elle grommelé. "Que peut-on vouloir de plus chez un homme, j'aimerais savoir ?"

"Plus ? Je n'en veux pas plus ; j'en veux beaucoup moins. Je n'ignore pas ses mérites ; j'aimerais seulement pouvoir le faire. Je donnerais n'importe quoi pour trouver en lui quelques honnêtes imperfections humaines. C'est son éternel " L'excellence qui me conduit à la distraction. Quel idiot j'ai été de le laisser me prendre au sérieux ! Bien sûr , je n'aurais jamais dû le faire, s'il ne m'avait pas provoqué en étant si difficile à fasciner. Il fait partie de ces gens horribles qui vont rendre le paradis insupportable ! »

"A en juger par votre comportement aggravant dans ce monde, vous ne serez pas là pour l'aider", a déclaré sa mère, qui perdait rapidement patience après avoir adressé par erreur deux emballages.

" J'espère que non . Si tous les gens qui sont censés être *en route vont au ciel*, je pense que même les saints s'ennuieraient trop pour s'arrêter là. Quant à Paul, je vous l'accorde, il est éminemment fait pour un gendre, mais je ne vois pas pourquoi je serais victime de sa vocation céleste.

"Vous n'êtes pas encore mariée avec lui ; et si vous continuez dans cette voie plus longtemps, je doute que vous le serez un jour."

— Oh, dit Marion avec une soudaine animation, tu crois vraiment qu'il y *a* une chance qu'il rompe ?

humeur à Mme Keeley . Elle approuvait catégoriquement Katharine, non seulement parce qu'elle était une travailleuse, mais aussi en raison de sa patience d'écoute. Katharine, pensait-elle, aurait fait une fille idéale ; Katharine comprenait le sérieux de la situation politique et ne montrait aucun signe d'ennui lorsque les gens lui donnaient leur opinion sur les choses. Elle la reçut donc avec une véritable cordialité.

"Je suis si heureuse que tu sois venue", dit Marion en lui offrant une étreinte superficielle. "Vous avez interrompu maman et rendu le thé inévitable. C'est tout à fait providentiel."

"Je suis heureuse d'être la cause involontaire de tant de bénédictions", dit sèchement Katharine. "Je suis vraiment venu vous dire au revoir. Je rentre demain."

« Déjà les vacances ? s'exclama Mme Keeley, comme si elle en voulait même à la femme qui travaillait pour ses moments de détente.

"Ils ne sont pas arrivés trop tôt pour moi", observa Katharine, pour qui les six dernières semaines avaient semblé une attente interminable. "Mais je quitte la ville pour de bon ; je suppose donc que je ne vous reverrai pas avant un certain temps. Je veux dire que j'ai abandonné mon enseignement, et..."

"Comme c'est charmant de ta part !" s'exclama Marion, qui sentit que le dernier obstacle à une chaleureuse amitié avec sa cousine était désormais levé. « Est-ce que tu vas vraiment être comme tout le monde, maintenant ?

Mais l' honorable Mme Keeley a été amèrement déçue.

"C'est incroyable", a-t-elle déclaré. — Voulez-vous dire que vous allez abandonner l'œuvre de votre vie, au moment où vous êtes sur le point de connaître un brillant succès ?

"Je pense, au contraire, que j'ai simplement été un échec", dit Katharine avec un sourire patient. " Vous voyez, il y a des centaines de personnes qui peuvent faire exactement ce que je fais. Mais on me demande à la maison et je retourne chez mon père ; je n'aurais jamais dû le quitter. "

"Oh, ces filles !" soupira Mme Keeley. "A quoi ça sert d'essayer de les rendre indépendants ? Et je pensais que tu étais si différent ; je t'ai donné en exemple à ma propre fille..."

"Je suis vraiment désolée", murmura Katharine, entre parenthèses. Marion se contenta de rire.

"J'étais fière de vous posséder comme ma nièce", poursuivit Mme Keeley, augmentant de ferveur à mesure qu'elle avançait. "Vous faisiez ce que si peu de femmes réussissent à faire, et j'avais la plus vive admiration pour votre courage et votre talent. Et de tout abandonner ainsi ! Vous avez sûrement une excellente raison pour une démarche aussi extraordinaire ?"

"Il me semble que c'est une raison tout à fait suffisante pour que je sois plus recherchée à la maison qu'ici", répondit Katharine avec le même air de douce endurance. Elle avait eu recours à une explication similaire plus d'une fois ces derniers temps, et cela commençait à émousser ses nouvelles résolutions. Cela enlevait également l'essentiel du côté pittoresque du fait d'être bon.

— Mais en effet, vous vous trompez lourdement, insista sa tante. " Qui vous a mis dans la tête cette notion caduque du *devoir* ? Je pensais que nous, les travailleuses, l'avions enterrée pour toujours ! Considérez ce que vous faites en rejetant la position que vous vous êtes taillée ; considérez le mauvais effet que cela aura. aux autres, l' exemple, — tout ! Ta place est dans le monde , Kitty, le grand monde ! Il ne peut y avoir aucun travail à faire dans une maison comme la vôtre.

"Il y a toujours beaucoup à faire dans le village, et personne pour le faire", a expliqué Katharine. " J'ai bien réfléchi à la question, tante Alicia, et ma décision est bien prise. N'importe qui peut faire mon travail ici à Londres ; vous savez que c'est le cas. "

"En effet, vous vous trompez", dit sa tante avec véhémence. Il semblait particulièrement dur que sa protégée préférée ait abandonné ses principes, tout comme elle avait été poussée jusqu'aux dernières limites de l'endurance par sa propre fille. "Chaque femme doit faire son propre travail, et personne d'autre ne peut le faire à sa place."

"Alors pourquoi dites-vous toujours que le marché du travail est si surpeuplé ?" demanda Marion en appliquant malicieusement ce qu'elle avait absorbé à contrecœur. Mais elle n'a pas été écoutée.

"C'est la masse que nous devons considérer, pas l'individu", a poursuivi l' honorable Mme Keeley, comme si elle s'adressait à la salle depuis une estrade. "C'est à des femmes de moindre importance que nous de s'occuper du foyer et de la paroisse ; il y a un domaine bien plus vaste réservé à des femmes comme vous et moi. Ce serait un parfait scandale si vous vous jetiez sur l'étroitesse du domaine domestique. cercle."

Katharine éprouvait une envie hystérique de rire, qu'elle contrôlait difficilement. Au contraire, elle parlait très humblement.

"Ce doit être ma faute si je vous ai permis de penser toutes ces choses à mon sujet", dit-elle. "Il n'y a rien de grand qui me soit réservé ; je suis juste un échec complet, et c'est la fin de toute mon ambition et de toute ma vanité. J'aurais aimé que quelqu'un me dise que j'étais vaniteux , avant que je devienne si mauvais."

L' honorable Mme Keeley fut finalement réduite au silence. Aucune de ses expériences de travailleuse ne l'a aidée à faire face à la situation actuelle. Une femme avec un grand avenir devant elle n'avait évidemment pas le droit d'être humble. Mais Marion réalisa avec joie qu'elle avait gagné un nouvel allié inattendu.

« J'ai toujours dit que tu étais beaucoup trop gai pour appartenir au groupe de maman, » observa-t-elle ; alors les sentiments de colère de sa mère la forcèrent à chercher du réconfort dans la solitude, et elle trouva une excuse pour se retirer dans son boudoir et laissa les deux rebelles ensemble. Ils se regardèrent et se mirent à rire mutuellement. Mais c'est Marion qui riait le plus fort, ce qu'elle fut elle-même la première à apprécier.

"Kitty," dit-elle soudainement, devenant grave, "Je suis vraiment désolée, chérie ! Quoi de neuf, et qui t'a maltraité ?"

Elle s'éloigna immédiatement pour servir du thé, et Katharine eut le temps de se remettre de sa surprise face à sa pénétration inhabituelle.

"Comment le savais-tu ?" » demanda-t-elle lentement.

" J'ai deviné, parce que... oh, tu lui ressemblais, ou quelque chose comme ça ! Ne me demande pas de donner une raison pour tout ce que je dis, s'il te plaît. *Ce* ne sont pas mes affaires, bien sûr, et je ne veux pas savoir. quelque chose à ce sujet si tu préfères ne pas le dire ; seulement, je suis désolé si tu es coupé, c'est tout. Tu l'as jeté, ou ça n'est jamais allé aussi loin que ça ? Là, je ne veux vraiment pas bien sûr, il était beaucoup plus âgé que toi, et beaucoup plus méchant, et il flirtait atrocement avec toi et tu as été dupe de lui, pauvre petit innocent ! Je sais tout cela et comment ils s'emparent de filles comme toi qui ne sont pas à la hauteur de leurs ruses. Lui aussi était marié, bien sûr ? Elles le sont toujours, les pires.

C'était trop difficile de corriger ses hypothèses, et Katharine lui permit de continuer. Après tout, sa sympathie était sincère, même si elle était exprimée un peu crûment.

"Je ne devrais plus penser à lui, si j'étais toi", continua Marion. "Ils n'en valent pas la peine, aucun d'entre eux ; va en chercher un autre et claque des doigts au premier. Tu n'es pas lié à un, comme moi."

"Non", dit Katharine en se brûlant avec des bouchées de thé bouillant. "Je ne suis pas."

"Je sais que je donnerais n'importe quoi pour me débarrasser du mien", dit tristement Marion. « Puissiez-vous ne jamais connaître l'horrible monotonie d'être fiancé !

"Je ne pense pas que je le ferai un jour", observa Katharine.

"Toujours la même écriture sur la table du petit déjeuner", soupira Marion ; "Toujours le même visage sur la banquette arrière de la voiture ; toujours la même photo partout dans la maison, — oh, c'est exaspérant ! Tu ne tiendrais pas ça un jour, Kitty !"

"Peut-être pas", a déclaré Katharine. "Alors vos fiançailles sont annoncées publiquement maintenant ?"

"Je devrais plutôt le penser ! J'en ai marre d'être félicité par un tas d'idiots, qui ne prennent même pas la peine de savoir si je veux me marier ou pas. Et puis, les garçons ! Bobby va tirer lui-même, dit-il ; mais bien sûr, Bobby dit toujours cela. Et Jack est parti en Afrique du Sud ; je ne sais pas exactement pourquoi, sauf que tout le monde va en Afrique du Sud alors qu'il n'y a pas de raison particulière de rester en ville. Et Tommy, tu te souviens de Tommy, n'est-ce pas ? Il a été mon meilleur garçon depuis très longtemps ; j'aimais plutôt Tommy. Eh bien, il est parti et a épousé cette stupide Ethel Humphreys, et il a toujours dit qu'elle avait pincé. Je sais *pourquoi* il Il l'a fait aussi. Un jour, il a été d'un sérieux répréhensible et a dit qu'il ferait n'importe quoi sur terre pour moi; alors je lui ai demandé d'aller épouser maman, parce qu'alors j'aurais huit cents par an. Et il ne l'a pas fait. J'aime un peu ça ; Tommy a toujours été ridiculement colérique. Oh, mon Dieu, j'en ai marre de tout ça ! Je crois que tu es la seule personne que je connais, qui ne m'a pas félicité.

"Apparemment, vous ne vous considérez pas comme un sujet de félicitations", dit Katharine en souriant faiblement.

"Oh, tu n'es pas comme tous les autres, et j'aimerais être félicité par toi. De toute façon, tu penserais ce que tu dis."

"Je devrais certainement le faire", s'exclama Katharine.

" Avec quelle sincérité vous avez dit cela ! C'est terriblement gentil de votre part de vous soucier autant de vous. Je disais à Paul à quel point vous étiez un bon genre, l'autre jour, et il était tout à fait d'accord. "

"N'était-ce pas plutôt ennuyeux pour lui ?"

"Oh, non, je suis sûr que non ; il s'intéresse énormément à toi ; il dit que tu es la femme la plus intelligente qu'il connaisse, et la plus courageuse. C'est vraiment le cas !"

"Je n'en doute pas. Il m'a toujours trouvé intelligent et courageux", a déclaré Katharine.

"Eh bien, de toute façon, c'est plus que ce qu'il pense de moi", dit Marion tristement. "Il pense que je ne suis bon à rien, sauf à jouer avec."

"Et en tomber amoureux", ajouta doucement Katharine.

"Pourquoi n'es-tu pas venu le rencontrer l'autre soir ?" continua Marion. "Il avait l'air tellement déçu. Moi aussi ; je voulais que tu viennes, pour plein de raisons. Je m'ennuie tellement quand je suis seule avec lui ! Je l'aime d'autant plus s'il y a quelqu'un d' autre là-bas ; et toi "Je suis la seule fille que je connaisse qui ne risquerait pas de flirter avec lui. Bobby a dit, l'autre jour seulement, que tu étais beaucoup trop gentil pour flirter. Et les filles sont si méchantes, parfois, n'est-ce pas ? J'étais vraiment désolé quand tu as refusé."

"Si vous m'aviez dit la vraie raison de votre invitation, au lieu de la raison conventionnelle, j'aurais peut- être fait plus d'efforts pour venir", a déclaré Katharine.

" Mon vieux, ne sois pas sarcastique ; je ne supporte jamais le sarcasme. Mais tu viendras la prochaine fois, n'est-ce pas ? Oh, mon cher, j'oublie tout ton propre malheur ; quel misérable égoïste je suis ! tu es sûr que je ne peux rien faire pour toi ?

"Rien, merci ; du moins, je ne te laisserais rien faire."

"Bien sûr ? Eh bien, fais-moi savoir si c'est le cas. Es-tu vraiment très attirée par lui, Kitty ?"

"S'il vous plaît, ne le faites pas", dit Katharine.

"Très bien, je ne le ferai pas. Mais j'aimerais que tu essayes un cours avec des garçons pendant un certain temps ; cela te rendrait tellement plus heureux. Ils sont si frais et inoffensifs."

"Même quand ils se tirent une balle ?" » dit Katharine.

"Oh, ce n'est que Bobby. Dois-tu vraiment y aller ? Mon vieux chéri, tu m'as fait tellement de bien. Qu'est-ce qu'il y a, Williams ?"

M. Wilton était dans la bibliothèque, annonça l'homme, et serait heureux de voir Mme Keeley ou sa fille un instant, et il préférait ne pas monter, car il était pressé. Marion fit un petit timbre irritable.

"Oh, envoie-lui maman ! Comme Paul, ne te soucie pas de qui d'entre nous il voit ! Imagine-toi, si c'était Tommy, maintenant ! Arrête, mais fais-lui venir ici, Williams. Tu pourras le féliciter, Kitty, ça le mettra de bonne humeur ... Oh, c'est absurde ! tu peux attendre juste ça, et je n'ai rien à lui dire qu'il n'ait entendu des centaines de fois auparavant."

donc à lui serrer la main une fois de plus et à le féliciter d'être fiancé à sa cousine, Marion Keeley. Elle ne l'avait pas revu depuis la nuit de l'orage, lorsqu'il s'était tenu devant la vieille porte d'Essex Court, la lampe allumée sur le visage.

« Vous êtes très bon, c'est gentil à vous de vous intéresser autant », disait-il avec une politesse glaciale.

Ils restèrent silencieux après cela, et Marion dit qu'elle était sûre qu'ils devaient avoir des foules à discuter, et qu'elle monterait à l'étage et interrogerait sa mère sur la réunion dans le salon de Lady Suffolk ; et ils firent tous deux des efforts parfaitement vains pour la retenir dans la chambre, et ils eurent honte de les avoir faits après son départ, et ils furent laissés seuls face à la situation.

« Je suppose, » dit Paul avec effort, « que vos vacances vont bientôt commencer ?

"Ils ont commencé aujourd'hui", a déclaré Katharine. "C'est le premier jour de mes dernières vacances."

"Vos... dernières vacances ?" Elle sentit, sans le voir, qu'il la regardait brusquement.

"Je ne pense pas que cela vous intéressera", continua-t-elle, se préparant à être plus explicite ; "mais j'abandonne mon travail à Londres et je rentre chez moi pour de bon."

Il y eut la moindre pause perceptible avant qu'il ne parle.

« Voudriez-vous me dire pourquoi ?

"Parce que," dit lentement Katharine, "j'ai découvert, par l'intermédiaire d'un ami, que j'étais un connard; et je rentre chez moi pour essayer d'apprendre à ne plus être un connard . " Elle le regardait droit dans les yeux alors qu'elle finissait de parler. Son visage était alors assez incompréhensible.

"Est-ce que c'était un véritable ami ?" Il a demandé.

"Les gens qui nous disent des choses désagréables sur nous-mêmes sont toujours considérés comme nos vrais amis, n'est-ce pas ?" dit-elle évasivement.

"Ce n'est pas une réponse à ma question ; je n'avais pas affaire à des généralités lorsque je l'ai posée. Mais bien sûr, vous avez parfaitement le droit de ne pas répondre, si cela vous plaît..."

"Je ne pense pas connaître la réponse", a déclaré Katharine . "J'ai toujours trouvé vos questions trop difficiles à répondre ; et quant à celle -ci, j'aimerais pouvoir être sûr que c'était un ami." Il rapprocha involontairement sa chaise un peu plus de la sienne.

"Puis-je faire quelque chose pour que tu te sentes plus sûr ?" Il a demandé.

Elle secoua la tête et il s'éloigna de nouveau. « Bien entendu, vous êtes le meilleur juge en la matière », reprit-il plus naturellement ; " mais c'est une démarche assez sérieuse à faire au début de sa carrière, n'est-ce pas ? "

«Peut-être», dit-elle avec indifférence; " mais alors, je ne suis pas un homme, voyez-vous. Il n'y a pas de carrière possible pour une femme, parce que ses sentiments sont toujours plus importants pour elle que toutes les ambitions du monde. Un homme ne puise dans ses sentiments que pour se récréer ; mais une femme en fait toute l'affaire de sa vie, et c'est pourquoi elle ne s'entend jamais. Je suppose que vous ne pouvez pas vous en rendre compte, parce que c'est tellement différent pour vous. Tout le monde s'attend à ce qu'un homme s'entend ; c'est fait. relativement facile pour lui, et personne ne conteste jamais sa façon de le faire. Un homme peut s'amuser autant qu'il le souhaite, tant qu'il n'est pas découvert, - et il est facile pour un homme de ne pas être découvert. ajouta-t-elle avec un soupir.

"Plus facile que pour une femme ?" Il parlait sur le ton plaisantin qui lui était si familier.

"Oh, une femme est traquée dès son berceau par des détectives, issus pour la plupart des rangs de son sexe. C'est un compliment que nous nous faisons, en un sens. Nous n'osons pas enquêter sur la vie privée d'un homme, à cause de la les iniquités qu'il est censé commettre ; mais il y a si peu de scandale attaché au nom d'une femme, que nous avons hâte de n'en manquer aucune. Elle rit de sa petite tentative d'être frivole, et Paul s'éclaira considérablement. Il pouvait la comprendre quand elle était de cette humeur, et cela ne perturbait pas sa tranquillité d'esprit.

"Je suppose que l'homme n'est pas encore né qui prendra la peine de défendre son sexe et d'expliquer que les hommes ne sont pas tous des débauchés avant de se marier", a-t-il observé. "Je me demande pourquoi les femmes nous considèrent toujours comme des cadets, puis nous prennent pour maris. Je ne comprends pas du tout pourquoi elles veulent nous épouser."

"Et nous ne pouvons pas imaginer quelle raison vous avez de *nous proposer* le mariage, à moins que vous ne le fassiez pour une position ou quelque chose comme ça," rétorqua Katharine, puis elle se mordit la lèvre et s'arrêta net, alors qu'elle réalisait ce qu'elle avait dit. Dans la pause embarrassante qui suivit, Marion revint dans la pièce.

"Eh bien, vous n'avez pas l'air d'avoir eu beaucoup de conversation," remarqua-t-elle.

"Nous ne l'avons pas fait", dit Katharine en se levant pour partir. "La conversation de M. Wilton, voyez-vous, est déjà entièrement sur mesure."

"Mlle Austen est un peu dure avec moi", a déclaré Paul. "J'ai eu si peu de pratique de conversation avec de jeunes conférenciers brillants et instruits, que..."

"Que je te laisse à un compagnon moins lugubre", interrompit Katharine un peu brusquement.

" Me permettez-vous de vous suggérer, " continua-t-il en lui tenant la main pendant un moment, " que vous devriez essayer de penser plus gentiment à l'ami en particulier qui s'est montré si désagréablement franc avec vous ? "

"Si je pensais que l'ami en question était susceptible d'être affecté par mon opinion à son sujet, peut-être que je le pourrais", dit-elle en se détournant.

Lorsqu'elle fut partie, Marion lui demanda ce qu'il voulait dire.

"Simplement une réflexion passagère sur quelque chose qu'elle m'avait dit, " fut sa réponse.

"Oh," dit Marion, "est-ce qu'elle t'a parlé de son histoire d'amour ?"

"Ma chère fille, Miss Austen ne me favorisera probablement pas avec ces révélations intéressantes, n'est-ce pas ? Je ne savais pas qu'elle avait une histoire d'amour, comme vous l'exprimez assez franchement."

" Elle n'est pas du tout ce genre-là, n'est-ce pas ? Je ne l'ai découvert que cet après-midi ; c'est une horrible bête, je pense, il l'a conduite et l'a traitée de manière méchante, pauvre vieille Kitty ! N'est-ce pas dommage ? ?"

"Est-ce qu'elle t'a dit tout ça ?"

" N'aie pas l'air si surpris ! Bien sûr qu'elle l'a fait ; du moins, je l'ai deviné, parce qu'elle avait l'air si misérable. Je le sais toujours ; j'ai eu tellement d'expérience, tu vois. Mais c'est bien pire pour Kitty, n'est-ce pas ? " tu sais, parce qu'elle prend les choses très au sérieux. C'est une erreur, n'est-ce pas ? Mais je donnerais beaucoup pour rencontrer l'homme qui l'a maltraitée !

"Oui ? Que lui ferais-tu ?"

"Je lui dirais qu'il était un horrible petit limitrophe et que Kitty était bien débarrassée de lui."

— Dans ce cas, il n'y a aucune raison de la plaindre, n'est-ce pas ?

"Oh, comme tu es antipathique ! Bien sûr , c'est tout aussi mauvais, quel que soit l'homme. Ce sont toujours les saints comme Kitty qui brisent le cœur pour les hommes les plus inutiles. Je ne suis pas fait comme ça, je devrais bientôt me consoler. avec quelqu'un d'autre, et rendre le premier fou. Mais alors, je ne suis pas intelligent.

"Votre cousin est une étude psychologique des plus intéressantes", dit vaguement Paul.

" Que veux-tu dire ? C'est vraiment une très gentille fille, " s'écria Marion avec indignation ; et Paul condamna silencieusement tout le sexe, sans réserve.

C'était une soirée particulièrement lumineuse et ensoleillée lorsque Katharine rentra chez elle , un échec. Elle estimait que, pour être approprié, cela aurait dû être ennuyeux et morne ; mais c'était au contraire tout à fait en contradiction avec ses sentiments, et elle devenait inexplicablement plus heureuse malgré elle, à mesure que le train passait devant les points de repère familiers sur le chemin et la rapprochait de minute en minute de la maison de son enfance. Car il y avait une sournoise considération pour elle-même dans son désir soudain de servir les autres ; elle s'était sentie déconnectée du monde car il lui avait permis de se révéler ses défauts, et elle aspirait à la panacée de la sympathie domestique, qui était encore liée dans son esprit à l'époque où elle était suprême dans un petit pays. un cercle, un cercle qui croyait en elle s'il ne la comprenait pas précisément. Elle avait trouvé quelque chose qui manquait aux sympathies et aux intérêts qui l'avaient absorbée au cours des deux dernières années, et elle se tourna instinctivement vers ces années antérieures qui ne lui avaient peut-être pas offert de grands attraits à l'époque, mais qui du moins ne contenaient pas de réveils brusques. Elle oubliait les petits inconforts et les fréquents ennuis de sa vie domestique, dans son présent désir de repos et de paix ; elle était fatiguée de lutter durement pour son bonheur et de ne gagner en retour qu'une fraction de plaisir ; et l'état de lassitude d'esprit et de corps dans lequel elle se trouvait à la fin de tout cela l'aida probablement à exagérer les avantages de son ancienne existence et à prendre sa monotonie pour du repos.

Elle eut sa première désillusion en sortant précipitamment de la gare. Ce n'était la faute de personne si le recteur avait été obligé d'assister à une réunion de la société archéologique et si miss Esther avait été retenue dans le village ; mais ils n'avaient jamais manqué de la rencontrer auparavant, et le fait qu'ils l'aient fait dans cette occasion particulière qui était si importante pour elle paraissait à la lumière d'un mauvais présage, et elle l'écrivit tristement comme une autre punition qu'elle c'était payer pour avoir si longtemps négligé son véritable devoir. Mais elle devait encore apprendre que son ardent désir de se sacrifier pour quelqu'un ne lui apportait pas l'occasion nécessaire, et il n'était pas encourageant de découvrir que personne n'était particulièrement désireux d'être le destinataire de ses bonnes œuvres et que ses efforts Le fait de bien faire était plus ressenti par ceux qui détenaient l'autorité que son attitude antérieure et non dissimulée d'auto-indulgence. Même Miss Esther se méfiait de son enthousiasme et le considérait évidemment comme un autre caprice de sa nièce capricieuse, qui se révélerait probablement aussi passager que le précédent ; et Katharine sentit qu'elle touchait aux limites extrêmes de son endurance dans les premiers jours qu'elle passa au Presbytère.

"C'est très dur", se plaignit-elle alors qu'elle était à la maison depuis environ une semaine, "qu'ils me facilitent tellement plus la tâche d'être mauvaise que bonne. Tout de même", ajouta-t-elle avec une touche d'expression. vieil esprit provocant : « Je vais être bon, que cela leur plaise ou non !

CHAPITRE XVII

Ivingdon était un de ces villages communs au district de Chalk, qui cessent d'avoir tout charme par temps humide. Les petites chaînes de collines aux sommets arrondis qui formaient l'unique élément des plaines verdoyantes du pays perdaient entièrement les quelques caractéristiques qu'elles possédaient, en l'absence de soleil, et n'offraient ni charme ni majesté dans l'atmosphère lourde et grise qui les entourait. Le paysage semblait encore moins inspirant que d'habitude à Katharine, un jour pluvieux de la fin de l'automne, alors qu'elle traversait péniblement la partie la plus sordide du village et se préparait à rentrer chez elle à pied dans une sorte de brume qui n'avait aucune des qualités exaltantes de la pluie orageuse qui l'a toujours attirée. Après quatre mois de renoncement morne et vertueux, un tel jour était de nature à précipiter la réaction devenue inévitable. C'était l'heure du thé lorsqu'elle arriva au Presbytère ; et l'aspect de la table soigneusement disposée, avec sa construction rigide de doubles dahlias au milieu, et la silhouette empesée de Miss Esther à sa tête, complétait le sentiment de répulsion dans son esprit.

"Ma chérie", dit sa tante tandis que Katharine se jetait sur une chaise, "n'as-tu pas l'intention de te mettre en ordre avant de commencer ?"

"Ma seule intention est de prendre le thé le plus rapidement possible", répondit Katharine. "Si Peter Bunce, ou tout autre personnage déprimant, est susceptible de se présenter, il peut aussi bien me voir dans mon chapeau de pluie que dans n'importe quoi d'autre. D'ailleurs, je m'aime plutôt dans mon chapeau de pluie, malgré la désapprobation qu'il suscite. a excité parmi les dieux du quartier ."

Elle attendait instinctivement les reproches qui accompagnaient habituellement ses critiques du quartier ; mais Miss Esther, pour une fois, était préoccupée et lui permettait de continuer son chemin sans être dérangée. "Mme Jones a un autre bébé", a poursuivi Katharine. "C'est le septième. Et le fermier Rickard semble avoir saisi l'occasion pour éteindre son mari pour l'hiver. Il n'y a absolument plus de nouvelles, alors puis-je prendre du thé ?"

"En parlant de bébés", observa le recteur en levant les yeux de son livre, "j'ai entendu dire ce matin que quelqu'un allait se marier. Maintenant, qui cela a bien pu être, je me demande !"

"Je ne savais pas", a déclaré Katharine, "qu'il restait quelqu'un pour se marier dans ce village, au-dessus de seize ans."

" Ah, bien sûr, " continua le recteur en souriant à son effort de mémoire inhabituel, " c'était votre cousine Marion. Vous vous souvenez d'Alicia Keeley, n'est-ce pas, Esther ? Eh bien, c'est sa fille ; elles sont toutes deux venues rester. avec nous il y a quelques années, si vous vous en souvenez ; et elle doit être mariée à un avocat dont le nom, mon enfant, c'est la troisième fois que je vous passe le beurre, et vous vous êtes déjà servi deux fois, qui s'appelle Paul. Wilton. C'est très étrange, ajouta-t-il avec son rire nerveux, mais, bien que le nom me soit parfaitement familier, je ne me souviens pas du tout de cet homme. Le seul Wilton dont je me souvienne avec certitude est le extrêmement auteur compétent et érudit de notre meilleur ouvrage sur les jetons en cuivre ; mais... »

"Eh bien, c'est son fils, bien sûr, Cyril", interrompit Miss Esther avec impatience. "Je n'aurais pas pensé qu'il fallait beaucoup d'efforts pour se souvenir de l'homme qui a bénéficié de votre hospitalité pendant au moins deux mois. C'était aussi un jeune homme très aimable, d'une excellente famille et avec un respect délicat pour les convenances qui était le plus Heureusement compte tenu des circonstances embarrassantes dans lesquelles nous étions placés à l'époque. Il va donc se marier dans la famille ? Quelle coïncidence ! Je ne me souviens pas beaucoup de Marion, elle était si jeune quand elle est restée ici ; mais si elle a grandi comme sa mère terriblement avancée, le pauvre M. Wilton aura les mains pleines. Comment l'a-t-il rencontré, je me demande ? L'avez-vous déjà vu dans la rue Curzon , Katharine ?

"Parfois, ils étaient fiancés au début de l'été. Mais ce n'est pas très important, n'est-ce pas ?" » dit Katharine.

"Tu savais qu'ils étaient fiancés, et tu l'as gardé pour toi tout ce temps ?" s'exclama sa tante. "Je pense vraiment que tu es la fille la plus exaspérante, Katharine !"

"Pourquoi ? Je suppose qu'il est plutôt cruel, cependant, de voler à quiconque le moindre potin , dans un endroit comme celui-ci", observa Katharine sarcastiquement.

"C'est sûr ! c'est sûr ! Je me souviens parfaitement de lui", riait joyeusement le recteur. " Un charmant jeune homme, avec une certaine connaissance de la porcelaine orientale . Nous devons leur envoyer un petit cadeau, ma chère, quelque chose qu'il pourra apprécier. Il y a un délicieux coffre élisabéthain chez Walker... "

"Je ne vois aucune nécessité d'un cadeau de mariage", interrompit Miss Esther. "Nous ne le connaissons que très peu et nous n'avons pas vu les Keeley depuis des années. Si Katharine aime envoyer un petit souvenir à son cousin, c'est son affaire et elle peut faire ce qu'elle veut", a-t-elle ajouté avec un air princier. condescendance. "Je m'étonne vraiment, Cyril, que tu puisses faire une proposition aussi extravagante, alors que les pauvres crient à ta porte !"

Le Recteur réfléchit à la beauté du vieux coffre en chêne qu'il convoitait depuis des semaines et soupira profondément. Katharine se réveilla et rit d'une manière nettement forcée.

« Envoyez-leur votre bénédiction, ma tante », dit-elle ; " et félicitez M. Wilton pour sa bonne fortune en entrant dans notre famille particulière. Je suis sûr que ce doit être une alliance qu'il a convoitée depuis qu'il a fait notre connaissance ! Cela ne coûtera qu'un sou, et je suis sûr que les pauvres de le village n'en voudra pas pour un objet aussi louable. Hé, parlons d'autre chose ! Savez-vous que la Grange est mise en vente ?

"Tu ne le dis pas!" s'écria Miss Esther, qui se distrayait aussi facilement qu'une enfant. "Cher moi ! et la pauvre Mme Morton a à peine mis fin à son dernier repos ! Le manque de sentiment dont ce jeune Edward a fait preuve tout au long est presque incroyable. Pour récompenser le dévouement de toute une vie de sa mère en vendant son ancienne maison un mois après sa mort ! Ah, eh bien, je suppose que nous avons tous fait notre travail ici, et il est temps pour nous de la suivre !"

"Quelles conneries !" s'écria Katharine avec chaleur. "Pourquoi devrait-il faire semblant d'aimer sa mère simplement parce qu'elle est morte ? Elle ne l'a jamais vraiment aimé, de son vivant, et il désirait assez ardemment son affection à l'époque. D'ailleurs, cela ne lui importe pas si la maison est vendue ou non, et j'imagine qu'il veut de l'argent.

" De l'argent ? Eh bien, elle lui a laissé chaque centime qu'elle avait, alors que peut-il vouloir de plus ? Je sais qu'elle l'a fait, en effet, parce que la gouvernante me l'a dit. "

"Je ne devrais pas songer à contester une autorité aussi excellente, mais je sais que sa générosité était purement accidentelle et qu'elle aurait rédigé un autre testament si elle n'était pas tombée malade si soudainement", dit Katharine en se levant et en marchant vers la fenêtre. La vue extérieure, avec la pelouse détrempée et les arbres dégoulinants , était aussi triste que la conversation à l'intérieur.

« La maison ne doit pas rester debout », dit le recteur avec une indignation qu'il n'a jamais accordée aux imperfections humaines si amèrement déplorées par sa sœur. "Une misérable chose moderne, appartenant à la pire période de l'art domestique !"

"Ils sont en train de tout refaire", a déclaré Katharine depuis la fenêtre. « Je me demande, » ajouta-t-elle doucement à la pelouse détrempée et aux arbres dégoulinants, « s'il sait qu'ils ont réparé l'espace dans la haie ? Peut-être était-ce seulement la morosité du temps qui la déprimait, mais ses yeux, en posant sa joue contre la vitre, étaient pleins de larmes. Miss Esther continuait inconsciemment ses spéculations.

"Je suppose qu'il voyagera", a-t-elle déclaré. " Cela fait sept cents par an, m'a dit la gouvernante ; et je suis sûr que c'est sept cents de plus que ce qu'il mérite, l'insensible ! "

"Ce n'est pas de sa faute s'il ne s'entendait pas avec sa mère", a déclaré Katharine. "Les gens ne peuvent pas choisir leurs relations, n'est-ce pas ? Et je suis sûr que, dans le système actuel, tous les obstacles sont mis sur notre chemin pour nous entendre avec notre propre peuple."

Elle était presque surprise de sa propre véhémence dans la défense de Ted . Elle ne l'avait jamais revu depuis le jour où il était venu chez elle à Queen's Crescent et avait rejeté l'affection qu'elle lui avait si tardivement offerte, et l'émotion de ce rejet était toujours présente en elle, aussi doucement qu'il l'avait exprimé ; mais elle ne pouvait pas plus réprimer son ancien instinct de protection à son égard qu'elle ne pouvait contrôler ses pensées.

"Je trouve qu'il est tout à fait impossible de vous comprendre, quand vous êtes dans ces humeurs sans cœur", dit sa tante avec colère.

« Suis-je sans cœur ? » dit Katharine, les yeux encore pleins de larmes. "Je suppose que ça doit être ça ; je me demandais ce qui m'arrivait cet après-midi. Bien sûr , je suis dans une de mes humeurs sans cœur. Oh, mon Dieu, comme tout cela est stupide !" Elle soupira désespérément et se détourna de cette vision morne. "Je suis désolée de n'avoir pas recueilli davantage de nouvelles lors de mon excursion au village", poursuivit-elle à présent, avec un effort évident pour se montrer agréable. "Oh, j'ai oublié, j'ai rencontré le médecin."

"Oui ? Qu'avait-il à dire pour lui-même ?" demanda Miss Esther, dont la dignité était toujours soumise à sa curiosité.

"Il m'a demandé de l'épouser et j'ai refusé", répondit Katharine ; et elle éclata de rire à l'effet immédiat de ses paroles.

" Quoi ? Vraiment, Katharine, vous êtes parfaitement incorrigible ", dit Miss Esther d'un ton qui exprimait plutôt l'incrédulité que la désapprobation.

"C'est très étrange", observa Katharine, "qu'il suffit de dire la vérité pour ne pas le croire. Et je suis sûr que j'étais vraiment désolé d'être obligé de le refuser, parce que je sentais qu'il n'y avait personne d'autre à la place où il était. pourrait-on demander. Pauvre docteur !

Miss Esther a prononcé une grâce rapide pour montrer à quel point elle se sentait indignée et est sortie de la pièce sans autre mot. Katharine soupira une fois de plus et regarda son père, qui était apparemment absorbé par son livre et inconscient de ce qui s'était passé. Mais la connaissance du monde de Katharine, aussi brève qu'elle ait été, avait considérablement élargi sa vision, et elle savait d'une manière ou d'une autre, en le regardant, qu'il ne lisait pas à ce moment-là.

"Papa, cher papa !" " Cria-t-elle impétueusement, " Je n'ai pas pu m'en empêcher cet après-midi, je ne pouvais pas, vraiment ! Je crois que j'ai un diable en moi certains jours, et celui-ci en fait partie. Papa, pardonne-moi d'être si égoïste et horrible. " Je me déteste pour mon caractère abominable, en effet. Je pense que je n'ai jamais été aussi malheureux de toute ma vie auparavant ! "

"Mon enfant, qu'est-ce qu'il y a ? Je ne crois pas bien comprendre", dit doucement le Recteur. Elle vint s'asseoir sur le bras de son fauteuil, et il lui caressa machinalement les cheveux.

"Bien sûr que non, comment devriez-vous le faire ?" s'exclama-t-elle en riant à moitié pour cacher le tremblement dans sa voix. "Mais j'aimerais savoir pourquoi j'ai ces mauvaises crises ; je ferais n'importe quoi pour aller mieux, mais *je ne peux pas* ! Quand je ne me sens pas misérable , je me sens absurde, et c'est bien pire. Pourquoi est-ce que Je ressens ça, papa ? »

« Devrions-nous envoyer chercher le médecin ? » demanda innocemment le recteur ; et il se demandait pourquoi elle semblait amusée.

"Je ne pense pas qu'il voudrait venir tout de suite", dit-elle modestement. Ils restèrent silencieux quelques instants. Le Recteur lui demanda tout à l'heure si elle désirait repartir.

"Je ne sais pas ; je ne semble vouloir rien. Ivingdon est intolérable ; mais j'ai dit que je le supporterais pour toi, et cela semble si faible simplement d'avoir échoué à nouveau. Après tout, je n'ai pas fait le moindre atome de bien en abandonnant mon travail et en rentrant à la maison, n'est-ce pas ? »

Le recteur se souvient de nombreux incidents des quatre derniers mois et ne la contredit pas ; mais son silence lui était si habituel qu'elle s'en apercevait à peine.

« Le sacrifice de soi, c'est très bien en théorie, poursuivit-elle d'un ton inconsolable, mais si personne ne veut que vous vous sacrifiiez, à quoi bon ? Je ne crois pas qu'il existe une seule vertu chrétienne qui fonctionne correctement, quand vous vous sacrifiez. "Je suis venu le pratiquer ; et j'ai perdu quatre bons mois à le découvrir. Oh, mon Dieu, quel idiot mortel j'ai été! J'aimerais que tu comprennes, papa", ajouta-t-elle avec mélancolie.

"Je ne suis pas sûr de ne pas le savoir, Kitty," dit-il timidement, et il attendit d'être contredit.

"Je crois que oui ; je crois que tu as toujours compris !" elle a pleuré. "Mais j'attends toujours trop des gens, et je ne peux jamais faire confiance à qui que ce soit. Comment je peux être si différent de toi est un mystère pour moi."

« Vous êtes comme votre chère mère, bénissez-la », dit le Recteur avec un humour inconscient ; et ils redevinrent silencieux.

"Tu sais," continua-t-elle à présent, "si tu me promets de ne pas t'en soucier, papa, je pense à moitié que j'aimerais repartir, pendant un moment. J'ai encore de l'argent, tu sais, et je pourrais essayer Paris, ou un nouvel endroit. Cela semble désespéré de rester ici et d'inquiéter tante Esther par tout ce que je fais ou dis; je sais qu'elle me considère comme la croix qu'elle doit porter, mais cela semble être un gaspillage de résignation chrétienne. , n'est-ce pas ?"

"Paris?" dit le recteur avec animation. " Allez certainement à Paris, — l'endroit le plus charmant du monde ! Quand j'étais enfant à Paris... Mon cher, mon cher, comme tout cela me revient ! C'était avant mon ordination, bien sûr ; ah, c'étaient des jours inoubliables ! Je peux vous présenter un de mes amis à Paris, Monsieur... Monsieur... Ah ! c'est fini maintenant. Mais je peux vous donner le nom de tous ses livres. Un charmant garçon ; savait tout et " Il faisait tout ; il n'y avait rien de trop audacieux pour lui à cette époque. Tu t'entendras avec lui, Kitty ; le plus charmant compagnon qu'un homme puisse avoir, en fait ! " Le vieux recteur riait comme un écolier de ses souvenirs.

"C'est très bien", dit Katharine plutôt cruellement; "mais que dira tante Esther ?"

" Ah, " dit le recteur en regardant autour de lui avec appréhension, " il y a certainement Esther à considérer. "

"Oui il y a!" soupira Katharine. Et elle ajouta impétueusement : "Pauvre papa ! quel saint tu as dû être toutes ces années ! Je me demande pourquoi je ne m'en suis jamais rendu compte avant ?"

"Oh non", dit le recteur en souriant. "Je ne suis qu'un vieux fou, qui n'a jamais été digne d'avoir une fille. Ta mère aurait dû me laisser végéter parmi mes livres, bénisse son cœur !"

Katharine le regarda pensivement.

"Je commence à comprendre", dit-elle avec son air suranné et pensif. " Cela m'a intrigué tous ces mois, mais vous l'avez enfin fait comprendre. Je vois maintenant ce qu'ils voulaient dire en me traitant de con : c'est parce que je n'ai aucune des qualités qui vous empêcheraient de le devenir un jour. "

"Un connard ?" dit son père d'un ton interrogateur.

"Ah," dit Katharine, "c'est une croissance trop moderne pour être à votre portée." Elle glissa de son siège et commença à faire les cent pas dans la pièce.

"Un connard", continua-t-elle, plus pour elle-même que pour son père, qui l'observait néanmoins attentivement, "un connard est quelqu'un qui essaie de briser ce que l'homme ordinaire se plaît à appeler la loi de la nature, et de substituer la loi Il s'agit plutôt de sa propre raison. Peu importe que nous soyons élevés à faire cela , car l'homme ordinaire insiste pour que nous oubliions que nous sommes des êtres intelligents et veut seulement que nous suivions la même ornière que lui. la personne ordinaire est très heureuse, alors peut-être a-t-elle raison. L'éducation nous rend tous idiots, et nous devons nous asseoir et attendre l'expérience particulière qui va annuler les effets de notre éducation. C'est une grande perte de temps d'être éduqué, n'est-ce pas ? On nous dit qu'il est prétentieux d'avoir des idéaux, et c'est pourquoi être jeune équivaut généralement à être prétentieux. Le monde ne tolérera pas les idéaux ; il se moque de nous parce que nous essayons de trouver de nouvelles façons d'être. bon, et il aime nous voir toujours fouiller dans les mêmes vieilles façons d'être mauvais. Tu savais tout ça avant, papa ? Mais tu ne me l'as jamais dit, n'est-ce pas ? Est-ce que les parents disent parfois quelque chose d'utile à leurs enfants, je me demande ? Oh, je ne pense pas ; nous devons simplement continuer jusqu'à ce que nous découvrions tout cela, et nous briser le cœur, très probablement ! » Elle s'arrêta pour émettre un petit rire amer. Le recteur avait un regard attentif sur son visage qui lui était étranger. J'aimerais savoir, reprit-elle plus doucement, s'il n'est pas possible d'être courageux, ou ferme, ou vrai, sans être un imbécile ; cela signifie simplement que nous devons continuer à essayer d'être meilleurs que nous ne le sommes et à faire semblant de ne pas le savoir tout le temps. C'est une position tellement anormale pour une personne réfléchie, n'est-ce pas ? Et pourtant, si nous sommes honnêtes à ce sujet , nous nous proclamons immédiatement connards. *Je* suis un connard, papa. Le saviez-vous aussi ? J'ai eu toute ma vie une gloire d'être au-dessus des petitesses ordinaires de la femme ; et puis, quand mon heure est venue, j'ai juste appris que j'étais la même vieille femme après tout. J'étais fière de savoir tant de choses et, tout le temps, je ne savais pas ce que toutes les femmes ignorantes du monde auraient pu me dire. Oh, le monde a raison, après tout ; Je sais cela! Mais il a des moyens tellement inconfortables de nous convaincre, n'est-ce pas ? Je ne te dérange pas, papa, n'est-ce pas ? » Elle s'arrêta et le regarda avec anxiété. soit, soit Marion Keeley. Les gens aimables ne sont jamais arrogants, n'est-ce pas ? Oh, je n'essaierai plus jamais d'être quoi que ce soit. Je deviendrai autant que possible semblable à une personne ordinaire ; Je laisserai des garçons comme Monty me faire l'amour et prétendre que j'aime ça ; Je vais me laisser aller, cacher mes anciens sentiments qui étaient réels et en inventer tout un ensemble de nouveaux pour un usage quotidien. Oh, mon Dieu, comme tout cela est absurde ! Faire de sa vie un long parcours de tromperie, afin de prouver au monde que nous sommes réels ! Et pourtant, c'est le seul moyen d'éviter d'être traité de connard. Il est ridicule de prétendre que nous nous soucions de ce que les grands pensent de nous. Nous ne le faisons pas. Ce sont les petites gens ordinaires, ordinaires, avec des esprits et des opinions ordinaires, qui composent notre auditoire ; et nous le reconnaissons toute notre vie en ayant peur de leurs critiques. Nous jouons pour eux, et pour eux seulement, à partir du moment où nous commençons à penser par nous-mêmes, jusqu'à ce que la Providence veuille bien baisser le rideau. Nous faisons un misérable compromis avec nous-mêmes, afin de traverser la vie sans que l'on se moque de nous pour la prendre au sérieux. Et au final, c'est que nous devons subir notre propre mépris, au lieu de celui des gens ordinaires. Mais tout le monde fait la même chose, donc ça doit être juste, n'est-ce pas ? Papa, ajouta-t-elle soudain en s'arrêtant devant lui, papa, penses-tu que si je n'essaie plus d'être bonne, je deviendrai un jour une personne ordinaire et agréable, quelqu'un que les gens aiment . Voudrais-tu en tomber amoureux ? Ce serait tellement réconfortant de sentir que les gens se soucient de tomber amoureux de moi. Je suis tellement fatigué de passer pour intelligent et rien d'autre ; l'intelligence semble être une sorte de fléau qui nous aide à rater la chose la plus importante de la vie. Au moins, ça m'a manqué, et tout le monde dit que je suis intelligent. Pourquoi tu ne me réponds pas, papa ? Pourquoi, papa ! Je—je crois que tu pleures !"

"Non, mon enfant, tu te trompes", dit précipitamment Cyril Austen. " Ces derniers temps, je me fatigue les yeux, c'est tout. Il ne faut pas parler comme ça, petite fille, ça... ça me rend malheureuse. Je n'aurais jamais dû te laisser partir toute seule, n'est-ce pas ? Je suis un vieux inutile... Mais là, c'est trop tard maintenant. Parlons de ton projet parisien. Et si je venais aussi, hein ?

"Ce serait beau !" s'écria Katharine. "Mais il y a toujours tante Esther, n'est-ce pas ?"

"Ah oui!" » dit tristement le recteur. « C'est tellement stupide de ma part d'oublier !

Ils se sont rendus très heureux pendant un jour ou deux du plan parisien. Ils se rencontrèrent comme des conspirateurs coupables lorsque Miss Esther était à l'écart et s'amusèrent à mettre en place un projet qu'ils savaient bien qu'elle ne leur permettrait jamais d'exécuter. Les esprits de Katharine retrouvèrent quelque chose de leur ancienne vigueur ; et Miss Esther se sentit plus découragée que jamais lorsqu'elle apparut soudain dans cette nouvelle humeur et refusa d'avoir plus rien à faire avec la paroisse.

"Je suis fatiguée des bonnes œuvres", annonça-t-elle vigoureusement. "Ils ne répondent pas et ils détruisent le respect de soi. Certaines personnes sont faites pour ce genre de choses, mais moi non, et je vais m'en remettre à ceux qui le sont. Je ne ferai plus jamais de choses. Je me sens mal à l'aise en rendant visite aux gens dans leurs maisons désagréables. Je ne veux pas y aller, d'une part, et ce n'est pas bon pour eux d'être condescendants , d'autre part. D'ailleurs, ils ne peuvent en aucun cas refuser de me voir. , et je n'aime pas m'imposer aux gens de cette manière sans y être invité. Je vais être heureux à ma manière, et cela leur donnera une chance beaucoup plus juste d'être heureux à la leur. J'en ai fini avec tout ça. ". Et elle revint gaiement au plan de Paris.

Mais son nouveau contentement ne devait pas durer longtemps. Une lettre lui arriva quelques jours plus tard, qui changea toute la face des affaires et éteignit définitivement le plan de Paris. L'écriture ne lui était pas familière, et elle dut se tourner vers la fin des pages écrites de manière serrée pour découvrir qui le lui avait envoyé.

"Chère Miss Austen", disait-il :—

"Cela peut être une grande surprise pour vous d'entendre parler de moi de cette manière inattendue. Rien que le profond intérêt que je ressens pour quelqu'un qui est, j'ai des raisons de croire, un aussi grand ami à vous que le mien me donnerait. le courage de prendre ma plume et de vous écrire. J'observe depuis quelque temps la carrière de Ted avec détresse, sinon avec la plus profonde inquiétude. Vous savez probablement qu'il a abandonné son travail en ville à la mort de Mme. Morton, je ne vous dérangerai donc pas avec plus de détails que la nécessité ne vous oblige à en entendre. Bien sûr, vous comprendrez la méfiance avec laquelle je vous aborde sur une question si délicate ; mais ma grande amitié, ou ce que je pourrais appeler notre amitié *mutuelle* , car Ted Morton m'a donné le courage nécessaire. Je ne connais pas la raison de ce que je vais vous annoncer ; en fait, pour être explicite, je n'ai pas la moindre idée de ce qui l'a poussé à faire une telle démarche, mais J'ai mes propres conjectures à ce sujet, et je les exposerai devant vous aussi brièvement que l'occasion l'exige. Depuis quelque temps , je dirais même depuis des mois, il est très déprimé et essaie de noyer ses ennuis, quels qu'ils soient, dans des distractions de toutes sortes. Ne supposez pas un seul instant que je fais une insinuation préjudiciable à la réputation de Ted ; loin de là! Mais il ne fait aucun doute qu'il est devenu quelque peu téméraire, peut-être à cause de son même mystérieux trouble, et cela a précipité la crise dont j'ai maintenant le devoir de vous faire part. Mais pour éviter des détails inutiles, permettez-moi tout de suite de vous raconter en langage clair ce qui lui est arrivé . Il y a trois jours , je l'ai rencontré au Strand vers sept heures et je lui ai demandé de venir dîner avec moi. Il a refusé, sans la courtoisie pointilleuse qui le caractérise habituellement , et je l'ai laissé penser, aussi étrange que cela puisse paraître, qu'il préférait être seul. Mais en allant le chercher hier soir dans son appartement, je l'ai trouvé dans l'état qu'il est devenu de mon devoir évident de vous décrire. Heureusement, la naïveté qui lui a fait sentir son mal plus longtemps que la plupart des hommes, l'a aussi sauvé de cette dernière et pire démarche ; car, dans son ignorance, il a pris une dose trop importante de laudanum, et l'effet a été heureusement préjudiciable au lieu de mortel. Il est maintenant-"

Katharine ne lisait plus. Rien de plus ne pouvait avoir d'importance après qu'elle ait tant appris. Ted avait tenté de se détruire, et c'était à cause d'elle.

"Qu'est-ce qu'il y a, Katharine ? Je vous ai posé la même question trois fois", disait Miss Esther d'un ton irrité. Katharine la regarda en réponse, avec de grands yeux terrifiés. Sa tante répéta sa question et essaya de s'emparer de la lettre. Katharine reprit ses esprits en sursaut, la reprit et la fourra dans la main de son père.

« Lis-le, papa », essaya-t-elle de dire, mais aucun son ne sortit ; elle semblait possédée d'une grande horreur qui lui enlevait toutes ses facultés. Le recteur lissa la lettre en silence, jeta un coup d'œil à la signature fleurie « Barrington Montague » et commença à la lire sans attendre de mettre ses lunettes. Miss Esther se regardait tour à tour et était partagée entre sa curiosité et son agacement.

"Vraiment, Katharine, vous êtes tout à fait dépourvue de manières. N'ai-je pas le droit de poser une simple question chez moi ? De qui est la lettre et de quoi s'agit-il ?"

Dorcas s'attarda près de la porte aussi longtemps qu'elle l'osa, sous prétexte d'être recherchée ; mais Miss Esther, qui ne relâchait jamais sa vigilance même en cas de crise, détecta le subterfuge et lui ordonna brusquement de quitter la pièce. Le ton habituel des reproches aida Katharine à se remettre. Elle inspira profondément et fit un effort pour parler.

"Ted est en train de mourir", dit-elle. "Ils ont peur de me le dire, mais je sais qu'il en est ainsi. Et c'est moi qui l'ai tué, *moi* ! Je vais vers lui tout de suite."

Le recteur clignait des yeux alors qu'il finissait de lire la lettre. Miss Esther tendit à nouveau la main.

"J'insiste pour que tu me donnes cette lettre, Cyril", dit-elle de sa voix discordante. Katharine lui frappa violemment la main. Son engourdissement faisait place à une sorte de frénésie passionnée.

« Laissez-le tranquille, tante Esther ! » elle a pleuré avec véhémence. "Cela ne vous regarde pas ; vous ne comprenez pas ; personne ne comprend. J'ai obligé Ted à se suicider. Je vais le voir *maintenant* ."

La dernière phrase fut la seule qui parvint à la compréhension de Miss Esther ; elle reprit aussitôt son attitude habituelle de désapprobation.

"En effet, Katharine, vous ne ferez rien de tel", s'exclama-t-elle d'un ton querelleur. "À quoi allons-nous ensuite, je me demande ? J'espère sincèrement, Cyril, que tu feras remarquer à ta fille qu'il lui est tout à fait impossible de rendre visite à un jeune homme dans ses appartements. J'aimerais vraiment que ce jeune Edward ennuyeux émigre. , ou se marier, ou faire quelque chose qui le mettrait à l'écart. Qu'a-t-il fait maintenant, je me demande ?

Katharine n'y prêta aucune attention ; ses yeux étaient fixés fébrilement sur le visage de son père.

"Ted est malade et il me veut. Tu me laisseras partir, papa, n'est-ce pas ?" » dit-elle d'un ton suppliant.

"Je vous prie d'affirmer votre autorité, Cyril, en interdisant une folie aussi folle", cria la voix aiguë de Miss Esther. Katharine se retourna furieusement vers elle.

" *Toi* , que peux- *tu* en savoir ? Tu n'as jamais su ce que c'était de vouloir protéger quelqu'un ; tu ne connais pas l'horrible vide de n'avoir personne à qui s'occuper. Papa ! tu comprends, n'est-ce pas ? Je peux y aller, n'est-ce pas ? »

Le recteur jeta un regard tour à tour. Il n'avait pas mis ses lunettes, mais il ne semblait pas en vouloir à ce moment-là. Peu à peu, la tyrannie de vingt ans perdait pour lui de ses terreurs ; il oublia même de rire nerveusement tandis que les deux femmes attendaient sa réponse ; et même s'il y avait un sourire sur son visage alors qu'il les regardait, cela n'avait été provoqué que par une réflexion sur sa folie du passé. Il s'émerveillait de lui-même, tandis que ses yeux se posaient sur les traits rayonnants de sa fille, qui avait toujours hésité à la soutenir.

"L'enfant a raison, Esther", dit-il doucement. "Je... j'aime moi-même ce cher garçon, et il ne faut pas le laisser au moment où il en a besoin. Nous irons ensemble, hein, Kitty ?"

Miss Esther le regarda bêtement. Elle ne l'avait jamais entendu parler ainsi auparavant. Après tout, rien n'est plus convaincant que la prise soudaine du pouvoir par les opprimés ; et peu de choses sont plus complètes que l'humiliation de l'oppresseur.

"Voyons," continua le recteur, "nous ne pouvons rien attraper avant 13h28. Cela nous laissera le temps de déjeuner tôt, si vous voulez bien y veiller, Esther. Kitty, mon enfant, ne vous inquiétez pas pour le garçon. ; nous allons bientôt le remettre en ordre, hein ?

Katharine restait immobile, la lettre de Monty croquante dans sa main. "Ted a essayé de se suicider, pour *moi* ", étaient les mots qui lui venaient impitoyablement à l'esprit.

Cyril Austen sortit de la pièce d'un pas ferme. Miss Esther fit claquer ses clés, marmonna quelque chose pour elle-même et le suivit presque immédiatement.

Elle fut enfin détrônée.

CHAPITRE XVIII

La logeuse était sortie de la chambre et avait fermé la porte. Katharine s'avança doucement vers le côté du lit et regarda le visage endormi. C'était exactement le même qu'elle l'avait toujours connu, arrondi et imberbe, sans ligne ni ride, et avec les cheveux aussi lâches et froissés qu'ils l'étaient avant que la virilité ne réclame sa soumission. "Cher vieux Ted," se murmura-t-elle avec un demi-sourire , "je ne crois pas qu'il *puisse* avoir l'air malade, malgré tous ses efforts." Elle se promenait furtivement dans la pièce, mettant des fleurs dans les vases et allégeant un peu le décor londonien, jusqu'à ce que le son de son nom la ramène au chevet du lit.

"Cher vieil homme, n'aie pas l'air si effrayé", rit-elle. "Nous avons appris que tu étais malade et nous sommes venus nous soigner, papa et moi. Papa est toujours en bas, il a découvert une vieille empreinte dans le couloir et il n'est pas encore allé plus loin. Il y a beaucoup de vieilles empreintes. " Il y a des empreintes dans le couloir, donc je suppose qu'il lui faudra beaucoup de temps avant d'aller plus loin. N'est-ce pas comme papa ? "

Elle lui lissa doucement les cheveux et il rit de contentement en réponse. Il ne parut pas du tout surpris de la voir ; Kitty était toujours revenue, toute sa vie, quand il se mettait dans une situation délicate ; et il ne lui vint pas à l'esprit à ce moment-là qu'elle était plus ou moins responsable de son ennui actuel.

"Voyez à quel point je suis touché!" il a dit. "Tellement pauvre, n'est-ce pas ?"

Son visage s'assombrit.

"Oh, Ted, comment as-tu pu faire ça ? Aurais-je dû rester à Londres et m'occuper de toi ?" dit-elle avec reproche ; et il comprit qu'il était inutile de vouloir lui cacher quoi que ce soit.

"Tout va bien, Kit", s'empressa-t-il d'expliquer avec humilité. "Ne jure pas, mon vieux ! Je n'ai pas pu m'en empêcher, sur mon honneur , je n'ai pas pu. Je suis tombé tellement malade, et je devais le faire. Et après tout, j'ai si mal joué, voyez-vous, que ça n'a pas été le cas. " ça ne se détache pas."

Sans le sujet de leur conversation, ils auraient pu être de retour dans les ruelles d' Ivingdon . Ils étaient naturellement tombés dans leur vieille attitude de garçon et de fille, et sa personnalité était, comme avant, la plus forte. Mais il y avait dans leurs relations une différence subtile qu'elle fut la première à ressentir.

"Je—je suis heureuse que ça ne se soit pas détaché, Ted," dit-elle en essayant de parler avec légèreté. Ted lui saisit la main pendant un moment, puis la relâcha, comme s'il avait à moitié honte de sa démonstration momentanée de sentiments.

« Vous voyez, reprit-il d'une voix très bourrue, c'est le seul rôle que j'ai laissé à la Providence, et la Providence l'a étouffé. Je suis un connard tellement pourri, je l'ai toujours été, vous ne savez pas ? Si ça avait été toi, tu n'aurais pas raté ça du tout, n'est-ce pas ? »

"La Providence n'a jamais le sens de l'humour ", a déclaré Katharine ; et elle se leva précipitamment, pour qu'il ne voyât pas son visage. Elle versa des médicaments et les lui apporta.

"Je dis, c'est terriblement déchirant de te voir prendre soin de moi comme ça," observa-t-il. "Qu'a dit Miss Esther ?"

"Elle semblait bouleversée", dit Katharine en souriant légèrement. "Mais on peut toujours mettre Tante Esther au diapason, quand il s'agit de maladie ; il y a tellement de textes dans la Bible sur la maladie, tu ne sais pas ? Au fait, quand as-tu mangé quelque chose pour la dernière fois ?"

Ted n'en avait aucune idée, à part une vague idée que quelqu'un lui avait apporté quelque chose sur un plateau le matin, qu'il n'avait pas regardé. Elle le quitta donc pour interroger la propriétaire, qu'elle trouva au milieu d'une longue histoire de l'estampe de la salle et du rôle qu'elle avait joué dans l'histoire de sa propre famille également, que le recteur écoutait patiemment mais avec une inattention évidente. Katharine réussit à se procurer ce qu'elle voulait et revint avec lui à la chambre du malade. Le malade paraissait plus épanoui que jamais.

"Vous voyez," expliqua-t-il entre les cuillerées dont elle le nourrissait, "c'est un médecin terriblement sournois. Il ne me laisse pas me lever, et bien sûr, j'ai aussi raison que la pluie, vraiment. Tellement bon marché de lui, n'est-ce pas ?

Malgré ses affirmations, cependant, il fut très heureux de jouer au malade lorsqu'elle lui apporta de l'eau tiède et se mit à lui laver les mains et le visage. Il était agréable, après la désolation de sa vie depuis six mois, de s'allonger dans une attitude paresseuse sans se sentir particulièrement malade, et de permettre à la fille qu'il aimait le plus au monde de faire des choses pour lui.

"C'est tellement du rhum", remarqua-t-il, "que nos mains ne s'usent jamais à force d'être lavées si souvent. Je ne comprends pas pourquoi elles ne veulent pas de semelles et de talons après un certain temps, comme des bottes."

"Je pense que vous avez raison et que votre médecin *est* plutôt 'sarcastique'", fut tout ce que dit Katharine, alors qu'elle emportait le bassin et cherchait ses brosses à cheveux. La table de toilette de Ted était caractérisée par une confusion luxueuse, et elle s'attarda un moment pour ranger les bouteilles au bouchon argenté dans un certain ordre. « Vous n'avez jamais pris soin de ce genre de choses », remarqua-t-elle en brandissant une bouteille d' *eau de toilette* ; "Je me souviens de la façon dont tu m'as taquiné une fois, quand je t'ai dit que je mettais de l'eau de lavande dans mon bain froid."

"Oh, eh bien, bien sûr, c'est une pourriture bestiale et tout ça", affirma Ted ; "Mais c'est la chose à faire, et il faut le faire, tu ne sais pas ? Bonjour, à quoi joues-tu maintenant ?"

"J'aimerais que tu ne sois pas aussi languissant", rétorqua Katharine. "Comment puis-je te brosser les cheveux si tu persistes à te comporter comme si tu étais en train de mourir ? Je crois que tu les mets."

"Ce n'est pas ma faute si je ne suis pas aussi énergique que toi", grommela Ted. " Ne joue plus, Kit ; viens ici et parle. Et tu n'as pas besoin de plier ces serviettes ; ils n'y sont vraiment pas habitués. "

"Je ne devrais pas penser qu'ils l'étaient, à en juger par leur apparence. Eh bien, de quoi ai-je à parler ?"

Elle vint s'asseoir sur la chaise à ses côtés et il changea de position pour pouvoir voir son visage. Elle aurait pu rire à haute voix devant son expression de contentement total.

" Oh, de la pourriture ; tout ce que vous voulez. Vous avez toujours beaucoup de choses à faire, n'est-ce pas ? Comment vont Ivingdon et la Grange ; et Peter Bunce vient-il toujours le dimanche après-midi ; et le médecin a-t-il des nouveaux chiens ? Allez-y, Kit ! Vous êtes resté là-bas à ne rien faire pendant tout ce temps, et vous devez savoir tout ce qu'il y a à savoir, à moins que vous ne soyez à moitié vivant comme avant. ancien lieu?"

"Oui," dit Katharine en lui souriant franchement. "Ils ont réparé la brèche dans la haie."

"Quel diable ils ont !" s'écria Ted. "Nous allons le faire rouvrir tout de suite, n'est-ce pas ? Pourquoi ne les avez-vous pas arrêtés ? Vous saviez que je n'étais pas là pour le leur dire moi-même. Tout comme leur foutue impertinence !"

"Chut," interrompit Katharine. "Il ne faut pas t'énerver, mon vieux, ce n'est pas bon pour toi."

Elle lissa ses oreillers et arrangea sa couverture avec une rapidité nerveuse, et Ted, se soumettant joyeusement à ses services, se demanda innocemment de quoi elle rougissait. Mais il ne prit pas la peine de le savoir.

"Je suis terriblement content de m'être empoisonné", murmura-t-il avec une satisfaction paresseuse.

Elle fut heureuse de cette diversion lorsque le recteur arriva enfin et qu'on la laissa s'enfuir dans la pièce voisine.

"Eh bien, mon garçon, et comment va le monde avec toi ?" » entendit-elle dire son père de son ton cordial.

"C'est un monde bestial et joyeux, et j'en suis la brute la plus joyeuse", fut la réponse de Ted.

Ils prirent chambre dans la rue voisine et vinrent tous les jours le soigner ; et lorsque ni la conscience du médecin « sarcastique », ni le désir du malade d'être soigné ne se révélèrent suffisants pour maintenir plus longtemps la farce de sa maladie, ils s'attardèrent encore sous prétexte d'être recherchés et envoyèrent des lettres soigneusement rédigées à Miss. Esther, d'où elle fut forcée de conclure que leur présence en ville était requise de toute urgence, tout comme ils l'auraient souhaité autrement. En réalité, Ted et Katharine conduisaient régulièrement le vieux recteur au British Museum tous les matins et passaient la journée seuls ensemble jusqu'à ce qu'il soit temps de le récupérer dans l'après-midi. Et le soir, ils l'initiaient aux joies d'un music-hall, ou le présentaient à un nouveau comédien ; et le recteur était plus heureux qu'il ne l'avait jamais été depuis les jours mémorables de Paris. Quant à Katharine, ses sentiments défiaient ses propres pouvoirs de description ; elle savait seulement qu'elle avait la sensation de se réveiller d'un long et mauvais rêve. Peut-être que Ted ressentait la même chose. "Vous avez guéri la plus grosse bosse que j'ai jamais eue de ma vie", a-t-il exprimé.

En repensant à la durée égale de ces quelques semaines, Katharine était incapable de se souvenir de ce dont elle avait parlé à Ted au cours des nombreuses heures qu'ils avaient passées ensemble. Peut-être n'avaient-ils pas parlé du tout ; à l'époque, cela ne semblait jamais avoir d'importance qu'ils le fassent ou non ; en tout cas, leur conversation manquait généralement de l'élément personnel qui seul rend la conversation distinctive. Cela n'avait rien de surprenant pour Katharine : aussi longtemps qu'elle se souvienne, Ted avait été la seule personne au monde à qui il était impossible de parler de soi ; et sa sympathie pour elle était aussi complètement superficielle que son amour pour lui était principalement protecteur.

Une ou deux fois , elle fut amenée par inadvertance à se faire un confident.

"Je me demande pourquoi je ne ressens plus jamais les choses avec acuité maintenant", lui dit-elle un jour alors qu'ils se promenaient le long du quai. "Je n'ai pas l'air de me soucier de ce qui va se passer ensuite, sauf que j'ai une sorte de conviction que ça va être agréable. Il me semble que j'ai envie de me réveiller à nouveau. Tu vois ce que je veux dire, Ted ?"

"Oh, ce n'est rien, tu te sens joué, c'est tout", répondit Ted d'un ton rassurant. "Mon expérience est que soit vous êtes joué, soit vous n'êtes pas joué; et quand vous l'êtes, vous feriez mieux de prendre un verre pour vous remonter le moral. Nous prendrons un taxi et déjeunerons quelque part. Où allons-nous aller aujourd'hui?"

Et Katharine se moquait de sa vision pratique des choses et se demandait pourquoi elle s'attendait à ce qu'il comprenne. Une autre fois, c'est Ted lui-même qui a donné à la conversation une tournure plus personnelle.

"Les bosses sont des choses vraiment étranges", observa-t-il assez soudainement. C'était un après-midi morne et chaud de décembre, et ils étaient assis sans rien faire depuis quelques minutes sur l'un des bancs du parc, surplombant la Serpentine. " On sent que tout est terriblement convenable, et les factures sont pendues, et tout ça ; et on maudit son tailleur et on s'amuse , et peu importe s'il neige. Et puis, quand c'est plutôt ennuyeux d'être sous une obligation envers un petit commerçant pourri, ou vous voulez un nouveau manteau ou quelque chose comme ça, et vous payez et vous vous sentez terriblement vertueux et ne devez pas un sou au monde, à l'exception des chemises et des choses pour lesquelles vous ne vous attendez jamais à être payé , — *alors* , allez chercher une double bosse.

"Des livres entiers pourraient être écrits sur l'aspect psychologique de la bosse", murmura Katharine.

"Regardez ces limites, maintenant", dit Ted, qui ne l'avait pas entendue. " Peu leur importe *que* ramer sur la Serpentine le samedi après-midi ne soit pas une chose à faire, surtout en redingote et en melon. Cela les fait bien pitié de voir à quel point ils savent peu de choses ; ils ne savent pas je sais même qu'ils sont des limitrophes, pauvres diables ! Mais *ils* n'ont jamais la bosse, confondez-les !

"N'empêche," dit Katharine, "c'est un gros prix à payer pour être immunisé contre les bosses, n'est-ce pas ?"

"La vie doit être terriblement facile, si vous êtes un limiteur", a poursuivi Ted. "Tu n'as pas besoin d'être en forme, et tu peux te promener avec n'importe quelle sorte de fille que tu veux, et tu n'as pas besoin de t'inquiéter de la forme de ton chapeau, et peu importe si tu es vue sur un le bus vert de Brixton. Cela évite beaucoup de réflexion, n'est-ce pas ? »

"Oui", dit Katharine. "Mais il faut quand même être un limiteur, et vous savez que vous ne pouvez même pas envisager une telle possibilité, ou une telle impossibilité, sans frémir. Au fait, tout cela a-t-il pour but de signifier que vous avez la bosse cet après-midi ? "

"Oh, non", dit Ted avec une gaieté retrouvée. — Je n'aurais jamais dû naître, bien sûr ; mais c'est une tout autre affaire.

Tard dans la soirée, le recteur proposa de retourner à Ivingdon . Ils venaient juste d'aller au théâtre et Ted les avait ensuite invités à dîner. Toute trace de son humeur de cet après-midi avait disparu, et il se disputait avec Katharine à propos de la force du grog du Recteur avec toute l'énergie dont sa nature langoureuse était capable. Katharine posa le gobelet qu'elle tenait et regarda rapidement son père.

"Oh, papa, pas encore !" s'écria-t-elle impétueusement. "Je suis heureux maintenant ; ne nous laissons pas tout gâcher en rentrant à la maison. J'ai l'impression que quelque chose d'horrible se produirait si nous rentrions à la maison maintenant. Ne pouvons-nous pas attendre encore un peu ? Je n'ai jamais été heureux comme ça auparavant. "

Le recteur murmura quelque chose à propos de trois semaines avant Noël, mais son sens du devoir était visiblement superficiel et il se rendit vite compte qu'il n'était pas écouté. Et la main de Ted se referma sur ses doigts alors qu'il lui prenait le verre chaud, et son visage brillait de plaisir et sa voix tremblait, alors qu'il murmurait : " Merci pour ça, ma chérie. "

Elle ne recula pas devant lui comme elle l'avait fait une fois auparavant lorsqu'il la regardait avec la même expression avide dans les yeux.

"Je ne sais pas du tout si je l'aime vraiment", a-t-elle déclaré à son miroir ce soir-là. "Je ne sais rien du tout de moi. Je crois que le connard est inné en moi, après tout, et qu'il me conviendrait bien mieux de me battre pour gagner ma vie dans le monde, plutôt que de rester à la maison et de simplement faire en sorte que Ted heureux. Mais quand même, s'il me le demande encore , je l'épouserai. Cela a été si paisible ces derniers temps, et je me suis senti si heureux, et le mariage avec Ted signifiera la paix s'il ne signifie rien de plus excitant que cela. Cher vieux Ted ; pourquoi n'est-il pas mon frère, ou mon fils, ou quelqu'un que je pourrais simplement materner et continuer à vivre ma propre vie en même temps ? Ah, eh bien, il va être mon mari ; comme cela semble étrange ! Je me demande si les femmes comme moi sont un jour autorisées à être heureuses à leur manière, glorieusement et complètement heureuses comme je sais que je pourrais l'être ? Mais je suppose que c'est seulement le con en moi qui le pense. Et Ted ne saura jamais que je Je veux plus que ce qu'il peut me donner. Oh, Ted, mon vieux, je t'aime tellement pour m'aimer !"

Une visite à Queen's Crescent l'a quelque peu déstabilisée. Elle a emmené son père avec elle et l'a présenté à Phyllis Hyam , et a essayé de se convaincre qu'elle était heureuse de ne plus revenir ; mais malgré le fait qu'il n'était pas familier d'être là en tant que visiteur, et la difficulté de trouver des sujets de conversation pour le recteur et Miss Jennings, qui n'avaient visiblement pas compris les efforts de chacun pour se montrer amicaux, la vue de la petite salle crasseuse et de la ronde de Phyllis, visage de bonne humeur , lui a rappelé suffisamment de souvenirs pour lui faire aussi un peu de regret.

"Avez-vous encore du pain et de la mélasse, et Polly Newland est-elle heureuse que je sois parti, et est-ce que quelqu'un parle jamais de moi ?" » demanda-t-elle avec intérêt. Même Phyllis avait l'air étrange, comme si sa plus belle robe avait été enfilée à la hâte et que la distinction d'être admise dans la chambre de "Jenny" était plutôt trop pour elle ; mais il y avait une familiarité dans son style de conversation qui était consolante.

"Oh, oui," répondit-elle avec désinvolture ; "Quand nous en installons un nouveau dans notre chambre, nous nous souvenons toujours à quel point vous étiez bleu la première nuit où vous êtes venu. Nous n'avons pas eu de 'permanent' dans notre chambre depuis votre départ ; et il y a aussi eu quelques spécimens joyeux ! L'une était infirmière, qui faisait sentir éternellement le désinfectant, une autre gardait des morceaux de nourriture dans son tiroir et encourageait les souris, et une troisième insistait pour que la fenêtre soit fermée. Les rideaux n'ont pas été lavés non plus depuis que vous J'ai fait cette dispute à leur sujet. Je dis, quand reviens-tu ?

"Vous n'offrez pas beaucoup d'incitation", rit Katharine. "Mais je ne reviendrai pas, en aucun cas."

"Tu vas te marier ?" » demanda brusquement Phyllis. Katharine sourit et ne la contredit pas. Ce n'était pas une insinuation qu'on aurait hâte de contredire dans un endroit comme Queen's Crescent, même si l'on pourrait s'y méfier ailleurs. Phyllis haussa les épaules. "Eh bien, n'allez pas en faire un gâchis", dit-elle. " Vous n'êtes pas du genre à être heureux avec quelqu'un, surtout si c'est trop facile pour vous. Aisé ? Bien sûr ; et vous adorez le sol sur lequel vous marchez, je suppose ! Oh, eh bien, ce ne sont pas mes affaires, et j'espère seulement que vous n'avez pas commis d'erreur. C'est au mieux une chose risquée ; et vous étiez très heureux ici la plupart du temps, et vous devez faire mieux, vous savez. Je vous souhaite bonne chance, je' Je suis sûr, mais il faut une femme pour comprendre quelqu'un comme vous, et j'aimerais aussi voir l'homme qui pense qu'il le fait.

"J'espère que vous le ferez un jour ", dit poliment Katharine. Mais Phyllis ne répondit pas avec chaleur, et Katharine était heureuse de revenir à l'indifférence masculine de Ted. Il était difficile de s'inquiéter de l'avenir en compagnie de Ted ; même le fait qu'il ne lui avait pas encore formellement proposé ne semblait pas l'inquiéter. Cela ne faisait certainement aucune différence dans la liberté de leurs rapports sexuels ; et, tant qu'il n'y avait pas de nécessité immédiate d'agir, ce n'était pas Ted qui prenait l'initiative. "Je crois que je devrai lui proposer moi-même", était la pensée qui lui traversait parfois l'esprit alors qu'elle étudiait son beau visage placide. Mais après sa visite à Queen's Crescent, elle commença à souhaiter qu'il ne soit pas aussi désinvolte à ce sujet ; car, sans même admettre que le manque d'encouragement de Phyllis avait en quoi que ce soit influencé sa décision, elle avait le sentiment persistant que l'état actuel des choses ne pouvait pas durer éternellement et que ce serait mieux pour elle, en tout cas. , pour que l'affaire soit définitivement réglée. Elle fit donc une sorte de tentative, un jour ou deux plus tard, pour éveiller ses appréhensions.

"Phyllis se demandait si je reviendrais un jour à mon travail", lui dit-elle brusquement.

"Oh, n'est-ce pas ? Plutôt une gentille fille, Phyllis, si elle ne s'habillait pas si mal", observa inconsciemment Ted. Ils assistaient à un concert de Wagner au Queen's Hall et l'Idylle Siegfried venait de se terminer. Cela lui semblait un moment propice.

"J'ai dit que je ne reviendrais jamais", a poursuivi Katharine, étudiant son profil d'un œil critique.

"Bien sûr que non", dit Ted en fredonnant le refrain qu'ils venaient d'entendre.

Pour une fois, Katharine se sentait légèrement ennuyée contre lui parce qu'il manquait de sentiments appropriés.

"Je ne crois pas que tu te soucies de savoir si je le fais ou non," dit-elle d'un ton piqué.

"Eh, quoi ?" dit Ted en la regardant avec un étonnement vide. « Aurais-je dû dire autre chose ? Mais vous avez réglé cela il y a longtemps, Kit, n'est-ce pas ? Il n'y a plus rien à dire à ce sujet, n'est-ce pas ?

"Oh, non, bien sûr que non", dit Katharine d'une manière qui lui semblait des plus déraisonnables ; "Mais quand même, je ne suis pas du tout sûr de ne pas y retourner à la rentrée."

Ted le regardait plus que jamais.

"Oh, les rats !" s'exclama-t-il chaleureusement. "Qu'est-ce qui ne va pas, Kitty ? As-tu été frappé aujourd'hui, ou quoi ? Je suis un connard pourri, je ne sais jamais. Bien sûr que tu ne vas plus jamais broyer ; quelle idée ! "

"Pourquoi pas?" » demanda Katharine avec une insistance inconfortable. Ted commença à faire de nouvelles affirmations, mais s'arrêta au milieu et hésita. Il réalisa soudain qu'il n'y avait qu'une seule réponse à sa question et qu'il devait la donner maintenant. Il baissa les yeux et fit des ravages dans son programme , et balbutia désespérément jusqu'à ce que Katharine ait pitié de lui et vienne à son aide en riant.

« Tout va bien, vieil homme ; je n'y retournerai jamais, bien sûr », dit-elle ; et Ted s'éclaira de nouveau lorsqu'il découvrit qu'il n'avait pas encore besoin de lui proposer, et fut visiblement soulagé de l'établissement de leurs anciennes relations. Elle ne fit rien de plus pour les changer, et le seul résultat de sa tentative avortée fut que Ted était plus attentif à elle qu'auparavant et faisait constamment de petits projets pour l'emmener dans un musée ou une galerie de tableaux peu fréquentés, manifestement avec un dessein dans son cœur. esprit qu'il n'a pas eu le courage de mettre à exécution.

« Pauvre vieux Ted », pensa-t-elle après qu'ils eurent passé un après-midi ennuyeux et silencieux au Royal Institute parmi les produits coloniaux ; "Je me demande s'il parviendra un jour à le sortir !"

Curieusement, pendant toutes les semaines qu'elle a passées en ville, la pensée de Paul Wilton lui a rarement traversé l'esprit ; et quand cela se produisait , elle sentait que cela faisait référence à une de ses vies antérieures, avec laquelle cette existence calme et présente n'avait aucun rapport. Parfois, elle se demandait s'il était déjà marié, et si c'était le cas, s'il avait déjà pensé à elle ; mais elle pouvait considérer Marion comme sa femme sans regret, et elle était heureuse de constater qu'elle n'avait aucune envie de le revoir. L'impression qu'il semblait avoir laissé dans son esprit, après tous ces mois, était celle d'un élément inquiétant qui avait apporté dans sa vie le plus grand malheur qu'elle ait jamais été contrainte d'endurer. Il était peut-être sans conséquence que, pensant ainsi, elle eût été catégorique dans son refus d'aller voir les Keeley ; mais même si elle était incapable d'expliquer pourquoi elle était si préoccupée par un si petit sujet, elle était au moins sincère dans sa conviction qu'il n'avait plus sa place dans ses pensées.

Et puis, deux jours avant de quitter la ville, elle le rencontra enfin.

C'était dans Bury Street, tard dans un après-midi brumeux, alors qu'elle se rendait au musée avec Ted. Elle s'était arrêtée avec une exclamation de joie devant une vieille librairie, et le propriétaire, qui discutait à l'intérieur avec un futur acheteur, sortit bon enfant et proposa d'allumer le bec de gaz au-dessus du plateau de volumes poussiéreux. « Je vais devoir m'arrêter maintenant », murmura Katharine ; "Et si tu partais chercher papa et que tu le ramenais ici ?"

La lumière s'éclaira et dessina un demi-cercle lumineux dans l'obscurité qui se rapprochait rapidement autour de la boutique. Le client qui se trouvait à l'intérieur a conclu son achat et est ressorti au moment où Ted s'éloignait. Apparemment , ils ne se virent pas, et le brouillard engloutit bientôt la forme en retraite ; mais Katharine se détourna en ce moment du livre qu'elle examinait et rencontra l'étranger face à face.

« Ah », dit-il doucement ; "enfin!"

"Oui", répéta-t-elle; "enfin!"

Ce n'est que plus tard qu'elle se rendit compte que ce n'était pas du tout le ton avec lequel elle l'aurait salué si elle avait été plus préparée ; mais sur le moment, cela lui vint tout naturellement aux lèvres. Il lui tenait toujours la main tout en continuant à parler.

"Et Ted ? Où l'as-tu envoyé ? Est-ce qu'il sera long ?"

Elle n'aimait pas l'implication de ses paroles.

"Je ne l'ai envoyé nulle part. Il est allé chercher mon père au Musée, ils reviendront directement. Veux-tu dire que tu as reconnu Ted à cet instant ?"

"Pourquoi, sûrement ! Ne m'as-tu pas reconnu , alors que je me tenais là, dans l'ombre ?"

" Bien sûr que non", s'écria Katharine avec chaleur en retirant sa main. "Je ne t'ai jamais vu jusqu'à ce que tu apparaisses dans la lumière. J'aurais dû arrêter Ted si je l'avais fait."

"Oh, bien sûr ; pardonnez mon erreur. Bien sûr, vous auriez détenu Ted dans ce cas." Et il sourit comme s'il était légèrement amusé par quelque chose.

Elle avait remarqué son air joyeux, et elle le détestait pour cela. De quel droit était-il heureux de la voir ? Et maintenant qu'il se moquait d'elle et faisait des insinuations sur Ted, des insinuations vraies d'ailleurs, elle le détestait encore plus pour son acuité.

" Alors tu es de retour en ville ? " » disait-il avec ce qui semblait être un aimable intérêt. "Mais je ne suis pas surpris. J'ai toujours su que tu devrais revenir."

"Que veux-tu dire?" » demanda-t-elle, se sentant plus ennuyée que jamais. Il lui ressemblait tellement de tout savoir d'elle sans qu'on le lui dise, puis de lui donner un teint qu'il ne lui laissait aucune occasion de contredire. "Nous sommes venus, papa et moi, parce que Ted était malade ; et nous y retournons mercredi."

"Vraiment ? Encore une erreur. Il est difficile d'imaginer Ted autrement que dans la pleine jouissance de sa santé. Pas gravement malade, j'espère ?"

« Oh non, » dit-elle avec une conviction inconfortable qu'on la faisait s'exposer dans toute sa faiblesse ; "Mais il n'y avait personne pour le soigner, alors je suis venu. Il va bien maintenant."

" Je devrais donc juger d'après le bref aperçu que j'ai eu de lui tout à l'heure. Chanceux, Ted ! Il avait l'air très joyeux, pensai-je ; il a sans doute de bonnes raisons d'être heureux. Vous aussi, si je puis dire, vous avez bonne mine. ... C'est très agréable d'être jeune, n'est-ce pas ?

Elle éprouvait une colère folle contre lui, parce qu'il avait perçu la situation si absolument et n'en avait fait qu'un sujet de raillerie. Elle ne savait pas comment elle aurait souhaité qu'il le prenne, mais elle le détestait tout de même pour l'avoir accepté si calmement.

"Je ne vous comprends pas", dit-elle en parlant rapidement. "Ce n'est pas du tout délicieux ; tu sais que ce n'est pas le cas. Tu sais que je te déteste ; tu sais que je suis la personne la plus misérable du monde entier. Tu sais tout ce qu'il y a à savoir sur moi ; et je te déteste ! Pourquoi es-tu revenu pour tout gâcher, alors que j'essayais si fort d'être heureux ? »

Ses propres mots l'étonnaient. Elle savait qu'ils étaient vrais au moment où elle les prononçait ; mais elle ne le savait pas il y a dix minutes.

"Je suis désolé", dit-il gravement. "Dois-je y aller?"

Il avait complètement abandonné son ton moqueur, mais elle le détestait pour sa pitié encore plus que pour son ridicule ; elle essaya de parler, mais sa colère l'étouffa.

"Quand reviendras-tu à Ivingdon ?" Il a demandé. "Tu as dit mercredi ? Et tu vas laisser Ted en ville ?"

Elle se demandait pourquoi il n'y était pas allé, au lieu de rester là et de faire la conversation en inventant des questions dont il ne pouvait pas vouloir connaître les réponses. Mais elle fit machinalement à tous deux un geste affirmatif ; et il répéta sa première question avec une douce insistance.

« Dois-je y aller maintenant ? »

"Oui vas-y!" » cria-t-elle violemment, et ignora la main qu'il lui tendait, et le laissa partir sans ajouter un mot.

Le brouillard l'engloutit, et elle se leva et regarda l'endroit où il se tenait, et se demanda vaguement s'il avait été là du tout ou si elle n'avait pas rêvé tout l'incident. Un instant, l'envie folle la saisit de se précipiter à sa poursuite dans le brouillard et l'obscurité, et de le supplier de l'emmener partout avec lui, pourvu qu'elle soit avec lui. Et puis un sourire apparut sur son visage lorsque le libraire sortit et lui parla ; et elle a payé le premier volume qu'elle a acheté ; et le Recteur et Ted sortirent du brouillard dans le demi-cercle de lumière, et la vie reprit son aspect ordinaire.

"Est-il parti ?" » demanda Ted.

"Qui ? M. Wilton ? Je ne savais pas que vous l'aviez vu. Oh, oui ; il y est allé il y a quelque temps. N'est-ce pas une petite chose joyeuse que j'ai ramassée ?" » dit Katharine légèrement ; et Ted n'y pensait apparemment plus.

Ce soir-là, elle était presque fiévreusement gaie. Le recteur s'asseyait et souriait joyeusement en tournant tout ce qui se passait en ridicule et en faisant de chaque passant un sujet de son esprit. Ils n'allèrent pas au théâtre, à cause du mauvais temps ; et quand Monty est venu prendre un café plus tard, elle l'a maintenu dans un état perpétuel d'approbation adoratrice jusqu'à ce que le fait du sombre silence de Ted lui soit progressivement imposé, et elle s'est vivement reprochée sa stupidité. Elle était très cool avec Monty après avoir réalisé son erreur ; et le pauvre garçon, qui ignorait tout à fait son crime, profita de la première occasion pour partir. Même alors, malgré ses efforts pour être gentil avec lui, Ted n'a pas complètement retrouvé son moral ; et elle soupira intérieurement en pensant qu'elle ne pouvait même pas être sûre d'accomplir la seule tâche qu'elle s'était fixée.

Et le lendemain, son ancienne inquiétude la reprit. Tout le travail des six dernières semaines semblait avoir été soudainement annulé ; rien ne lui apportait de bonheur, pensa-t-elle amèrement ; elle était incapable du bonheur et il était absurde de sa part d'espérer le trouver. Tout de même, peut-être que si Ted lui disait quelque chose – mais Ted ne dit toujours rien et se mit à faire des projets pour son plus grand plaisir en ce dernier jour en ville, comme si leur séparation prochaine n'avait aucune importance ; et il semblait aussi inconscient de son changement d'humeur qu'il l'avait été depuis le début de son contentement inhabituel. La journée n'a pas été une réussite ; leurs petits divertissements improvisés avaient été bien plus satisfaisants que ceux soigneusement planifiés d'aujourd'hui, et le silence de Ted sur le seul sujet d'intérêt devenait plus marqué à mesure que le temps passait et finissait par élever une barrière inconfortable entre eux. Une fois, elle fut sûre qu'il aurait parlé si le recteur n'était pas entré à l'improviste ; et une fois, il la fit sursauter en lui prenant soudain les deux mains dans les siennes et en la regardant dans les yeux pendant une minute entière, pendant qu'elle attendait passivement qu'il parle. Mais au lieu de cela, il devint très rouge, se traita d'idiot, sortit précipitamment de la pièce et la laissa à moitié amusée et à moitié pleine de regrets. Elle s'est sentie très tendre envers lui après cela ; et le vieux désir de le materner était très fort en elle lorsqu'ils se retrouvèrent enfin ensemble sur la plate-forme d'Euston, et n'eurent plus que quelques instants pour dire ce qu'ils avaient en tête.

"Que Dieu te bénisse, chérie ! Je te reverrai bientôt ?" C'était tout ce qu'elle pouvait se résoudre à dire à ce dernier moment.

"Non... oui... peut-être. Je vais t'écrire très bientôt. Je suis un connard pourri, comme tu le sais, mais... tu vas essayer de comprendre, n'est-ce pas, Kitty ?"

Le train avançait, elle se penchait par la fenêtre et riait.

"Je suis sûre que je comprendrai", dit-elle.

CHAPITRE XIX

Elle attendit en vain pendant les deux jours suivants la lettre de Ted. Ses paroles d'adieu semblaient cependant lui avoir redonné la tranquillité d'esprit ; et l'humeur vertueuse dans laquelle elle revint à Ivingdon était si sans précédent qu'elle suscita la surprise plutôt que l'admiration qu'elle méritait. Le point culminant fut atteint lorsque Miss Esther insista pour lui donner un tonique.

"Il est très ridicule", remontra-t-elle, "qu'il ne soit jamais permis de laisser tomber un instant son attitude caractéristique. Si j'étais rentré à la maison et que je me comportais de manière aussi puérile que je le fais habituellement, vous auriez été tout à fait satisfait ; mais juste parce que je Si je suis enclin à être civilisé pour changer, vous choisissez de vous en vouloir. On croirait que vous avez déposé un brevet pour toutes les vertus.

"Ma chère, c'est sans doute très intelligent, mais j'aimerais que vous buviez cela et ne me gardiez pas debout", répondit sa tante, qui était, comme toujours, occupée d'actions et non de théories à leur sujet ; et Katharine dut chercher une consolation pour son inconfort momentané dans l'absurdité de la situation.

Elle se demanda légèrement pourquoi Ted ne lui avait pas écrit immédiatement, mais après les hésitations qu'il avait déjà montrées, elle n'était pas préparée à un nouveau retard ; il était plus que probable qu'il trouvait les complexités liées à l'écriture de ce qu'il ne pouvait pas dire plus grandes qu'il ne le supposait, et cela l'amusait de conjecturer qu'il finirait probablement par s'adresser à elle pour obtenir l'aide qu'il avait appris à attendre d'elle dans sa vie. toutes les crises de sa vie. En attendant, ils avaient toute une vie devant eux pendant laquelle ils pourraient déterminer les effets de leur action, et dans son état actuel, elle ne voyait aucune raison satisfaisante de la hâter ; elle ne se rendait pas compte avec quelle insistance elle rappelait chaque instant de la gentillesse de Ted à son égard, comme pour renforcer sa résolution, et elle était inconsciente de l'acharnement avec lequel elle évitait de s'attarder sur certain épisode de la visite à Londres dont elle n'avait même jamais parlé. à son père. Elle s'était trompée, peu à peu, jusqu'à atteindre une complaisance qu'elle prenait pour de la résignation.

Enfin, samedi matin, au courrier de midi, elle reçut sa lettre. Il était accompagné d'un autre, écrit d'une main qui lui rappelait une association sans souvenir distinct ; et elle ouvrit celle-ci la première, principalement parce que c'était celle qui l'intéressait le moins. La première page révélait son identité ; il venait de Mme Downing et était typiquement plein de mots soulignés et d'interpolations à peine lisibles, et elle était obligée de le lire deux fois avant de pouvoir en saisir le sens. L'idée était que l'entreprenante directrice était sur le point d'ouvrir une succursale de son école à Paris, où tout devait être français, « tout à fait français, vous savez, *ma* chère Miss Austen, le personnel, les conversations, la cuisine, les jeux, *tout* ; un endroit où je peux envoyer les chers enfants d'ici quand ils veulent finir. Les Français sont des gens si *délicieux*, n'est-ce pas ? *Si* uniques et *si* français !" La morale, cependant, devait être anglaise ; ainsi, malgré l'élément français unique du caractère français, il devait y avoir un chef anglais dans l'établissement, et c'est dans cette position qu'elle procéda dans un dédale de compliments extravagants à offrir à son ancienne maîtresse cadette. " Pas une duègne, bien *sûr*, car cela sera fourni en la personne de l'excellente Miss Smithson, qui agira nominalement comme gouvernante et constituera un décor *exquis* à l'ensemble. Il y a toujours certaines de ces chères mamans stupides qui insisteront. sur le fait de placer la bienséance avant l'éducation, — si ignorant, n'est-ce pas ? Mais Miss Smithson était destinée par Nature, j'en suis sûr, à apaiser ce genre de maman ; tandis que *vous*, ma chère Miss Austen, j'ai l'intention d'être quelque chose de plus qu'un arrière-plan. ... Je compte sur vous pour donner le *ton* à l'école, pour diriger le fonctionnement de tout, les divertissements, les cours, voire tout le *régime*, pour être responsable du bonheur des chers enfants et pour veiller à ce qu'ils écrivent heureux. des lettres à la maison chaque semaine, pour *me* remplacer en fait. Je pourrais *tout vous dire* en deux minutes, etc., etc.

Katharine déposa la lettre avec un soupir involontaire ; le poste qu'il lui offrait était plein d'attraits pour elle, et le salaire aurait été plus élevé que ce qu'elle avait jamais espéré exiger. "J'aurais aimé qu'elle me le demande il y a six semaines", dit-elle à voix haute, puis elle s'accusa farouchement de déloyauté et ramassa la lettre de Ted et étudia l'écriture enfantine sur l'enveloppe comme pour se donner le courage de l'ouvrir. Elle avait voulu être seule avec sa lettre et avait soigneusement observé son père sortir de la maison avant de s'enfermer dans le bureau ; aussi le bruit d'un pas sur le chemin de gravier à l'extérieur lui fit froncer les sourcils, et elle resta volontairement dos à la fenêtre pour que l'intrus, quel qu'il soit, comprenne qu'elle n'avait pas l'intention d'être dérangée. Mais la voix avec laquelle elle entendit prononcer son nom à travers la fenêtre ouverte attira son attention.

Elle laissa tomber la lettre non ouverte sur la table et se tourna lentement vers l'orateur. L'étrangeté de sa venue, alors qu'elle s'obstinait à le sortir de ses pensées depuis lundi dernier, avait un effet paralysant sur ses nerfs ; et Paul se balança par-dessus le siège bas de la fenêtre et atteignit son côté à temps pour l'empêcher de tomber. Cependant, elle se reprit immédiatement et recula devant son contact.

"Je ne comprends pas pourquoi vous êtes ici", se surprit-elle à dire avec difficulté.

"C'est ce que je suis venu expliquer", a-t-il répondu. "Je ne pouvais pas m'attendre à ce que tu comprennes."

Son ton était curieusement doux. En le regardant de nouveau, elle se rendit compte qu'il était très changé. Elle n'avait pas beaucoup remarqué son apparence alors qu'il se tenait devant la librairie, avec le brouillard sombre dans le dos ; mais maintenant , alors que la lumière de la fenêtre derrière lui tombait en plein sur la tête, elle vit les nouvelles mèches blanches dans les cheveux noirs, et cette vue l'affecta étrangement. Peut-être que, même si, dans son arrogance, elle avait cru qu'il vivait dans un contentement mal acquis, lui aussi avait eu quelque chose à souffrir.

"Tu ne veux pas t'asseoir ?" » dit-elle, et elle prit elle-même une chaise et attendit qu'il commence. La seule idée qu'elle avait en tête était qu'il ne devait pas la soupçonner de nervosité.

"Vous avez eu la gentillesse, lors de notre dernière rencontre cet été", commença Paul, "de me féliciter pour mes fiançailles avec votre cousin. Je vais vous demander de me faire part de votre gentillesse maintenant et de nous féliciter tous les deux d'avoir été libérés de cet engagement."

Katharine le regarda avec étonnement. Mais il n'y avait rien à déduire de son visage. Elle sourit plutôt tristement.

"Pauvre Marion !" dit-elle doucement. "Est-ce que personne ne peut rester heureux ?"

"Vous me trompez," la corrigea-t-il soigneusement. "Votre cousine a pris l'initiative en la matière ; c'est évidemment elle qu'il faut féliciter."

"Et toi?"

"Moi ? Oh, je suppose que je n'ai qu'à blâmer ma propre ignorance . Si j'avais eu plus de connaissances sur les femmes, j'aurais dû mieux savoir ce qu'on attendait de moi. Dans l'état actuel des choses, mes fiançailles se sont avérées un échec complet."

Il y eut une pause, jusqu'à ce que Katharine se réveille pour parler d'une voix sans vie qui ne semblait pas lui appartenir.

"Je suis désolée si cela vous a rendu malheureux", dit-elle. Paul la regarda d'un œil critique.

"Es-tu sûr?" » demanda-t-il en souriant.

Katharine croisa et déplia ses mains avec inquiétude, et souhaitait qu'il s'en aille et retire pour toujours sa présence inquiétante de sa vie .

"Oh, oui," dit-elle. "Bien sûr, on est toujours désolé quand les gens sont mécontents."

"Seulement ça?" Sa voix avait une touche de déception, et elle commença à trembler à cause de son sang-froid. Il se leva et se dirigea vers la fenêtre et regarda à travers la pelouse, où le soleil hivernal se débattait à travers les branches nues des ormes et dessinait de légers motifs complexes sur l'herbe blanchie en contrebas. "C'est ici que je t'ai rencontré pour la première fois, il y a trois ans", poursuivit-il comme s'il se parlait à lui-même. "Tu n'étais alors qu'une enfant et tu m'intéressais. Je me demandais ce qu'il y avait chez toi qui m'intéressait autant, une simple enfant comme toi ! Tu étais très gentille avec moi à cette époque, Katharine."

"Je—j'aimerais que tu ne le fasses pas", dit Katharine. Mais il ne semblait pas l'entendre.

"La plupart des hommes se seraient comportés différemment, je suppose", poursuivit-il, détournant toujours les yeux d'elle. "Il est très fatal d'admettre la possibilité, même pour nous-mêmes, de créer un nouveau système pour une civilisation délabrée comme la nôtre ; et j'ai été idiot de supposer que les femmes pouvaient être traitées par des méthodes autres que celles évidentes. C'est ma propre décision. C'est bien sûr la faute si, dans mon souci de garder votre respect, j'ai réussi à détruire votre affection.

Elle voulait se justifier, protester contre ce qui lui semblait être une suffisance confiante ; mais l'ancienne influence s'insinuait à nouveau sur elle et l'engourdissait.

"J'aimerais que tu ne dises pas ces choses," dit-elle faiblement. La lettre non ouverte posée sur la nappe rouge semblait être une protestation contre la futilité de la scène qui se déroulait, et elle se surprit à réprimer une envie de rire devant la moquerie de tout cela.

Il se retourna de nouveau avec un soupir à moitié réprimé et sortit sa montre.

"Juste douze", dit-il pensivement. " Il faut que je parte si je veux marcher jusqu'à la gare. Vous me pardonnerez de vous avoir inquiété avec tout cela ? J'avais comme le sentiment que j'aurais envie de vous en parler moi-même ; notre ancienne amitié semblait exiger que peu de franchise, même si je suppose que vous penserez que je n'ai plus le droit de parler d'amitié. J'avoue que je vous ai donné toutes les raisons d'être en colère contre moi; si je peux jamais faire quelque chose pour effacer l'impression désagréable de votre Attention, j'espère que vous me le ferez savoir. Au revoir.

"Tu... tu n'y vas pas ?" Elle s'était levée aussi et se tenait entre lui et la porte. Elle ne savait pas pourquoi elle souhaitait le garder, mais elle savait qu'elle ne pouvait pas le laisser partir.

"À moins que vous puissiez me montrer une raison satisfaisante pour rester", fut sa réponse. Elle tremblait violemment de la tête aux pieds.

"Je ne peux pas supporter que tu me laisses comme ça", dit-elle à voix basse.

"C'est à vous de dire si je dois y aller ou non", dit Paul sur le même ton. Elle le regardait droit dans les yeux ; mais ce qu'elle voyait pourtant, c'était la lettre non ouverte sur la nappe rouge. Elle étendit les mains comme pour le repousser, mais il se trompa sur son mouvement et les saisit tous les deux dans les siens.

"Ne le fais pas, oh, ne le fais pas!" cria-t-elle en luttant faiblement pour se libérer. "Je veux que tu partes, s'il te plaît. Je pensais que tout était fini et que je ne devrais plus jamais te revoir , et je commençais à me sentir heureux, juste un peu heureux; et maintenant tu es revenu, et tu veux que ce soit le cas. recommencez, et je ne peux pas le permettre, je ne suis pas assez fort ! Oh, tu ne veux pas y aller, s'il te plaît ?

"Si vous m'envoyez, j'irai", dit Paul en attendant sa réponse. Mais personne n'est venu et il a éclaté de rire triomphalement. Elle ne l'avait jamais entendu rire aussi fort auparavant.

"Je savais que tu ne pouvais pas, espèce de petite personne fière", dit-il avec une soudaine tendresse dans son sourire. " La femme en toi est si forte, n'est-ce pas, Katharine ? Ah, j'en sais bien plus sur toi que tu n'en sais toi-même ; mais tu n'y crois pas, n'est-ce pas ? Dois-je te dire pourquoi je suis venu vers toi pour... " C'était juste pour te dire que je ne pouvais plus vivre sans toi. N'est-ce pas étrange ? J'ai été brutalement franc avec toi aujourd'hui, Katharine, il n'y a pas une autre femme au monde qui aurait pris comme vous l'avez fait. Je savais que vous le feriez avant de venir vers vous ; et cette connaissance me donne le courage de vous dire une chose de plus. Vous connaissez l'échec de ma tentative de me marier par ambition ; allez-vous, dans votre douceur, m'aider que je me marie par amour ? »

Il lui lâcha les mains et s'éloigna d'elle. La délicatesse de son geste, si légère soit-elle, la séduit fortement. Elle tourna le dos à la table pour ne pas voir la lettre blanche sur la nappe rouge.

"Je ne peux pas t'épouser", dit-elle précipitamment. "J'aurais été ton esclave il y a quelques mois, mais je ne peux pas être ta femme maintenant."

À l'exception d'un pincement des lèvres, il ne bougea pas d'un trait.

"Ce n'est pas vrai, je n'arrive pas à le croire", dit-il brièvement.

"Pourquoi pas?" » demanda-t-elle d'une voix fatiguée. Elle espérait qu'il ne devinerait pas à quel point elle était proche de la soumission.

"Parce que ce n'est pas possible. Tu n'es pas le genre de femme qui change. Tu dois m'aimer maintenant, parce que tu m'aimais alors. Tu ne peux pas nier que tu m'aimais alors ?"

"Non", dit Katharine, "je ne peux pas le nier."

" Alors pourquoi prétends-tu que tu ne m'aimes toujours pas ? Je ne crois pas que ce soit à cause de mes fiançailles avec ta cousine. Tu es fait d'une argile plus fine que les autres, et... "

"Oh non, ce n'est pas la raison", dit-elle en l'interrompant avec impatience.

"Ne me dis-tu pas pourquoi?" » demanda-t-il en s'approchant d'elle à nouveau. Il n'y avait aucun doute sur la tendresse de son ton maintenant, et elle cherchait dans son esprit une excuse pour le renvoyer avant de perdre complètement son pouvoir de résistance. "Est-ce que je t'ai tellement mis en colère que tu ne me pardonneras jamais?"

"Non, non, tu ne m'as jamais mis en colère", protesta-t-elle. "Mais tu m'as fait me sentir absurde, et c'est bien pire. Je ne peux pas être sûr, maintenant, que tu ne te moques pas simplement de moi. As-tu oublié qu'autrefois tu me prenais pour un con ? Je n'ai pas changé ; je suis encore un con. Comment peux-tu vouloir m'épouser quand tu as cette image de moi en tête ? Il est désespéré de penser à notre mariage, toi avec un mépris secret pour moi, et moi avec une peur perpétuelle de toi !

L'homme en lui seul parlait quand il lui répondait.

« Sûrement, il suffit que nous nous aimions ?

Elle secoua la tête.

"Ah, tu sais que ce n'est pas le cas", répondit-elle avec l'étrange petit sourire qui l'avait si souvent dérouté. « Je... j'aimerais tellement que tu comprennes… et que tu partes . Ou dois-je trouver mon père et lui dire que tu es ici ?

Il posa sa main sur sa joue et la regarda attentivement.

"Est-ce que tout est fini, notre amitié, ton amour pour moi, tout ?" Il murmura. " Te souviens-tu avec quelle douceur tu m'as soigné il y a trois ans ? As-tu oublié les joyeuses conversations que nous avons eues ensemble au Temple ? Et tout le plaisir que nous avons eu ensemble à Londres ? Est-ce que tout cela va se terminer ainsi ? "

"Je ne peux pas t'épouser ; je ne t'aime pas assez pour ça," dit-elle, bougeant de manière rétive sous son contact. Il lui caressa doucement la joue.

"Alors pourquoi es-tu excité quand je te touche ?" Il a demandé. "Pourquoi ne me renvoies-tu pas ?" C'était son dernier geste, et il en observait l'effet avec anxiété. Elle le regarda, impuissante.

"Je... je vous renvoie", dit-elle faiblement, et il la fit se joindre faiblement au rire contre elle-même. Il y avait quelque chose de méprisable dans son abandon, sentit-elle alors qu'il la prenait dans ses bras et la regardait avec un air viril de possession.

"Si ce n'est pas de l'amour , qu'est-ce que c'est, espèce de petit puritain solennel ?" murmura-t-il.

"Je ne sais pas", dit Katharine d'un ton sourd. Elle se soumit passivement à son étreinte et se laissa embrasser plus d'une fois.

" Bien sûr que tu ne le sais pas," sourit-il. "Quelle femme tu es et comme je t'aime pour ça ! Ne sois pas si sérieuse, chérie ; dis-moi à quoi tu penses si profondément ?"

Ce fut la pitié pour lui, le réveil de son ancien amour authentique pour lui, qui la poussa enfin à lui dire la vérité.

"Veux-tu s'il te plaît me laisser partir, Paul ?" » demanda-t-elle docilement. Et tandis qu'il lui relâchait les bras et la laissait partir, elle lui prit une main et le conduisit avec une hâte fébrile vers la table, où la lettre de Ted gisait toujours comme un témoin silencieux contre elle-même. Ils se tenaient côte à côte et regardaient l'enveloppe blanche sur la nappe rouge, et il fallut une bonne minute avant que le silence ne soit rompu. Puis Katharine l'éloigna de nouveau, cacha la lettre avec sa main et leva les yeux vers son visage.

« Savez-vous ce qu'il y a dans cette lettre ? » demanda-t-elle, et sans attendre de réponse, elle continua presque aussitôt. "C'est de la part de Ted de me demander d'être sa femme."

"Et tu vas dire—"

"Oui."

Paul sourit incrédule.

"C'est impossible", a-t-il déclaré. "Je refuse de croire ce que vous dites maintenant, après ce que vous m'avez dit lundi après-midi."

" Ah ! " s'écria-t-elle, " j'étais alors folle. Tu me rends toujours folle quand je suis avec toi. Tu ne dois plus parler du lundi après-midi ; il faut que tu oublies ce que je t'ai dit alors et ce que j'ai dit à toi. " toi aujourd'hui ; tu dois oublier que je t'ai permis de m'embrasser... "

"Oublier?" interrompit Paul. " Vas -tu oublier tout ça ?"

Elle se détourna avec un petit cri.

"Tu me rends la tâche si difficile, Paul ; et cela semblait si facile avant ton arrivée !"

"Alors ça ne semble pas si facile maintenant ?"

Elle a éludé sa question. "Je sais que j'ai raison, parce que j'ai tout réfléchi quand tu n'étais pas là", poursuivit-elle pitoyablement. "Je ne peux même pas me faire confiance pour penser correctement quand tu es là ; tu me rends assez différent de moi-même. C'est pourquoi je vais épouser Ted. Ted est la personne la plus sensée que je connaisse ; il me laisse mon individualité ; il ne me paralyse pas . moi comme vous ; et je suis simplement moi-même quand je suis avec lui.

"Tout simplement vous-même !" répéta Paul. — Ma chère petite fille, qu'est-ce qui, au ciel ou sur terre, a permis qu'un tel malentendu s'insinue dans votre tête ?

"Je sais ce que tu veux dire," dit-elle. " J'y ai réfléchi aussi. Tu en sais plus sur moi que quiconque au monde ; Ted n'en saura jamais autant que tu le sais, même si je vais être sa femme. Tu es la seule personne à qui je pourrais parler. de moi-même ; tu es la seule personne qui comprend. Je sais tout cela. Mais on ne veut pas cela d'un mari; on veut quelqu'un qui se contente de la moitié de soi et laisse l'autre moitié se développer à sa guise. " Tu ne te contenterais jamais de moins que du tout, n'est-ce pas, Paul ? Ah, c'est pour ça que je t'aimais si follement ! C'est si bizarre, n'est-ce pas, que les choses mêmes qui nous font tomber amoureux soient les ces choses qui rendent le mariage impossible ? »

Il ne parlait pas, et elle passa impulsivement ses bras autour de son cou et attira sa tête vers la sienne.

"Tu ne comprends pas, chérie?" dit-elle. "Il est impossible de trouver tout ce que nous voulons chez une seule personne, nous devons donc nous contenter de satisfaire un côté de nous-mêmes, ou accepter l'alternative et ne pas nous marier du tout. Ted me veut vraiment, ou je préfère choisir de ne pas me marier du tout . Mais il lui faut quelqu'un pour s'occuper de lui, il ne peut pas vivre seul comme certains hommes, et j'ai toujours pris soin de lui toute ma vie. Il est de nouveau sur mon chemin maintenant, alors je vais le chercher. après lui jusqu'à la fin. J'aime beaucoup Ted, et nous avons appris à être amis, donc je ne pense pas que ce sera un échec. Oh, dis que tu comprends, Paul ?

"Tu l'aime?" demanda Paul.

"Oui," répondit-elle.

"Comme tu m'aimais ?"

"Non", dit simplement Katharine. "Je ne pourrais plus jamais aimer quelqu'un comme ça. Je me suis épuisé, je pense, dans mon amour pour toi. Oh, je sais que je suis gâté; je sais que je n'ai que le meilleur de moi-même à donner à Ted; mais si il est content de cela, ne devrais-je pas être heureux de le lui donner ? »

"Mais *vous* , votre propre bonheur", insista-t-il d'une voix brisée. "N'as-tu aucune pensée pour ton propre bonheur ?"

"Bonheur?" dit-elle en souriant à nouveau. "Oh, je ne m'attends pas à trouver le bonheur. Les femmes comme moi, qui demandent plus que ce que la vie peut leur donner, n'ont pas le droit d'attendre le même bonheur que les gens qui ont découvert qu'il vaut mieux faire des compromis et " Je ne serai jamais très heureux, je le sais. Mais cela ne me dérange pas beaucoup ; il me suffit d'avoir goûté une fois le vrai et glorieux bonheur, ne serait-ce que par bribes. "

"Tu ne veux pas y goûter encore ?" dit-il en l'attirant soudain vers lui. « Ne veux-tu pas abandonner ton projet impossible et venir me voir ? Nous allons nous marier là-bas avec ton père, maintenant, aujourd'hui même. Nous irons à l'étranger, voyagerons, ferons ce que tu voudras. avec moi, Katharine. Vous m'appartenez, et à moi seulement ; vous n'osez pas le nier. Venez avec moi, Katharine.

"Non," dit-elle en secouant la tête. "Je ne vais pas gâcher ta vie, comme tu as gâché la mienne. Tu seras un grand homme, Paul, si tu ne m'épouses pas."

« Écoutez, » dit-il sans l'écouter. "C'est la dernière fois que je te le demanderai; c'est la dernière fois que je te tiendrai dans mes bras, *donc* ... je m'en irai après cela, et tu ne me reverras plus, ni n'entendras parler de moi. Je le ferai ne t'embrasse plus, ni ne te demande de venir avec moi, ni ne te dis que je t'aime comme je n'ai jamais aimé une autre femme. Si tu viens à moi à genoux et me supplie de t'aimer encore, je ne céderai pas. tu me comprends ? C'est la dernière, la toute dernière fois. *Maintenant,* qu'as-tu à dire ? Veux-tu venir avec moi ?

Elle rejeta la tête en arrière et croisa son regard alors qu'il se penchait sur elle.

"Non," répéta-t-elle. Il lui couvrit le visage de baisers.

"Et maintenant?"

« Non », répéta-t-elle désespérément ; et elle s'éloigna enfin de lui, prit sa lettre sur la table et essaya de marcher jusqu'à la porte.

Un pas glissé parcourut le couloir et s'arrêta devant la porte de la bibliothèque. L'instant d'après, le recteur était dans la pièce.

"Kitty, mon enfant, as-tu vu mon chapeau quelque part ? Je suis convaincu de l'avoir posé quelque part, et pour ma vie..."

Il s'arrêta en voyant Paul et lui tendit la main avec un sourire de bienvenue.

" Ravi de vous revoir, mon cher monsieur, ravi ! Autrement dit, " ajouta le vieil homme, se tournant vers Katharine pour obtenir de l'aide, " je suppose que je vous ai déjà vu, même si pour le moment je ne me souviens pas très bien de votre *nom* . Mais ma mémoire est mauvaise pour les noms, très mauvaise, hein, Kitty ? De toute façon, tu vas t'arrêter pour déjeuner, bien sûr ; et en attendant, si seulement je trouve mon chapeau... "

"Papa, c'est M. Wilton", expliqua Katharine en faisant un effort pour parler avec sa voix habituelle. Étrange à dire, cela ne semblait pas difficile de redevenir habituel maintenant que son père était dans la pièce. « Il est resté avec nous une fois, il y a longtemps ; vous vous souvenez de M. Wilton, n'est-ce pas ?

"Bien sûr, bien sûr ; bien sûr , je me souviens parfaitement de M. Wilton !" dit le recteur en lui serrant de nouveau la main. "Je me souviens distinctement de beaucoup de nos petites discussions sur l'archéologie et ainsi de suite. Laissez-moi voir, quel rapport avec le grand numismate ? Ah, maintenant je sais très bien qui vous êtes. Il y a eu un accident, ou une calamité quelconque, si je me souviens bien. Kitty, mon enfant, as-tu trouvé mon chapeau ?

"Veux-tu rester déjeuner ?" lui demandait Katharine.

— Bien entendu , il restera déjeuner, s'écria le recteur sans lui laisser le temps de répondre. " J'ai ramassé quelques beaux spécimens de vieilles assiettes de Sheffield que j'aimerais vous montrer, M. Wilton. Restez déjeuner ? Pourquoi, bien sûr. Mon cher, je sais que je l'ai vu quelque part... Je dois attraper les deux... trente ? Oh, c'est bon ; nous vous conduirons à la gare après le déjeuner. Cette enfant aimerait discuter avec vous, hein, Kitty ? Vous étiez de très bons amis, et elle a quelque chose... non, non, je' J'y ai regardé deux fois... quelque chose d'intéressant à vous dire, quelque chose de très grand intérêt, hein, Kitty ? C'est aussi un gentil jeune homme, " continua le vieil homme, s'arrêtant un instant dans sa recherche infructueuse. "Au fait, tu le connais, n'est-ce pas ? Il est jeune... Ah, maintenant je m'en souviens ! Je l'ai laissé à la sacristie ; c'est tellement stupide de ma part !"

Paul l'arrêta alors qu'il se précipitait hors de la pièce.

"Je dois partir, merci, monsieur. Je ne vais pas du tout atteindre deux heures trente. Je pense que je vais continuer quelque part et attraper autre chose, s'il y a quelque chose. Je suis sûr que je souhaite à Miss Katharine tout le bonheur. Bonjour.

Il sortit par la fenêtre comme il était venu, et ils le regardèrent traverser la pelouse, sa silhouette soignée couronnée par le chapeau de feutre conventionnel. Il n'avait pas serré la main de Katharine ni ne l'avait plus regardée.

Le recteur le regarda et lui lissa les cheveux d'un air pensif.

"C'est curieux, mec," remarqua-t-il avec son simple sourire. "Il me semble toujours qu'il y a eu une tragédie dans sa vie."

"Oh, je ne pense pas", dit froidement Katharine . "Ce n'est que sa manière. Il prend une plaisanterie au tragique. D'ailleurs, il ne s'est jamais marié malheureusement, ou quoi que ce soit de ce genre."

"C'est peut-être le cas", a déclaré Cyril Austen, avec un de ses éclairs d'intuition occasionnels ; " mais cela signifie une tragédie pour certains hommes s'ils ne se sont pas mariés du tout, et j'imagine que c'en est un. Ah, eh bien, son père était l'un de nos meilleurs... "

La voix de Miss Esther retentit dans le couloir, et le recteur se précipita hors de la pièce sans finir sa phrase.

"Les ennuis de la vie", pensait cyniquement Katharine, "sont bien plus importants que les tragédies."

Elle reprit sa lettre et la déchira. Même alors, elle ne le lut pas tout de suite, mais regarda d'abord par la fenêtre et au-delà du jardin, où un chapeau de feutre d'homme se déplaçait irrégulièrement au sommet de la haie. Elle fit un geste d'impatience, tourna le dos à la lumière et déplia enfin la lettre de Ted. Et voici ce qu'il contenait :

"Au moment où tu comprendras ça, je serai parti. Je suis peut-être un connard pourri infernal, mais je ne laisserai pas la meilleure fille du monde m'épouser par gentillesse, et c'est tout ce que tu allais faire. J'ai essayé de penser que tu étais un peu attiré par moi il y a quelques semaines, mais bien sûr j'avais tort. Ne fais pas attention à moi. Je reviendrai en souriant après un moment. C'était comme ma pauvreté de penser que je pourrais un jour épousez quelqu'un d'aussi intelligent et vif que vous. Bien sûr, vous vous ressaisirez et épouserez un type littéraire joué, qui s'épuisera toute la journée à propos de livres et d'autres choses et vous rendra heureux. Bon vieux Kit, cela a toujours été une erreur. , n'est-ce pas ? Quand je reviendrai, nous serons à nouveau amis, n'est-ce pas ? Je pars pour Melbourne dans la matinée et je voyagerai pendant un an, je pense. Vous pourriez m'écrire, du genre joyeux des lettres que tu écrivais. Monty connaît tous mes mouvements.

> Bien à toi,
> Ted."

La lettre lui tomba des mains, et elle se tourna et regarda par la fenêtre d'un air vide. Le chapeau de feutre n'était plus visible en haut de la haie.

CHAPITRE XX

En haut d'une des maisons du côté ombragé de la rue Ruhmhorff, Katharine était assise sur son balcon et réfléchissait. Ses réflexions étaient de l'ordre décousu engendré par la léthargie du début du printemps et le soleil du début du printemps, se rapportant aux cris de rue innombrables et aux parfums mêlés de violettes et d'asphalte dans l'air, aux enfants jouant leur jeu perpétuel de marelle sur les trottoirs blancs. , et à l'artisan d'en face qui mélangeait sa salade devant la fenêtre ouverte avec un mépris naïf pour le regard du public. Ses élèves étaient tous au Bois sous la surveillance compétente de l'excellente Miss Smithson, et un calme momentané régnait dans les trois *étages* qui formaient l'établissement parisien de Mme Downing pour les filles de gentlemen.

« L'aura-t-il jamais fait, je me le demande ? spécula paresseusement Katharine. Elle prenait un intérêt assez langoureux au déroulement de la salade, et sourit intérieurement lorsque l'homme ôta sa blouse bleue et l'attaqua de nouveau dans ses manches de chemise. Sa femme le rejoignit au bout d'un moment, évidemment, à en juger par ses gestes emphatiques, avec une intention critique. Mais l'homme reçut sa volée de suggestions par un haussement d'épaules expressif, et ils partirent finalement vers leur repas de midi.

"Quel jargon pitoyable nous parlons, partout dans le monde, du triomphe de l'esprit sur la matière", murmura Katharine en bâillant tout en parlant. "Et pendant ce temps, la matière continue à triompher de l'esprit à chaque occasion imaginable ! Elle entre même dans les cris de la rue", ajouta-t-elle avec un autre bâillement, alors qu'un vendeur de fleurs passait dans la rue en contrebas et envoyait son petit refrain en se répétant invariablement. « Des violettes pour embaumer la chambre », scandait-il, « du cresson pour la santé du corps !

Cela faisait plus d'un an qu'elle avait accepté l'offre de Mme Downing et s'était installée ici à Paris ; plus d'un an depuis que Ted était parti à l'étranger et que Paul Wilton lui avait fait ses adieux. Mais elle ne s'est jamais souvenue de cette époque, mais pas tant par conception que par manque d'incitation ; car sa vie s'était égarée dans un autre canal, et ses journées étaient remplies d'un genre d'occupation qui ne laisse aucune place au luxe de la réminiscence. Il ne lui est même jamais venu à l'esprit de se demander si elle était heureuse ou non ; elle semblait avoir complètement perdu son vieux truc qui consistait à vouloir une raison à tout ce qu'elle pensait ou ressentait, et pour le moment, elle était devenue éminemment pratique. Même maintenant, malgré l'effet énervant des premiers temps printaniers, ses pensées revenaient aux affaires du moment et elle se demandait pourquoi le père de sa nouvelle élève, qui lui avait donné rendez-vous pour onze heures, était là. si tard à venir. Une sonnerie à la sonnette électrique sembla répondre à sa pensée, et la femme de chambre entra presque aussitôt avec une carte de monsieur sur un plateau.

« Prudence britannique », fut la critique de Katharine, tandis que Julie expliquait que le monsieur anglais n'avait pas tenté de lui apprendre son nom. Par le plus simple hasard, elle jeta un coup d'œil à la carte avant l'arrivée de son visiteur, et n'eut pas à trahir la surprise qu'elle aurait dû ressentir autrement. En fait, elle eut le temps de se remettre de son étonnement, et même de remarquer combien le nom et l'adresse familiers lui parurent différents lorsque, pour la première fois comme maintenant, elle les vit transcrits sur une carte de visite : « M. Paul Wilton . , Cour d'Essex, Temple."

"Je suis si heureuse de vous voir", s'exclama-t-elle avec un regard qui ne contredisait pas l'accueil de sa voix. Et Julie, qui n'avait jamais vu sa maîtresse aussi joyeuse, retourna vers Marie dans la cuisine avec un récit très coloré de la rencontre à laquelle elle venait d'assister, qui expliquait à cette petite personne frivole mais astucieuse comment Madame avait toujours l'air. avec tant d'indulgence sur ses flirts avec le *charcutier* du coin.

"Je ne vous ai jamais surprise en train de ne rien faire auparavant", dit Paul, se référant à l'attitude dans laquelle il l'avait vue à travers la porte ouverte avant qu'elle ne se retourne avec ce regard joyeux dans les yeux.

"Je ne pense pas que ce soit le cas", dit-elle. " Il n'y a pas si longtemps que j'ai appris à paresser. Te souviens-tu avec quelle amertume tu te plaignais parce que je ne voulais jamais me prélasser ? Je me prélasse souvent maintenant ; et ma plus grande joie est de ne penser à rien du tout. " Ne sais-tu pas à quel point il est reposant de ne penser à rien du tout ? »

"Vous avez dû beaucoup changer", observa-t-il.

"Tu penses que je l'ai fait, alors ?"

"Demandez-moi cela tout de suite", répondit-il avec un sourire de réponse. "Je dois d' abord entendre toutes les nouvelles, comment garder l'école vous convient, et tout ce qu'il y a à dire sur vous. Alors dépêchez-vous et commencez, s'il vous plaît."

"Oh, il n'y a rien à dire sur moi ; du moins, rien de plus que ce que vous pouvez apprendre du prospectus ! Voudriez-vous en voir un ? Vous pouvez le lire et apprendre à quel point je suis une personne importante, pendant que je vais laisser un message pour Mlle Smithson.

Quand elle revint, il la regarda avec un air amusé et intéressé.

"C'est une sensation très nouvelle", a-t-il remarqué.

"Je suis heureuse que cela vous amuse", dit Katharine; "mais je n'avais jamais su auparavant que le prospectus était drôle."

"Oh non, ce n'est pas ça", a-t-il expliqué. "L' humour d'un prospectus est le genre de plaisanterie sinistre qui ne peut plaire qu'à un parent. Ce que je voulais dire, c'était le fait que vous m'apparaissiez pour la première fois dans le personnage d'une hôtesse."

"Je me demandais comment il se faisait que je ne me sente pas aussi impressionnée par votre présence que d'habitude", remarqua-t-elle. "Maintenant, je sais que c'est parce que vous, même vous, êtes sensibles à l'atmosphère chaste du foyer de la jeune idée. Vous feriez mieux de visiter l'établissement immédiatement, avant que l' impression favorable ne commence à se dissiper."

"Oh s'il te plait!" il a imploré. "Vous allez sûrement me laisser partir ? Je n'ai ni fille, ni nièce , ni aucune sorte de relation féminine qui pourrait avoir la moindre valeur commerciale pour vous. Et je ne me sens vraiment pas à la hauteur d'affronter des foules de filles peu sophistiquées dans des robes courtes, avec des éditions de poche de leurs poètes préférés à la main. Les filles de cet âge s'attendent toujours à ce que vous soyez si bien informé, et je n'ai pas dirigé de poète préféré depuis des années.

"Quand vous m'avez rencontrée pour la première fois", dit-elle avec insistance, " *j'étais* une jeune fille simple, vêtue d'une robe courte, avec toute une liste de poètes préférés . Et je me souviens très bien d'une occasion où je vous ai ennuyé pendant une demi-heure avec mes opinions sur Brunissement."

"Je ne suis pas ici pour le nier", a déclaré Paul. " Ce n'est qu'une raison supplémentaire pour laquelle je désire rester et vous parler, maintenant que vous n'avez plus d'opinion sur aucun sujet quel qu'il soit. D'ailleurs, j'ai épuisé le sujet de la simplicité en robes courtes lorsque j'ai eu pour la première fois le plaisir de rencontrer vous, il y a quatre ans. Et, aussi intéressant que je l'ai trouvé à l'époque, je n'ai pas particulièrement envie de le renouveler maintenant.

"Tout cela n'est qu'un reflet désagréable de l'âge énorme que je semble avoir acquis en quatre ans", s'écria-t-elle. « Cela a dû être des années singulièrement longues pour vous !

"À l'exception de la dernière", a déclaré Paul , "pour moi, elles étaient à peu près les mêmes que toutes les autres années."

"Maintenant, c'est étrange", remarqua-t-elle ; "Parce que l'année dernière a semblé passer plus vite que n'importe quelle autre année de ma vie. Je me demande pourquoi cela t'a semblé si long ?"

"Ce n'est pas le cas", répondit-il promptement. "Ce sont les trois autres qui ont fait ça, parce que je les ai passés à apprendre la sagesse."

"Et la dernière à l'oublier ? Comme tu as dû gâcher les trois autres ! Ah, voilà enfin les filles", ajouta-t-elle en se levant d'un bond. "Ça veut dire déjeûner , et j'ai faim comme deux loups. Tu vas arrêter bien sûr ?"

"Plus de développements", murmura-t-il. " Vous aviez l'habitude de mépriser des choses aussi banales que les repas, à l'époque où les poètes étaient une nourriture suffisante pour vous. Mais s'il vous plaît, n'imaginez pas un instant que je vais affronter cette foule anglo-française là-bas ; je le ferais presque aussi bien. écoutez bientôt votre opinion sur Browning.

"Voulez-vous dire," se plaignit-elle, "que vous attendez de moi que je réponde à vos besoins ici ? Que diront Miss Smithson, que diront les chers enfants dans leurs lettres hebdomadaires à la maison ? Vous ne le pensez pas vraiment ? "

"Au contraire," répondit-il placidement, " je vais vous emmener déjeuner dans le restaurant le plus inconvenant que cette ville inconvenante puisse produire. Alors va mettre votre chapeau parisien, et faites aussi vite que vous voudrez." à ce sujet. Moi aussi, j'ai un peu faim.

" Vous semblez vraiment oublier, " dit-elle, " que je suis le respectable directeur d'un séminaire de haut niveau pour... "

"Je souhaite seulement que tu me permettes de l'oublier," l'interrompit-il. "C'est justement parce que vous vous occupez depuis une année entière, et avec le plus lamentable succès, de devenir vieux et respectable, que j'ai l'intention de vous donner cette occasion de vous régénérer. Puis-je vous demander ce que vous attendez maintenant. ?"

"J'attends certains des dogmes conventionnels que vous me prêchiez à l'époque où *je* voulais être inapproprié", a-t-elle rétorqué. "Cela éviterait vraiment bien des ennuis si nos codes moraux respectifs pouvaient parfois être amenés à coïncider, n'est-ce pas ?"

" Cela vous éviterait bien des ennuis si vous faisiez ce qu'on vous dit, sans trop en parler. Il est maintenant une heure et demie... "

"Je vous dis que c'est impossible", protesta-t-elle. "Vous devez prendre votre déjeuner ici, avec vingt-cinq personnes simples et Miss Smithson . A quoi sert d'avoir acquis une position importante si je la jette à nouveau délibérément en me comportant comme une écolière inappropriée ?"

" A quoi sert une position, " répondit Paul, " si elle ne vous permet pas d'être inapproprié lorsque vous choisissez ? Ne pensez-vous pas que nous pourrions considérer la discussion comme terminée ? Je suis tout à fait disposé à l'admettre. dites à Miss Smithson, ou à toute autre personne en position d'autorité, que vous avez fait toutes les objections nécessaires à l'insensé détenteur d'une conscience, si seulement vous voulez bien aller lui dire que vous n'avez pas l'intention de déjeuner.

"Je lui ai dit ", dit Katharine par inadvertance, puis elle rit franchement de son propre aveu. "Je gâche toujours toutes mes tromperies en disant à nouveau la vérité trop tôt", a-t-elle ajouté plaintivement.

"Les femmes gâtent toujours leurs vices par l'inachèvement", observa Paul. « Ils ont réduit la vertu à un art, mais il y a une crudité dans leur vice qui les trahit toujours tôt ou tard. C'est pourquoi ils sont si faciles à découvrir ; ce n'est pas parce qu'ils sont pires que les hommes, mais parce qu'ils sont mieux. Ils se repentent trop tôt, et vos péchés vous découvrent toujours lorsque vous commencez à vous repentir.

"C'est parfaitement vrai", dit Katharine, à moitié en plaisantant. "Vous n'auriez jamais découvert que j'étais un connard si je n'en avais pas d'abord pris partiellement conscience."

"Cela," dit délibérément Paul, "est une application personnelle de mes remarques que je n'aurais jamais songé à faire moi-même; mais, puisque vous êtes assez bon pour le permettre, je dois dire que la façon dont vous avez raté le seul vice que vous La possession est tout à fait singulière. Si vous aviez été un homme, personne n'aurait détecté votre énervement; au pire, cela aurait été appelé personnalité. C'est pareil pour tout. Quand une femme écrit un livre inapproprié, elle ignore la crise, et est qualifiée d'immorale à cause de ses douleurs ; un homme y va jusqu'au bout, et nous appelons cela de l'art.

« D'après cela, objecta Katharine, il est impossible de dire si un homme est bon ou mauvais. En fait, plus il paraît meilleur, plus il doit être pire en réalité ; il."

"Aucun de nous n'est ni bon ni mauvais", répondit Paul. "Tout est une question d'intelligence. Le bien n'est que le mal bien fait, et la moralité est surtout le bien mal fait. J'aimerais savoir ce que j'ai dit pour vous faire sourire ?"

"Ce n'est pas ce que vous avez dit", rit Katharine ; "C'est la façon dont vous l'avez dit. Il y a quelque chose de si familier dans la façon dont vous inventez un tout nouveau système éthique sur l'impulsion du moment et le mettez en œuvre avec autant de poids que si vous l'aviez fait évoluer pendant toute une vie. continuez, ça a tellement de charme supplémentaire après plus d'un an de vacances !"

"Quand vous aurez fini d'être brillant et que vous aurez compris l'inutilité d'être consciencieux, peut-être aurez-vous la gentillesse d'aller vous préparer", dit sévèrement Paul. Et elle ne rit encore de rien de particulier, et ne fit plus aucune objection à suivre ce qui était distinctement son inclination.

Alors qu'ils avaient déjeûner et se promenaient dans le Palais Royal, il fit allusion pour la première fois à leur séparation à Ivingdon il y a plus d'un an. Elle sursauta légèrement et rougit.

"Oh, ne parlons pas de ça, j'ai tellement honte de moi chaque fois que j'y pense", dit-elle précipitamment.

"Je suis désolé," répondit-il avec calme, "parce que je souhaite particulièrement en parler tout à l'heure. Tu dois te rappeler que, jusqu'à ce que je rencontre Ted en ville la semaine dernière, je ne savais pas que tu n'étais pas marié."

Elle se tourna et le regarda soudain.

"Je n'y avais jamais pensé", dit-elle lentement.

" Bien sûr que non. En fait, toutes vos démarches immédiatement après ce jour particulier de décembre semblent avoir été caractérisées par le même manque de réflexion. Vous saviez peut-être que personne ne pouvait me parler de vos actions erratiques. " Et comment aurais-je pu deviner que vous iriez vous envoler pour Paris au moment même où tout était facilité pour vous de faire escale en Angleterre ? J'ai été naturellement obligé d'en conclure, n'ayant plus revu ni entendu parler de vous, que vous aviez effectué votre objectif absurdement héroïque d'épouser Ted. Je dois dire, Katharine, que vous avez une merveilleuse faculté pour compliquer les choses.

"Rien de tel", dit-elle avec indignation. "Et ta mémoire n'est pas meilleure que la mienne, car tu sembles oublier que c'est toi qui as rendu notre séparation définitive. Tu as été si tragique que bien sûr j'ai pensé que tu le pensais vraiment."

« Avant de critiquer ma propre action en la matière, dit Paul, j'aimerais plutôt savoir pourquoi vous êtes venu vous enterrer ici, sans le dire à personne ?

"Oh, c'est facile pour toi de sourire et d'être sarcastique ! Il fallait bien que je vienne ; c'était la seule chose à faire. La nature m'avait fait un con, et tout m'obligeait à continuer à être un con, et toutes mes tentatives pour être autre chose n'ont pas abouti. Quelle chance y a-t-il pour quelqu'un ayant des tendances arrogantes dans un monde comme le nôtre ? Il regorge simplement d'opportunités de se comporter de manière supérieure, à moins que vous ne décidiez résolument de le faire. effleurer la surface et ne jamais y réfléchir profondément. Que devais-je faire ? Ted était parti à l'étranger pour échapper à ma supériorité autoritaire, et vous étiez parti avec dégoût parce que se marier par amour n'était pas assez bien pour moi ; et puis j'ai eu la lettre de Mme Downing, et elle persistait à penser que j'étais la seule personne au monde capable de gérer les mères de ses élèves à la mode. Il semblait que j'étais destiné à rester une personne supérieure jusqu'à la fin de mes jours. , et je n'allais plus lutter contre mes tendances naturelles. J'ai décidé que si je devais devenir un connard, je ferais au moins un connard aussi bon que possible. Maintenant tu comprends pourquoi je suis venu ? »

"Avant que j'essaye de faire ça, est-ce que ça te dérangerait de mentionner où tu vas m'emmener ?" dit Paul avec désinvolture. Elle regarda vivement autour d'elle et constata qu'ils étaient descendus jusqu'à la Seine et qu'ils étaient près de l'embarcadère des bateaux qui se rendaient à Saint-Cloud ; et un propriétaire importun leur représentait, dans un anglais approximatif, les charmes d'une descente du fleuve.

"Oh, allons-y !" cria-t-elle impulsivement. "Ce serait tellement beau ! Miss Smithson ne me respectera plus jamais, mais je n'ai pas l'impression de pouvoir *retourner* auprès de toutes ces filles pour l'instant. Oh, ne soyez pas si moisi ! Il *ne fera pas* froid, et tu n'es pas un peu trop vieux, et tu dois juste venir. Oh, je ne me souviens pas de tes humeurs quand tout était trop jeune pour toi ! Je n'ai jamais connu personne avec un âge aussi plastique que le tien.

Il sourit superficiellement et céda ; et bientôt ils descendirent la Seine. Katharine était d'humeur à tout apprécier, et elle se pencha par-dessus le côté du bateau et commenta la beauté de la scène alors qu'ils glissaient entre les berges. Paul essaya successivement deux ou trois sièges, et finit par en choisir un d'un air résigné et tâtant sa blague à tabac.

"Il y a une odeur d'huile", a-t-il déclaré. "Et les châtaignes de Bushey sont bien plus fines."

"Ne peux-tu pas baisser ton niveau juste pour cet après-midi ?" » suggéra-t-elle d'un ton moqueur. " Ce serait si agréable si vous admettiez que la nature, pour une fois, est presque assez bonne pour vous. Je suis si heureuse qu'elle soit toujours assez bonne pour moi ; elle donne un tel repos à l'esprit critique. "

"Ou prouve la non-existence d'un", a ajouté Paul.

"C'est surprenant," continua-t-elle sur le même ton, "comme vous parvenez toujours à gâcher le côté léger de la vie en la traitant avec sérieux. Vous arrive-t-il de vous accorder un moment heureux et irresponsable ?"

"Peut-être que je n'ai pas vu autant du côté lumineux que toi," répondit-il, assez impassible. " Et il est toujours plus facile de jouer notre tragédie que notre comédie ; la *mise en scène* est mieux adaptée au départ. C'est pourquoi l'écrivain médiocre termine généralement mal son livre ; il obtient son effet bien plus facilement qu'en le terminant bien.

"Qu'est-ce qui t'a rendu si cynique, je me demande ?" » demanda-t-elle paresseusement.

"Principalement, le bonheur du vulgaire", répondit promptement Paul. "Ce n'est pas notre propre malheur qui nous rend cyniques, mais le bonheur mal fait des autres. Une personne tout à fait ordinaire peut être capable de supporter le malheur plus ou moins noblement, mais il faut un peu de génie pour être heureux sans être agressif à ce sujet. ".

"Je ne peux pas imaginer que vous preniez la peine d'être agressif pour quoi que ce soit", observa Katharine. " C'est probablement pour cela que vous préférez rester sombre , que l'occasion l'exige ou non. Il est bien prosaïque de devoir reconnaître que la pose la plus caractéristique d'un homme est simplement due à sa paresse. Dans l'ensemble, je suis plutôt content d'être une personne tout à fait ordinaire ; je serais bien plus tôt heureuse, même si cela me rend vulgaire. »

"Le bonheur est comme le vin", dit Paul sans y prêter attention. "Ça démoralise sur le moment, et ça laisse à plat après. Le plus difficile dans la vie, c'est de savoir prendre son bonheur quand il vient."

« C'est plus difficile, murmura Katharine, de savoir s'en passer quand ça ne vient pas.

Ils débarquèrent à Saint-Cloud, traversèrent le petit village et pénétrèrent dans le parc où se trouvaient les ruines du palais. Ils s'étaient alors éloignés des autres passagers, et la solitude totale du lieu et son atmosphère de décadence les affectaient tous deux de la même manière, et ils tombèrent peu à peu dans le silence. Il fut le premier à interrompre la pause.

« Ne pensez-vous pas qu'il est temps de mettre un terme à cette farce ? » demanda-t-il avec une insouciance manifestement assumée.

"Qui fait la farce ?" elle revint tout aussi légèrement.

"Vous avez fait cela admirablement, mais cela ne m'a pas trompé", dit Paul sereinement. " Vous savez comme moi qu'il est inutile de continuer ainsi. Cela fait un an que nous l'essayons et, pour ma part, je n'y pense pas beaucoup. Vos expériences ont sans doute été plus heureuses que les miennes ; mais si tu veux me dire qu'on t'a appris à préférer la solitude à la compagnie, alors tu es aussi un imbécile que tu es venu ici pour le devenir. Et je n'y crois pas un instant, car au pire tu étais toujours incohérent, et l'incohérence est la grâce salvatrice du con.

"J'apprécie l' honneur de votre approbation", répondit Katharine avec une solennité exagérée; "Mais, malgré cela, je pense toujours que vivre sans sophistication en jupons courts est probablement moins fatigant, dans l'ensemble, que de vivre avec quelqu'un pour qui rien au ciel ni sur terre n'a encore été perfectionné."

Elle a terminé par un éclat de rire. Paul marchait du même pas mesuré qu'auparavant.

"D'ailleurs," ajouta-t-elle, "je pensais que nous en avions tous les deux fini avec cette affaire il y a un an. A quoi bon la traîner à nouveau ?"

"Je pensais," ajouta Paul, "que nous aussi, nous avions fini de nous prendre au sérieux, il y a un an. Mais vous semblez souhaiter que le processus soit renouvelé. Très bien, commençons par le début. La difficulté initiale, si je me souviens bien, c'était le fait que nous étions très amoureux l'un de l'autre."

"Je sais que *ce* n'était pas le cas", dit Katharine avec chaleur. "Je n'ai jamais autant détesté personne de ma vie, et..."

"Ce qui surmonte la difficulté initiale, n'est-ce pas ? Deuxièmement, vous avez déterminé de la manière la plus altruiste possible qu'une femme paralyserait inévitablement ce que vous avez eu la gentillesse d'appeler ma carrière. Je n'ai pas besoin de dire à quel point j'ai été touché par votre charmante considération, mais je voudrais souligner... "

"Il est parfaitement détestable de votre part d'être venu tout ce chemin exprès pour vous moquer de moi", s'écria Katharine.

« Je voudrais souligner, répéta Paul, que je me sens tout à fait capable de poursuivre ma carrière sans aucune suggestion de ma femme, et que, si captivante que sa présence se révélerait sans aucun doute... »

"Il me semble", interrompit Katharine, "que vous ne voulez pas du tout de femme ; vous voulez seulement une audience."

"Je ne pense pas", dit Paul, souriant avec indulgence, "que nous ayons besoin de nous disputer sur les conditions, n'est-ce pas ? Eh bien, comme je le disais, ma carrière continuerait probablement à se débrouiller toute seule, même si nous étions deux. être invité à dîner, au lieu d'un. Et cela élimine le deuxième obstacle, n'est-ce pas ? Le troisième et dernier... "

"Dernier ? Il y en a des millions d'autres !"

- Le troisième et dernier, reprit Paul, était, je crois, le fait insignifiant que j'avais jadis osé vous traiter d'idiot, à la suite de quoi vous avez choisi de feindre que vous aviez peur de moi. N'est-ce pas ? "

"Peur de toi ? Quelle idée ridicule !" s'exclama-t-elle. "Eh bien, je n'ai jamais eu peur de toi de ma vie !"

"Ce qui élimine la troisième et dernière difficulté", dit promptement Paul.

Katharine tapa du pied et marcha devant lui.

"Tu ne sembles pas penser", dit-elle, "que je ne *voudrais peut-être pas* t'épouser."

"Oh non," dit Paul ; "Je ne sais pas."

Elle n'en dit pas plus, mais continua de marcher un peu devant lui pour qu'il ne puisse pas voir son visage. Elle ne parla encore qu'en descendant vers le bateau.

"A quoi ressemblait Ted quand tu l'as vu ?" » demanda-t-elle brusquement. "Mais peut-être que tu ne l'as pas remarqué ?"

"Oh, oui," dit Paul doucement. "Je ne l'ai jamais vu aussi beau ; il semblait avoir passé un moment splendide là-bas. Il a d'ailleurs demandé de tes nouvelles et a semblé plutôt surpris que je n'aie pas eu de tes nouvelles."

Elle ne fit aucun commentaire et ils atteignirent le bateau en silence.

"Tu reviendras prendre le thé avec moi ?" dit-elle alors qu'ils attendaient que ça commence.

"Avec vous, ou avec simplicité ?"

"Oh, avec moi bien sûr ! Tu ne penses pas que tu as été assez drôle pour un après-midi ?"

"Nos meilleures blagues sont toujours celles qui sont inconscientes", murmura Paul. "Sérieusement, je pense que je ne vous dérangerai plus . Je ne vous gênerai que si je reste plus longtemps."

"Maintenant, qu'ai-je fait", demanda-t-elle avec indignation , "pour vous faire croire que vous gênez ?"

"Oh, bien sûr, rien. Tellement stupide de ma part !" » dit humblement Paul. "Je serai ravi de revenir avec vous ; il y a encore tant de choses que nous aimerions nous dire, n'est-ce pas ?"

Cependant, ils ne les dirent pas sur le chemin du retour, car Katharine redevint bientôt pensive, et il ne fit plus aucune tentative pour la faire sortir mais resta studieusement à l'autre bout du bateau jusqu'à ce qu'ils atterrissent ; et après cela, le bruit du fiacre dans lequel ils traversaient Paris était une excuse suffisante pour s'abstenir de toute conversation. En haut des escaliers, alors qu'ils restaient un moment devant son *appartement* pour reprendre leur souffle, elle se tourna soudain vers lui avec un de ses sourires inexplicables.

"Bien?" il a dit.

"Tu sais que je ne voulais pas être en colère, n'est-ce pas ?" lui demanda-t-elle à voix basse.

« Espèce de petit idiot absurde ! » C'est tout ce qu'il a dit.

Ils restèrent assis un long moment autour d'un thé, et aucun d'eux n'eut envie de parler. Mais le silence n'était pas gênant. Et le début du printemps touchait à sa fin et la pièce devenait sombre d'ombres ; et ils restaient assis là, et aucun d'eux ne songeait à faire la conversation. Enfin, Katharine remua sur son siège au bout du canapé et regarda vers le contour sombre de sa silhouette contre la fenêtre, et termina ses réflexions à voix haute.

"Après tout," dit-elle pensivement, "le plus important, c'est d'être sain d'esprit. Rien d'autre n'a beaucoup d'importance si l'on peut seulement être sain d'esprit sur certaines choses. Il y a des tas de raisons pour lesquelles vous et moi ne devrions pas nous marier, si nous devions commencer à chasser. mais pourquoi s'en soucier ? Vous savez et je sais que nous devons simplement tenter l'expérience et tenter le reste. Il faut risquer quelque chose. Et cela ne peut pas être bien pire que de continuer seul comme ça.

"Non", dit Paul, "ça ne peut pas être pire que ça."

Il vint s'asseoir à son tour sur le canapé et le silence revint. Il tendit la main pour trouver la sienne, elle la lui tendit et rit doucement.

"J'ai une idée", dit-elle de manière hors de propos. "Nous devons marier Ted à Marion."

"Nous?" dit Paul en souriant. Et elle rit encore.

« N'est-il pas ridicule, dit-elle, après toutes nos opinions sur le mariage, etc. , de finir par se comporter comme n'importe qui qui n'a jamais eu d'opinion ?

"Oui", acquiesça Paul. "Nous ne sommes même pas restés fidèles à notre arrogance."

" *Nous ?* " s'exclama Katharine.

Mais il y a toujours une limite aux confessions d'un homme, et celle de Paul n'a jamais été achevée.

Milton Keynes UK
Ingram Content Group UK Ltd.
UKHW010836190424
441445UK00004B/248